KNAUR

Über die Autorin:

Ihre ersten Geschichten erfand Mareike Marlow im Urstromtal der Isar, wenn sie dort mit ihrem Hund auf Entdeckungstour war. Als junge Frau in Berlin gestrandet, genoss sie zwar die Annehmlichkeiten der Großstadt, die niemals schläft, doch tief im Herzen wuchs die Sehnsucht nach Landluft. Und so zog sie mit ihrem Mann von der Hauptstadt in ein wunderbares niedersächsisches Örtchen. Dort widmet sie sich ihrem Garten, stromert mit ihren Kindern durch die Natur und findet dadurch immer wieder neue Ideen für ihre Bücher.

Mareike Marlow

BLUTROTER FLIEDER

Kriminalroman

KNAUR

Rezepte: Markus Hummel, www.backbube.com

Besuchen Sie uns im Internet:
www.knaur.de

FSC
www.fsc.org
MIX
Papier aus verantwortungsvollen Quellen
FSC® C083411

Originalausgabe Juli 2016
Knaur Taschenbuch

Covergestaltung: semper smile, München
Coverabbildung: Staublund Photography / Gettyimages,
Kerstin Schoene / Shutterstock
Abbildung innen: Shutterstock / Azurhino
Satz: Daniela Schulz, Puchheim
Druck und Bindung: CPI books GmbH, Leck
ISBN 978-3-426-51700-0

2 4 5 3 1

1

Der Flieder stand in voller Blüte. Seine lila Dolden leuchteten im Morgenlicht.

Sara bog einen Zweig zu sich und atmete den intensiven Geruch ein. Sie liebte diese Wiese mit ihren schiefen Apfelbäumen und den zahlreichen Fliederbüschen, durch die sich der schmale Reitpfad schlängelte. Zu jeder Jahreszeit ritt sie hier ihre morgendliche Runde.

Ihr Blick glitt von dem hummelumschwirrten Flieder zu den weiß strahlenden Obstbäumen. War der Mai nicht der beste aller Monate? Alles quoll über vor Leben … und Liebe. Sie lächelte still in sich hinein und warf dem Flieder einen wissenden Blick zu.

Gerade war Peaceful Fury noch ein Fohlen gewesen, und nun hatte sie die Stute bereits ihren neuen französischen Besitzern gebracht. Die Zeit verging wirklich wie im Flug.

Sie schloss die Augen, roch den Flieder und lauschte auf das Hier und Jetzt. Der frische Wind, der ihr über die Wangen strich, die Sonnenflecken, die ihr Gesicht wärmten – es fühlte sich alles so herrlich an.

Genau wie seine Küsse.

Ihre Gedanken kreisten um die letzten Tage in der Camargue, und sie bemerkte, wie ihr Herzschlag beschleunigte. War es ein Fehler gewesen, sich ihm hinzugeben? Eigentlich war es eine Geschäftsreise gewesen. Er war ihr Assistent. Er hat dich verführt, Sara, dachte sie leicht belustigt. Und du hast es genossen.

Sie war inzwischen über vierzig. Und er ... Konnte diese Beziehung zu Hause, hier auf dem Hof, überhaupt Bestand haben? Er war so viel jünger. Sie schmunzelte, als sie an ihr letztes heimliches Rendezvous dachte.

Seit zwölf Tagen war sie aus dem französischen Küstenort Saintes-Maries-de-la-Mer zurück, und der Alltag hatte sie sofort gepackt. Eine Reihe unangenehmer Entscheidungen war zu treffen gewesen.

Ihr Leben hatte sich grundsätzlich geändert. Jetzt, wo er da war. Und sie sich gegen ihren Verlobten entschieden hatte. Tobias Beeke, Tierarzt, Langweiler und eifersüchtiger Volltrottel.

Du hast wirklich alles richtig gemacht, redete sie sich gut zu. Die Beziehung war doch schon keine mehr, noch bevor wir verlobt waren. Dir hat der Mut gefehlt, endlich einen Schlussstrich zu ziehen. Und dann – zack – warst du verlobt. Die Zeit verfliegt.

Und Sara wollte ihr Leben nicht mehr mit falschen Höflichkeiten in einem Winterschlaf versauern lassen. Das hatte sie sich in Saintes-Maries-de-la-Mer geschworen.

Die Vorstellung, Tobias weiterhin bei den Untersuchungen der Pferde gegenübertreten und die nächsten Jahre in seine bettelnden Augen blicken zu müssen, ließ sie erschaudern.

Du hast die Verlobung aufgelöst, besser du siehst dich auch nach einem neuen Veterinär um. Und wenn sich deine Liebelei als Strohfeuer erweist? Dann wohl auch nach einem neuen Stallmeister. Sei nicht so pessimistisch. Schau, der Frühling ist da. Deine Zukunft ist rosa!

»Wollen wir weiter, Queeny?«, flüsterte sie und bekam ein

Schnauben zur Antwort. Lachend tätschelte sie der Hannoveraner Stute den Hals. »Braves Mädchen.«

Sie ließ Dancing Queen antraben, dann fiel sie in Galopp. Jeder auf Saras Gestüt konnte die Uhr nach ihr stellen, denn egal, ob Regen oder Sonnenschein, sie begann den Tag stets mit einem Ritt auf ihrer Stute Dancing Queen einmal um das ganze Gestüt.

Sara beugte sich tief zum Hals des Pferdes, spürte die Geschwindigkeit und die Blüten, die um sie herumwirbelten. Männer! Pah! Sie und Queeny verstanden sich auch ohne Worte. Sie vertrauten sich bedingungslos. Warum machten Menschen immer alles so kompliziert?

Dancing Queen flog mit ihr dahin. Die Sonne, der Frühling, der Duft des Flieders, die tanzenden Blüten. Das Leben war rosa.

Mitten im Galopp riss etwas die Stute von den Hufen. Wirbeln, Baumstämme, der Fliederbusch, der Boden.

Sara schlug auf, schrie und hörte Queeny schreien, wie sie nie zuvor ein Pferd schreien gehört hatte. Ganz benommen sah sie auf. Was war passiert? Ihre Stute, sie versuchte vergeblich aufzustehen. Was war nur passiert?

»Queeny.« Sie kroch auf ihre Stute zu und bemerkte erst jetzt das Blut. War das ihres? Nein, Queeny blutete. Was passierte hier?

Das Pferd war in einen der Fliederbüsche gestürzt. Die Blütendolden bedeckten den Boden, wurden in den Boden gedrückt. Sara wollte Queeny beruhigen, doch der Schmerz in ihrem Oberschenkel raubte ihr den Atem. Hilflos sah sie mit an, wie ihr Pferd versuchte, auf die Beine zu kommen.

»Alles wird gut!«, flüsterte sie und tastete nach ihrem Handy. Blut verschmierte das Display, und jetzt bemerkte sie endlich, dass ihr das Blut vom Kinn tropfte. Ihr wurde schwarz vor Augen. Es war doch ihr Blut. Zitternd tastete sie nach ihrem Helm. Sie brauchte Luft. Der Kinnriemen schnitt ihr ins Fleisch. Sie musste atmen, musste das Ding vom Kopf …

»Warte, ich helf dir.« Eine ruhige Stimme zerschnitt Dancing Queens Wimmern.

Benommen blickte Sara auf und blinzelte gegen die Sonne. Alles drehte sich. Ihr war so schwindlig.

»Schon gut«, hörte sie die ruhige Stimme und spürte eine Hand unter ihrem Kinn. Ihr Helm landete neben ihr im Gras.

»Du musst Queeny helfen … Du musst ihr helfen«, brachte sie heraus.

»Mach dir keine Sorgen, alles wird gut, Sara. Alles wird gut.«

Verschwommen nahm sie die Hand vor dem Sonnenlicht wahr. Sie dachte, die Hand wolle ihr aufhelfen, dann begriff sie, dass sie etwas umklammert hielt.

Sara wurde hart am Kopf getroffen.

Mit einem letzten Stöhnen sackte sie auf die Blüten des Flieders. Ihr Blut färbte die Blüten rot.

2

Im Fief Düwelskeerls, dem größten Gasthaus Burgheides, zog der Zigarettenqualm wie eh und je aus den Separees und vermischte sich zwischen den zweihundert Jahre alten Eichenständern mit dem Geruch von Essen, Bier und Schnaps.

Hinter dem wuchtigen Tresen gruppierte Hase, der Wirt des Fief Düwelskeerls, auf einem Tablett eine neue Runde Bulldogs, sein Spezialgetränk und der Verkaufsschlager im Dorfkrug Burgheides. Was genau Albrecht Dürer, wie Hase eigentlich hieß, genau hineinmischte, war sein Geheimnis. Das Einzige, was zählte, waren die PS der Mischung. Und die hatten es in sich. Neben die drei Schnäpse stellte er noch die Teller mit den Schnitzeln und winkte seiner Frau, das Tablett zu Jana, Ruth und Gustav zu tragen.

Wie jeden Donnerstag hatte es sich die Skatrunde in einem der Separees gemütlich gemacht.

»So. Hinten scheißt die Ente.« Schwungvoll knallte Ruth ihre Karte auf den Tisch und stach Janas weg.

Gustav stöhnte auf. »Mien Deern, wat is denn los? Jana, Mensch, du bist gar nicht bei der Sache.«

»Hab ich dich so geschockt?« Lachend sackte Ruth ihren Stich ein.

»Geschockt?« Jana, die seit kurzem pensionierte Dorfärztin, legte die Spielkarten beiseite, um Platz für die Teller zu schaffen, die von der Wirtin auf den Tisch geschoben wurden.

»Ach, Dünnschnack«, erwiderte die Dreiundsechzigjährige, doch ihr war anzumerken, dass ihre beste Freundin Ruth eine empfindliche Ader bei ihr getroffen hatte.

Vor einer halben Stunde, kaum hatten sie den Skatabend begonnen, hatte Ruth doch glatt verkündet, dass sie Jana »aus der Gleichförmigkeit ihres lethargischen Lebens« reißen wolle. Genau so hatte sich die Sprechstundenhilfe gegenüber ihrer Ex-Chefin ausgedrückt. Ruth war nur wenige Jahre jünger als Jana, arbeitete aber noch immer in der Praxis.

Gleichförmigkeit ihres lethargischen Lebens. Ja, Jana war geschockt, zumal seit sechs Wochen gar nichts mehr gleichförmig war und sie von Lethargie in ihrem Rentnerinnenleben bloß träumen konnte.

Seit sechs Wochen hatte sie eine ungeplante Mitbewohnerin in ihrem Haus am See: Tessa Eichhorn. Ihre dreißig Jahre jüngere Halbschwester, die sie erst einen Tag vor ihrem Einzug bei der Testamentseröffnung ihres gemeinsamen Vaters kennengelernt hatte. Die beiden Schwestern mussten sich das Haus ein Jahr teilen, ansonsten würde die malerische Villa an den örtlichen Tierschutzverein fallen und die beiden bloß ihr Pflichtteil bekommen. Das jedoch würde Jana niemals zulassen, hing sie doch viel zu sehr an dem alten Gebäude, in dem sie aufgewachsen und in dem ihr Vater zeitlebens gewohnt hatte.

Gleichförmigkeit ihres lethargischen Lebens. Frechheit!

»Ich finde nicht, dass mein Leben in letzter Zeit irgendwie eintönig gewesen ist.« Jana stürzte den 38-PS-Bulldog hinunter und aß einen Happen.

»Ja, vielleicht in letzter Zeit nicht«, hielt Ruth dagegen. Ihre neonfarbenen Ohrringe klapperten, als sie sich vorbeugte. »Eher so generell, meine Liebe. So im Ganzen gesehen.«

»Im Ganzen?«

»Ja. Dein Leben, mein ich, da fehlt irgendwie die Frische.«

»Die *Frische?* In meinem Leben? Was soll denn das heißen?« Nun war Jana nicht mehr geschockt, sondern ziemlich angefressen. Egal, ob sie Ruth nun schon fast ein halbes Jahrhundert kannte, so etwas von ihrer besten Freundin zu hören war ein echter Magenschwinger. Auf der anderen Seite mochte Jana an Ruth eben genau das so gern, dass sie so geradeheraus war.

Gustav, Jäger im Ruhestand und treue Seele, erhob sich, obwohl er erst wenig von seinem Schnitzel gegessen hatte. »Äh, ja, de Daamens hevet woll noch 'n beeten wat to vertellen … Ich geh mir dann noch mal 'n Bier holen. Oder zwei. Oder drei.«

Kaum war er außer Hörweite, versuchte Ruth sich zu erklären. »Nimm's mir nicht übel, Jana, aber du bist dreiundsechzig und läufst wie … wie fünfundsiebzig rum. Total … total *verbeiget.*«

»Ver… was?«

»Verbeiget. Beige. Die Farbe. Dir fehlt Pep. Spontaneität.«

»Aha. Du meinst, wieder mit dem Töpfern anzufangen, das bringt Spontaneität?«

»Ja … Doch … Ist ein Anfang.«

»Ich hab seit fünfunddreißig Jahren nicht mehr getöpfert, ich weiß nicht mal, wo die Töpferscheibe ist.«

»Das findet sich alles. Wenn du wieder damit anfängst, wirst sehen, dann kommt die Kreativität, die Farbe, der Pep. Das kommt doch alles von allein, Jana. Die Tassen und Teller, die waren super. Das waren Spitzendinger. Ich meine, Martin hat noch immer deine Tassen im Revier.«

»Der war noch nicht mal geboren, als ich aufgehört habe«, grummelte Jana.

»Ja, ja, mag ja sein, aber er fand sie so schön, dass er sie von seiner Mutter mitgenommen hat und heute noch immer seinen Kaffee draus trinkt. Richtig? Ich sag dir, der Kunsthandwerkermarkt wird der Hammer. Da kommen alle möglichen Leute, und du hast selbst gesagt, du brauchst ’n Hobby.«

»Habe ich.«

»’n Hobby?« Überrascht sah Ruth sie an.

»Nein, gesagt.«

»Meine, ja.«

»Ach?«

»Ja, ach.«

Jana sah ihrer Freundin tief in die Augen. »Da steckt doch was anderes dahinter. Ruth, sech mi de Wohrheit!«

Verlegen schob Ruth ein paar Möhrenkugeln durch die Jägersoße, setzte an, schloss den Mund aber wieder, nur um sich dann den letzten Tropfen Bulldog reinzuschütten.

»Ruuuuhuuuuth …«

Seufzend schob Ruth das Glas beiseite. »Also, es ist so. Der Otto vom Kulturverein, der hat mich angesprochen. Also, na ja, der macht doch den Kunsthandwerkermarkt. Und der ist voll verzweifelt, weil sich dieses Jahr so wenig angemeldet haben. Un he is so ’n Seuten.«

»Was? Du hast dem Otto Pietsch schöne Augen gemacht, und Jana muss jetzt für dich einen Stand auf dem Kunstmarkt schmeißen?«, stellte Gustav fest, während er sich mit seinem Bier vor die Frauen in die Bank drückte.

Ruth räusperte sich und meinte dann sehr kleinlaut zu ihren Möhrenkugeln: »Also, das ist jetzt etwas verkürzt, also … aber … Ja, kann man so sagen.« Erst Janas bohrender Blick ließ sie von ihrem Möhrengeschiebe aufblicken. »Ich habe ihm doch schon zugesagt, dass du dein Revival gibst und da deinen Stand machst. Vor fünfunddreißig Jahren, dat gung wech wie warme Semmeln mit deinen Töpfersachen. Und wenn er zu wenig Tische hat, also, weil, wenn das nicht stattfindet, also, das wäre doch schade für Burgheide.«

Janas Brummeln klang absolut nicht überzeugt.

»Ich … ich hab schon mit Fabian Flyer designt.«

Auch das noch. Müde rieb sich Jana die Augen. Sie überlegte, ob sie wütend werden oder lachen sollte, und entschied sich, die Frage mit einem weiteren Bulldog zu beantworten. Sie streckte die Hand aus und machte ein kompliziertes Zeichen mit den Fingern, das Hase hinter dem Tresen sofort verstand. Diesmal ein Bulldog mit fünfundfünfzig PS.

»Wir haben ein Foto mit Martins Tassen gemacht, und Fabian hat am Computer alles zusammengefrickelt.« Ruth kramte aufgeregt in ihrer Handtasche. Sie schob Jana einen Ausdruck hin. »Ganz cool, oder?«

Skeptisch sah sich Jana das Werbeblättchen an. Es sah wirklich nicht schlecht aus. »Revival! Jana Hinrichs' einzigartige Töpferkreationen auf dem Kunsthandwerkermarkt Burgheide.«

»Toll, echt. Aber ihr hättet mich fragen sollen.« Jana schob Ruth das Blättchen zurück. »Tut mir leid. Ich hab Besseres zu tun.«

»Ach.«

»Ja, ach!«

»Ach, was denn?«

Jana schwieg. Sie hatte natürlich absolut nichts zu tun, außer sich mit ihrer neu gewonnenen Schwester rumzuplagen. Aber sie fand, Ruth ging es einfach nichts an, ob oder was sie zu tun hatte. Basta.

»Ich hab den Stand schon bezahlt, und die Flyer … ähm, die hat Otto schon drucken lassen. Und ich …« Jana bremste ihre Freundin mit einem Blick, woraufhin diese abwinkte:

»Schon gut. Mein Fehler. Mein Fehler. Fällt der Kunsthandwerkermarkt eben ins Wasser, und du bleibst halt verbeiget.«

»Verbeiget?!« Gerade wollte Jana schimpfen, als Gustav dazwischenging.

»Jana kann es sich ja noch mal überlegen. So, die Karten werden kalt. Wollen wir jetzt spielen oder zicken? Außerdem finde ich, Jana steht das doch ganz gut. Das Weiß und Beige mein ich. Das lässt unsere ehemalige Dorfärztin eben klassisch wirken. Eine Frau, auf die Verlass ist.«

»Klassisch? Ich wirke klassisch?« Geschockt starrte Jana ihren alten Freund an.

»Was? Ist doch so! Ehrlich, aufrichtig, ordentlich. So bist du eben. Schluss jetzt, wer gibt?«

»Verbeiget.« Zu ihrem Glück formte Ruth dieses Wort nur mit den Lippen, und Jana ignorierte es.

Jana biss die Zähne zusammen. Ihre Freunde hielten sie für verbeiget. Sie schluckte ihren Ärger hinunter. »Schluss. Gib der lethargischen, verbeigeten Klassikerin jetzt sofort die Karten!«

Zwei Stunden später, Jana hatte die allwöchentliche Skatrunde haushoch verloren, knipste sie das Licht in ihrem Badezimmer an und zog sich aus. Sie streifte sich ihren Pyjama über, den sie seit zwanzig Jahren anzog, und stellte sich vor den Spiegel. Sie wollte sich kämmen, fand ihre Bürste aber nicht.

Grummelnd musste sie sich durch eine Flut von Tiegeln und Döschen kämpfen, die ihre junge Halbschwester freizügig auf allen Ablagen verteilt hatte. Tessa war also endlich shoppen gewesen und hatte sich nach Wochen eigene Sachen angeschafft.

Jana fand ihre Bürste ganz unten zwischen Tessas sechs verschiedenen Haarpflegeprodukten.

Im Haus war es still. Wahrscheinlich hockte Tessa in ihrem Zimmer noch vor dem Laptop, wie fast jeden Abend. Die letzten Wochen hatte sie immer irgendwelche Sachen geschrieben, war durch Burgheide mit ihrem Motorrad getuckert und hatte Fotos geschossen. Wofür, wusste Jana nicht. Aber sie nahm an, dass Tessa ihrem Berliner Chef das Dorf Burgheide als *das* ländliche Idyll und Schatzkammer vergangener Zeiten verkaufen wollte.

Mit meinem Schwesterchen muss ich noch so einiges klären, überlegte sie und stapelte Tessas Kosmetika zu einem wackligen Turm, so dass wieder Platz für ihre Sachen war.

Hielt Gustav sie wirklich nur noch für … *klassisch?* Was war das überhaupt für ein Wort! Männer! Wie konnte er so was sagen? Antiker Plunder ist klassisch. Sie seufzte. Altes Zeug. Ja, alt, angestaubt, grau, das bedeutete klassisch.

Jana stellte sich ans Fenster. Hier aus dem ersten Stock der Villa hatte man einen phantastischen Blick auf den See. Der Mond spiegelte sich im Wasser, der Steg mit dem Ruderboot lag wie ein gemalter Schatten auf den nachtglitzernden Wellen.

Verbeiget.

Wann war sie das letzte Mal spontan gemeinsam mit einem Spritzbeutel geschlagener Sahne ins Erdbeerfeld gezogen, um kiloweise Beeren zu futtern? Wo waren die Nächte hin, in denen sie und Ruth aus einer Laune heraus ans Meer gefahren waren, um dort nackt zu baden?

Klassisch. Unbeweglich. Langweilig. Verbeiget.

Sie zupfte ihre Haare aus der Bürste und stockte mit einem Mal. Sie hatten dieselbe Farbe wie ihre Strickjacke und ihre Marlene-Dietrich-Hose. Weiß, beinahe beige.

3

Es ist Nacht.«

»Tag.«

»Nacht.«

»Es ist schon sechs.«

»Erst sechs!«

»Schon sechs!«

»Erst!«

»Schon!«

»Erst! Erst, erst, erst! Und jetzt hör bitte auf, an meinem Bett zu rütteln.« Fassungslos starrte Tessa ihre Schwester an, das heißt, sie versuchte zu starren, bekam ihre verquollenen Augen aber nicht auf. Draußen krähte der Hahn so laut, dass es in ihren Ohren klingelte. Mistvieh, verfluchtes.

In ihren Turnschuhen und einem Jogginganzug, ein lavendelfarben leuchtendes Ungetüm aus Jersey, und ihrem bunten Froteestirnband sah Jana wie ein Fehler in der Zeit aus. Eine Zeitreisende, die vom *Dallas*-Schauen mitten aus den Achtzigern herausgerissen und vor Tessas Bett gebeamt worden war.

»Is was passiert? Du siehst so … bunt aus.«

»Ich dachte, ein bisschen Farbe wäre hübsch.«

Tessa brummelte ein »Aha«. Dann sagte sie gähnend: »Gib mir noch vier Stunden. Da war ein Marder! War die ganze Nacht auf unserem Dachboden. Der hat da Möbel geschoben.

Wenn das Lessies Mörder ist, dann ...« Sie machte ein Geräusch, als würde ihr die Gurgel durchgeschnitten, dann erstickte ihr Gähnen alles.

»Das war ich.«

»Du?« Tessa blinzelte.

»Erzähl ich dir beim Frühstück. Los, komm schon, raus aus den Federn. Los geht's!« Trällernd deutete Jana eine ihrer Yoga-Figuren an. »Auf! Auf! Der frühe Vogel fängt den Wurm.«

Tessa vergrub ihren Kopf wieder in den Kissen. »Und die zweite Maus bekommt den Käse.«

»Komm schon, Schwesterchen. Es ist ein phantastischer Tag.«

»Es *wird* ein phantastischer Tag. Das ist ein Unterschied.« Sie zog sich die Decke über den Kopf. »Viel Spaß.«

Erst nachdem Jana das Bettgestell losgelassen und einen Aretha-Franklin-Song vor sich hin summend die Treppe hinuntergegangen war, streckte Tessa den Kopf hervor und wagte einen zweiten Versuch, die Augen zu öffnen.

Durch das Fenster ihres Turmzimmers konnte sie den Himmel über dem See sehen. Er war tatsächlich in ein vielversprechendes Rosa getaucht. Sie setzte sich auf die Bettkante. Draußen war es windstill, so dass sich die Federwolken perfekt im ruhigen Wasser spiegelten. Ein paar Enten zogen ihre Kreise, und am klapprigen Steg, den sie in der letzten Woche zu renovieren begonnen hatten, dümpelte das Ruderboot.

Seufzend kam Tessa auf die Beine und schlappte, ohne sich zu recken, ihrer Schwester die Treppe ins Wohnzimmer nach. Dabei murrte sie, bloß mit Slip und Tanktop bekleidet, ihr allmorgendliches Mantra vor sich hin: »Kaf-fee-Kaf-fee-Kaf-fee-Kaf-fee-Kaf-fee ...«

Sie bog von der Treppe ab und lief in die Töpferscheibe. Irgendwer hatte den verdreckten und staubigen Arbeitstisch und ein paar Kisten voll Kram in den Weg gestellt. Wahrscheinlich der Marder. Maulend umrundete sie den Arbeitstisch, schlurfte an der Küche vorbei ins Wohnzimmer und ließ sich auf Janas Sofa nieder. Sie bereute es sofort. Der Muff der letzten dreißig Jahre und abgestandene Erinnerungen krochen ihr in die Nase. Auch wenn Jana ihre Halbschwester war, hier stank's nach Oma. Einen Moment lang starrte Tessa auf ihre *dreißig* Jahre ältere Schwester, die draußen auf der Terrasse im Sonnenaufgang ihre Yogaübungen vollführte.

»Es würde dir nicht schaden, dir auch irgendeinen Sport zu suchen«, riss ein Rufen Tessa aus den Gedanken. Leicht verwirrt sah sie sich um. Jana war mittlerweile fertig mit ihren Verrenkungen und Tessa glatt wieder auf dem Sofa eingenickt.

»Was?« Tessa sah gähnend zu, wie ihre Schwester durch den Wintergarten ins Wohnzimmer kam.

»Sport. Wenn mir eins in den letzten zwanzig Jahren als Ärztin aufgegangen ist, dann das: Sport tut gut.«

»Brillant. Dafür brauchst du zwanzig Jahre?«

»Haha. Wie lange willst du noch rumgammeln?«, fragte Jana.

»Ich gammle nicht. Hier gammeln ganz andere Sachen.« Sie schleuderte eins der Oma-Sofakissen quer über den niedrigen Tisch zum Sessel.

Jana sog hörbar die Luft ein. »Wir sollten wirklich endlich reden. Das mein ich ernst, Tessa.«

»Nein.« Trotzig rollte sich Tessa zusammen und starrte auf die Fotosammlung auf dem Kaminsims. Nette, altmodische Familien- und Porträtfotos in schönen hölzernen Rahmen. Jana hatte wahrscheinlich als Zeichen ihres guten Willens auch einen Schnappschuss von ihr dazugestellt. Tessa mit Schlammspritzern im Gesicht, eine furchterregende Grimasse ziehend, wie sie ihr Huhn Lassie umklammerte, das heftig mit den

Flügeln schlug. Lassie, das arme Marderopfer. Das Foto steckte in einem versilberten Rahmen, der einer Rosenranke nachempfunden war. Es war das einzige Farbfoto auf dem Sims.

»Tessa, wir müssen reden. So kann es wirklich nicht weitergehen. Du hast eine Laune … indiskutabel. Wirklich. Du musst dich entscheiden.«

Tessa schloss die Augen und verharrte in der Embryohaltung. Ihre Halbschwester hatte ja recht. Wie so oft. Wie viele Wochen hauste sie nun schon hier? Vier? Fünf? Wie lang war das her, seitdem Joonas Testament sie hier nach Burgheide und in dieses phantastische Seehaus verschlagen hatte. Der letzte Wille eines Vaters, von dem Tessa achtundzwanzig Jahre lang überzeugt gewesen war, er sei tot. Nun war er es tatsächlich und hatte ihr nicht nur ein wunderschönes, aber halbes Haus irgendwo auf dem Land hinterlassen, sondern auch eine Schwester, die gefühlt ein Jahrhundert älter war als sie.

»Ich mach uns jetzt eine schöne Tasse Tee, und dann klären wir das endlich, Tessa.«

Eine altmodische Schwester, die ausschließlich Tee trank.

Tessa versuchte, sich an ihr Berlin zu erinnern. An den Duft und den Geschmack des wunderbaren Milchkaffees in ihrem Stammlokal. Schoko-Caramel XXL-Latte-macchiato Double Shot Caramel flavoured. Ein Lächeln schlich sich auf ihre Lippen.

»Siehst du, Tee muntert auf.«

Ärgerlich sprang Tessa vom Sofa. »Tee, Tee, Tee!«

»Ja, Tee.«

»Nein, keinen Tee. Bitte, keinen Tee. Keinen Pfefferminz-, keinen Hagebutten-, keinen Brennnessel-, keinen Nichts-, keinen Gar-nichts-Tee. Bitte.«

»Gut, dann mach ich dir halt Kaffee.«

Für eine Sekunde stand die Zeit still. Tessa starrte ihre

Schwester an, als hätte die gerade die Entdeckung eines neuen Kontinents verkündet. »Was? … Ich meine, wie bitte?«, fragte sie leise, und ihr versagte die Stimme. »Kaffee? Hier? Im Haus? Kaffee?« Tessas Augen begannen angesichts der Verheißung zu glänzen.

»Klar.« Und schon hatte Jana die Dose mit dem Instantpulver aus dem Regal gezogen.

»Stopp! Halt! Stopp! Zurück damit! Zurück, sonst ruf ich die Polizei! Du willst mich umbringen! Stopp!« Es musste etwas geschehen. Dringend. Sofort! »Das da, meine große Schwester, das da ist kein – ich wiederhole – KEIN KAFFEE!«

»Wieso?«

Tessa fiel die Kinnlade runter. »Weil, also, weil …« Was sollte sie dazu sagen?

Wenn ich in diesem Haus bleiben will, muss es hier Kaffee geben, echten, richtigen, wohltuenden Kaffee, dachte Tessa. Ich bring sonst noch wen um.

»Jana, stell die Dose zurück. Ja, so ist es gut. Ganz laaaangsam zurück damit. Gut so. Okay, pass auf, ich klär das jetzt ein für alle Mal.«

Sie schnappte sich ihren Laptop, der noch vom gestrigen Bloggen auf dem Couchtisch lag, und klickte die Seite ihres Lieblingsshops an. Siebenundvierzig Sekunden später hatte sie etliche Kundenkommentare abgescrollt und einen Kaffeevollautomaten deluxe ausgewählt. Ein Gerät mit allem Schnick und Schnack und sechzig Sonderfunktionen. Ein Traum. Befriedigt lauschte sie dem Klickgeräusch, als sie auf Overnight-Expresslieferung klickte.

»Was machst du da?« Neugierig kam Jana um den Laptop.

»Ich hab ein Stück Heimat für diese Wildnis hier gekauft«, sagte sie und dachte: Schoko-Caramel XXL-Latte-macchiato Double Shot Caramel flavoured.

Jana nickte und sagte bloß lapidar: »Aha.« Sie setzte sich Tessa gegenüber in den Sessel. »Apropos Wildnis. Was ist nun, gehst du zurück nach Berlin, oder bleibst du das komplette Jahr hier und pendelst zur Arbeit? Wie ist das bei euch Journalisten?«

Tessa holte Luft. Seit einigen Tagen nervte Jana, sie solle sich endlich entscheiden. Aber sie wusste es ja selbst noch nicht. Was sollte sie ihrer Schwester da antworten? Ich hab dich angelogen? Ich hab keinen Job, die haben mich wegrationalisiert in meinem tollen *LandChic*-Verlag, ich hab keine Ausbildung und kann nichts, als nette Texte über nette Dinge zu schreiben? Mein Freund hat mich betrogen, und außerdem bin ich in ein paar Tagen total blank, da ich meine Ersparnisse für neue Klamotten ausgeben musste, weil mein Ex-Chef meine Umzugskisten mit all meinem Hab und Gut in Hamburg einfach verloren hat?

Tessa atmete langsam aus. Jana würde sie für noch dämlicher halten, als sie es wahrscheinlich so schon tat. Und am schlimmsten, sie würde sie bemitleiden in ihrer gütigen, verständigen Dorfärztinnen-Kaffee-Instantpulver-Art. Und sich dann noch mehr wie eine Glucke benehmen. Sie holte erneut Luft.

»Ja, sag doch mal, Tessa.«

»Also, das ist so«, begann sie. »Ich warte noch.«

»Worauf?«, fragte Jana und setzte ihren gnadenlosen Kommen-Sie-mir-nicht-damit-nehmen-Sie-jetzt-Ihre-Pillen-Blick auf.

»Es ist sechs Uhr morgens, Jana. Hier gibt's keinen Kaffee, der mein Hirn schmieren könnte, und ich krieg die Augen kaum auf.«

»Dann mach sie zu und sag mir, was du willst. Hierbleiben oder Berlin?«

Tessa stand seufzend auf, schlappte in die Küche und roch am Instantpulver. Angewidert schob sie es in den Schrank zurück. »Na ja …« Sie wandte sich um. »Mit Berlin, das ist ein Problem, weil … Ich … ich muss dir da was sagen. Das mit Berlin …«

Das Bimmeln an der Haustür unterbrach Tessa.

»Ist offen!«, rief Jana sofort.

Tessa schnappte nach Luft. »Wie oft hab ich dir gesagt, du kannst nicht einfach alle ins Haus lassen! Im Ernst, wer mitten in der Nacht unterwegs ist, der führt nichts Gutes im Schilde. Was glaubst du, wer zu dieser gottverlassenen Uhrzeit wohl an einem so gottverlassenen Haus klingelt!«

»Jemand, der ein wichtiges Anliegen hat?«

»Hallo?«, ertönte eine sonore Männerstimme.

»Kommen Sie durch, wir sind im Wohnzimmer.«

Tessa verdrehte die Augen und zeigte leicht genervt an sich hinunter auf ihr Schlaf-Outfit, das nur aus Slip und knappem Top bestand.

Jana zuckte mit den Schultern. »Es ist helllichter Tag. Warum hast du dich nicht angezogen, als du aufgestanden bist?«

»Es ist Nacht! Und ich bin *nicht* aufgestanden! Du hast mich aus dem Schlaf gerissen. Zusammen mit diesem dämlichen Hahn, den du angeschleppt hast.«

»Moment, das Huhn war deine Idee.«

»Ja, das Huhn! Das legt Eier, das ist nützlich. Ein Hahn ist nichts anderes als ein Folterinstrument!«

»Entschuldigung?« In der Tür zur Diele stand ein junger Mann, vielleicht Ende zwanzig, der verlegen eine speckige Schirmmütze in der Hand drehte und die beiden Frauen musterte.

»Sie bringen nicht zufällig Kaffee?«, fragte Tessa sarkastisch.

»Nein. Wieso?«

»Dann könnten wir ihn trinken.« Der Mann sah Tessa in ihrem Slip und dem Tanktop verdattert an, aber die winkte bloß ab. »Vergessen Sie's.«

»Meine Schwester ist koffeinabhängig«, wandte Jana ein. »Beachten Sie sie nicht weiter. Sie schläft noch.«

»Aha. Das fällt schwer«, meinte er angesichts der halb nackten Schönheit.

»Haha!« Tessa ließ sich wieder auf das Sofa fallen und presste sich ein Kissen vor die Brust.

»Jetzt im Ernst.« Jana trat auf ihn zu. »Was möchten Sie?«

»Sven. Sven Rothenbrink. Ich arbeite bei Hensel.«

»Hensel? Oh …« Jana klang betroffen. »Ich hab von dem schlimmen Unfall gehört.«

»Welcher Unfall?«, hakte Tessa nach.

Zögerlich trat Sven näher, drehte seine Schirmmütze und rang mit sich, wie er am besten anfangen könnte. »Ich … ich habe gehört, Sie beide … Also, Sie beide haben mit der Sache Schwanbeck zu tun gehabt«, murmelte er. »Mit dem Mord, mein ich.«

»Na ja, das war etwas unglücklich«, erklärte Jana. »Anna wurde hier im See gefunden, und da …«

»Welcher Unfall? Was für Hansels?«

»Hensel«, korrigierte Jana.

»Was für ein Unfall bei Hensel?« Neugierig war Tessa herangekommen und musterte den Mann. Er hatte Arbeitssachen an, Gummistiefel, eine dreckige Latzhose, ein grobes Fleece. Und er roch definitiv nach Tiermist. Vermutlich Pferd.

»Sara hatte …« Seine Stimme brach. »Also, Frau Hensel … Sara Hensel … Sie … sie hatte einen Reitunfall.«

»Und?« Tessa runzelte die Stirn. »Geht es ihr gut?«

Vorwurfsvoll sah Jana sie an, während der Mann seinen

Blick betroffen abwandte. »Du wohnst hier seit anderthalb Monaten und liest immer noch nicht Zeitung. Du bist doch Journalistin.«

»Euer Käseblatt? Interessiert mich, ob die Freiwillige Feuerwehr schon wieder grillt und welcher Töpferverein einen Kurs gibt?«

»Das vielleicht nicht, aber dass Sara Hensel bei einem Reitunfall tödlich gestürzt ist.«

»Oh.« Tessa biss sich auf die Lippe. »Entschuldigung. Mein Beileid.«

Der Mann nickte. Seine Augen waren feucht. Mitleidig legte Tessa ihm die Hand auf die Schulter. Jegliche kesse Art war von ihr gewichen. »Setzen Sie sich. Wollen Sie einen Kaff… Wollen Sie einen Tee?«

»Nein. Nein danke.« Sven Rothenbrink seufzte. »Eigentlich wollte ich nur, dass Sie mir helfen.«

»Wobei?« Stirnrunzelnd sahen sich die beiden Schwestern an.

»Zu beweisen, dass Sara ermordet wurde.«

4

Und, bist du jetzt endlich wach?«, raunzte Jana ihre Schwester an und versuchte, den Motorradhelm aufzubekommen. Ihre Finger zitterten stark. Auch ihre Knie waren weich wie Pudding, denn Tessa war mit diebischer Freude hinter Sven hergerast. Sie war gar nicht zu stoppen gewesen, als sie erfahren hatte, dass er mit seiner Motocross-Maschine zu ihnen an den See gekommen war. Er hatte die Süd-Koppeln des Gestüts überprüft und sich dabei entschlossen, zu ihnen an den See zu fahren und sie um Hilfe zu bitten. Der vermeintliche Unfalltod seiner Chefin hatte Sven auf seiner Kontrollfahrt keine Ruhe gelassen.

Trotz ihrer Müdigkeit war Tessa sofort Feuer und Flamme gewesen. Querfeldein war sie mit Jana auf dem Sozius über Wald- und Wiesenwege, über Stock und Stein direkt zum Gestüt gerast.

Eigentlich mochte Jana das Kribbeln im Bauch, wenn Tessas Maschine vom Boden abhob, aber die Vorstellung, was passieren könnte, wenn ihre Schwester die Kontrolle über ihren so heiß geliebten Feuerstuhl verlor, versetzte sie in Panik. Die Bilder verselbständigten sich in ihrem Kopf, und dann kam das Zittern.

»Sei doch nicht immer so steif.« Tessa packte ihren Helm auf die Satteltaschen der Indian. »Entspann dich mal. Du musst dich auf so einen Ritt einlassen, das Kribbeln genießen.«

»Das Kribbeln ist es nicht«, brummte Jana.

»Mit deinem Landrover hätten wir doppelt so lange gebraucht.«

»Ja, wären aber nicht doppelt so oft gestorben.« Maulend drückte sie Tessa den Helm vor die Brust.

»Beinahe gestorben, wenn überhaupt. Und außerdem dachte ich, *ich* bin heute die mit der schlechten Laune.« Tessa zückte ihre Kamera und ging zu Sven hinüber, der seine Maschine vor einem Springbrunnen aufbockte. »Wahrscheinlich einfach zu wenig Yoga heut Nacht, Jana.«

»Es war schon sechs.« Vergeblich probierte Jana, ihre Haare zu richten, dann folgte sie ihrer Schwester. Sie spürte jede Wurzel und jeden Stein im Rücken.

Das Gestüt Hensel setzte ganz auf Pferde-Romantik. Als Jana vor Jahrzehnten hier Reitunterricht genommen hatte, hatte es bloß einen schmalen Stall, das geklinkerte Wohnhaus und eine Reithalle gegeben. Nun standen ein halbes Dutzend Gebäude um einen malerischen Hof. Drei Reitställe und ein Trainingshaus für Pferde säumten mit dem Wohnhaus den kopfsteingepflasterten Hof. Alle Häuser waren dem ortstypischen Baustil mit Fachwerk-Klinker angepasst. Anscheinend hatten die Kinder von Christian Hensel, der damals den Reiterhof leitete, ordentlich Geld reingesteckt. Die von Rosen berankten Stallungen sahen gepflegt aus, und das Wohnhaus, das einen Glasvorbau als Bürotrakt bekommen hatte, wirkte einladend. Überall blühte es, und selbst Mistforken und Schubkarren atmeten ländliche Romantik.

»Hier stehen alle unter Schock«, sagte Sven und führte die beiden Frauen zu einem der Ställe. »Und ich auch. Ich … ich brauche einfach wen, der sich mit einem klaren Blick mal alles ansieht. Verstehen Sie?«

Jana und Tessa nickten und folgten Sven zum Stall.

»Wenn ich ’nen Kaffee krieg, ist mein Blick aber so was von klar«, meinte Tessa.

»Wie kannst du an Kaffee denken? Vielleicht ist hier ein Mord passiert.«

»Ich zeig Ihnen erst mal Dancing Queen. Sie steht unter Schock. Der Tierarzt hat aber ansonsten grünes Licht gegeben. Sie wird wieder.« Er schob das Rolltor des Stalls zur Seite und betrat mit den beiden Schwestern die Boxengasse. Die Stallung war sehr sauber und gut gepflegt. Neugierig lugten einige Pferde über die halbhohen Boxentüren.

»Puh, die müssen duschen.« Tessa drückte sich den Saum ihres T-Shirts vor die Nase und gab so einen herrlichen Blick auf ihren Bauchnabel frei. Und zwar genau im richtigen Augenblick, denn aus einer der Boxen trat ein athletischer Mann heraus. Üppige dunkle Haare, gerade richtig, um darin herumzuwuscheln, verruchter Dreitagebart und hinreißend blaue Augen. Tessa rannte prompt gegen eine Schubkarre mit Pferdemist. Beinahe hätte sie dem Kerl die volle Ladung über die Stiefel gekippt.

»Nicht so stürmisch«, meinte der, und sein Lachen war zum Dahinschmelzen.

Obwohl Tessa sich das Shirt vors Gesicht hielt, wusste Jana, dass ihre Schwester den Mann mit offenem Mund anstarrte. Anscheinend wurde Tessa klar, dass sie ihm freie Sicht auf ihren Bauch und ihren rosa gepunkteten BH gab, und stopfte verlegen das Shirt in den Jeansbund.

Seufzend schob sich Jana zwischen die honigsüßen Blicke der beiden. »Entschuldigen Sie«, unterbrach sie sie. »Meine Schwester hatte noch keinen Kaffee. Sie ist deshalb noch nicht wach.«

»Ach, mit einem Bett kann ich aushelf… Kaffee. Mit einem Kaffee, mein ich.« Er lief rot an, und Tessa musste laut lachen. Sie nahm ihren Fotoapparat für einen Schnappschuss hoch.

»Für den Spruch sind Sie mir aber ein paar Bilder schuldig.«

Doch er wehrte ab und nahm die Schubkarre. »Ein andermal vielleicht. Seit wann machst du Sonderführungen?«, wandte er sich an Sven.

»Hat sich so ergeben.« Sven war es sichtlich unangenehm, dass sie dem Mann begegnet waren.

»Du weißt, dass der Chef den Hof heute geschlossen hält?«

»Ja, weiß ich. Schon gut, Dennis. Häng's nicht an die große Glocke, okay?«

Statt einer Antwort nickte Dennis bloß. Bevor er die Karre aus dem Stall schob, warf er Tessa noch sein erfrischendes Lächeln zu. Dann war er hinausgetreten, und das gleißende Morgenlicht schluckte seine stattliche Silhouette.

»Weiteratmen.«

»Was?«

»Du musst atmen«, mahnte Jana ihre Schwester. »Das hat was mit der Sauerstoffzufuhr und dem Hirn zu tun.«

»Danke, Frau Dorfärztin. Wer zum Teufel war das?«

Sven verdrehte die Augen und winkte Jana, ihm zu folgen. »Das war unser bestselling Dennis.«

»Bestselling? Was verkauft der denn?«, wollte Tessa wissen.

»Er ist Reitlehrer. Seine Kurse sind ausgebucht. Immer«, antwortete Sven und führte die Schwestern zur Box von Dancing Queen. Nervös trat die Stute gegen die Wand, als sie ihre Besucher bemerkte.

»Sssssscht. Hey, Kleine«, versuchte Sven, das Tier zu beruhigen. »Wie geht es dir?«

Die Stute wich zurück, als er die Tür öffnete, dann erkannte sie ihn und ließ ihn zu sich.

»Bewegen Sie sich langsam. Sie ist noch sehr schreckhaft«, ermahnte er die beiden Frauen.

Jana versuchte, sich an die Dinge zu erinnern, die sie damals im Reitunterricht gelernt hatte. Sie vermied es, der Stute direkt in die Augen zu sehen, streckte ihr aber zur Begrüßung die Hand hin. Neugierig roch das Pferd daran und schnaubte schließlich. Anscheinend durfte Jana zu ihr in die Box. Sie tätschelte den Hals des Pferdes. Die Stute war, wie es schien, gestürzt, denn an Hals und Flanke hatte sie etliche Abschürfungen, und ein vorderes Bein war bandagiert.

Tessa blieb lieber vor dem Verschlag, machte jedoch einen langen Hals, während Sven den Verband entfernte.

»Dazu braucht es kein Fachwissen«, meinte Jana, nachdem sie sich die Wunde angesehen hatte. »Das ist ein glatter Schnitt. Sie hatte Glück, der Schnitt ist nicht tief.«

»Wieso ist er nicht tief?«, hakte Tessa nach. »Wenn die Reiterin, die ja wohl keine Anfängerin war, derart gestürzt ist, dass …« Sie warf einen Blick auf Sven, der sich darauf konzentrierte, einen neuen Verband aus der Verpackung zu holen. »Also, dann war sie nur langsam unterwegs oder wie?«

Sven nickte finster und umwickelte das Bein mit einer frischen Bandage. »Es heißt, Queeny sei an einem Ast hängengeblieben. Aber sie trug Gamaschen. Und was auch immer es war, das sie zum Stolpern brachte, es hat durch die Gamasche geschnitten.«

»Dann waren sie also doch im wilden Galopp …« Tessa beobachtete, wie Jana dem Pferd über die Nüstern strich.

»Wer hat denn den Unfallbericht verfasst?«, fragte Jana. Sie war sich sicher, dass ein Ast niemals durch den Schutz einer Gamasche einen so feinen Schnitt verursachen konnte.

Svens Gesicht verdüsterte sich. Offensichtlich musste er sich überwinden zu antworten. »Unser Tierarzt, Herr Beeke.«

Jana verließ die Box und warf ihrer Schwester einen vielsagenden Blick zu.

»Du glaubst, hier stimmt was nicht?«

Jana nickte.

»Also ich wäre auch dafür, dass wir uns hier noch mal genauer umsehen.«

»Bestselling Dennis?«, witzelte Jana.

»Auch, klar. Nein, natürlich wegen diesem angeblichen Unfall. Du scheinst dich jedenfalls ganz gut mit Pferden auszukennen«, frotzelte Tessa.

»Es gab da mal eine Zeit. Also damals mit Ruth, da haben wir die verrücktesten Sachen …« Sie winkte ab.

»Ist aber lang her, was?« Tessa grinste breit. »Ich kann's mir richtig vorstellen. Kichernd und mit wippendem Pferdeschwanz, ihr beide, Ruth und du. Gab's da etwa auch so einen schnuckeligen Reitlehrer?«

»Lass gut sein«, würgte Jana das Gefrotzel ab und wandte sich an Sven. »Wer hat denn Frau Hensel gefunden?«

»Ein paar Pferdemädchen.« Er gab der Stute ein Leckerli und sah überrascht auf, als Tessa erneut zu kichern anfing.

»*Pferdemädchen!* Genau. Jana und Ruth. Die zwei wilden *Pferdemädchen von Büllerheide!*«

Sven tadelte Tessa mit einem Blick. »Die Mädchen sind vierzehn, also bitte. Die haben ihre Pferde hier untergestellt. Sie waren zu dritt auf einem Ausritt, als sie Sara gefunden …« Er brach ab.

»Der Unfall ist also auf einer bekannten Strecke passiert?«, wollte Jana wissen.

Sven schloss die Boxentür. »Sara … ich meine Frau Hensel ritt jeden Morgen diesen Weg. Es war ihr festes Ritual. Der Weg führt durch eine Obstbaumplantage.« Die Hände tief in den Hosentaschen vergraben, stapfte er an ihnen vorbei zur Sattelkammer. »Ich habe keinen Ast gefunden, über den Queeny gestolpert sein könnte.« Er ließ den beiden Schwestern den Vortritt in den Umkleideraum. »Sie reitet und stürzt und stirbt. Das kann einfach nicht sein. Es passt alles nicht. Aber keiner spricht es aus.«

In der mit Holz verkleideten Kammer tanzte der Staub in der Morgensonne, die durch zahlreiche Ritzen und Astlöcher hereinfiel. An einer Seite waren bunt bemalte Fächer und Garderobenhaken angebracht, gegenüber hatten Sättel und Zaumzeug ihren Platz. Über jedem Sattelzeug klebte ein Schild mit dem Namen des Pferdes, und darunter stand jeweils ein Schemel und darauf eine Putzbox.

»Frau Hensel war äußerst gewissenhaft, was die Tiere und die Reiterei angeht.« Er deutete auf ein Garderobenfach. Eine kleine Tasche und ein Reithelm lagen darin. Während Tessa sich durch die Handtasche wühlte, betrachtete Jana den Helm.

»Ist das Frau Hensels Helm?«

Sven lachte bitter. »Ja. Was für eine Ironie. Hier …« Er fasste ins Schweißband und zeigte die Initialen S. H., die golden in das Leder geprägt waren. »Außerdem hat sie eine Stickerei auf dem Helm anbringen lassen, eine erblühte Rose und zwei Knospen. Sie meinte, die Rosen stehen für die Pferde, so wunderschön und anmutig. Von der Knospe zur perfekten Blüte. So sieht sie das. Die Fohlen zu großartigen Pferden auszubilden, zu prächtigen Rosen. Dafür lebt sie.« Er stockte. »Lebte sie.«

Jana ließ ihre Finger über das Muster gleiten. Das Motiv war sehr sauber gefertigt, keine billige Arbeit. »Ist so eine Stickerei nicht teuer? Das ist doch eine Sonderanfertigung, oder?«

Sven nickte, und Tessa, die mit der Durchsicht der Tasche fertig war, nahm Jana den Helm ab.

»Ist sie oft ohne Helm geritten?«, fragte Tessa.

»Nein, das ist es ja. Eigentlich nie. Sogar in der Halle hatte sie ihn immer auf. Sie wollte all den Schülern ein Vorbild sein, wissen Sie. Und während ihrer Karriere als Springreiterin, da hat sie ja genug Unfälle gesehen. Kann mich nicht erinnern, dass sie jemals ohne Helm los ist.«

»Na ja …« Jana setzte ihr einfühlsames Ärztinnengesicht auf. »Aber ihr Helm ist ja nun mal hier. Oder hatte sie mehrere?«

»Wie meinen Sie das? Nein, nicht dass ich wüsste.«

Tessa steckte ihre Nase tief in den Helm. »Hm, riecht weder nach Pferd noch nach Schweiß oder Shampoo. Kein einziges Haar zu sehen. Und das Schweißband sieht auch noch tipptopp aus.« Sie gab ihn Jana zurück. »Wie nennt man das, wenn man immer den Helm aufsetzt, aber am Tag des Unfalls nicht?«

»Pech?«, war Janas analytisch kalte Antwort.

5

»Und?«, wollte Sven wissen.

Tessa umklammerte den Kaffeepott, den er ihr rettenderweise aus dem Aufenthaltsraum der Mitarbeiter in den Hof gebracht hatte.

Sie nippte. »Danke, hervorragend«, antwortete sie und schenkte ihm ein bezauberndes Lächeln. Immerhin hatte Sven sich bemüht, das musste man ihm zugutehalten. Er hatte sich bemüht, ihr einen Pott mit … Ja, mit was eigentlich? … zu bringen.

»Im Aufenthaltsraum, dahinten im Stall, da gibt's noch mehr«, sagte er.

»Toll.«

Kaum hatte er sich abgewandt, kippte Tessa das wässrige Irgendwas in einen der Rosenbüsche.

»Eindeutiger Befund, würd ich sagen«, gab Jana zum Besten und sah dem Rosenbusch beim Tropfen zu.

»Diagnose: schlechter Kaffee?«

»Nein.« Jana grinste spitzbübisch. »Dein Leidensdruck ist noch nicht hoch genug.«

»Bei der Lorke wär der auch nicht gesunken.« Tessa winkte ab und sah zum Büro-Vorbau, in dem Sven wieder verschwunden war, um eine Mitarbeiterliste für sie zu holen.

»Pass mal auf, Schwesterchen. Du musst dich auf den Tag einstellen. Du musst ihn an dich heranlassen, den Tag. Dann wachst du auch auf. Hier.« Jana nahm Tessas Hand und streckte sie wie bei einer Yogaübung aus. »So, und jetzt durchatmen. Im Ernst. Entspann dich. Durchatmen.«

Obwohl Tessa die Augen verdrehte, tat sie es. Sie holte so kräftig Luft, wie sie nur konnte, und tatsächlich … Es duftete nach Sommer – wenn man über den Pferdegestank hinwegroch. Sie schloss die Augen und spürte die Sonne auf ihren Wangen, die Brise in ihrem Haar. Pferde schnaubten, und von irgendwoher zwitscherten ein paar Vögel.

Sie öffnete die Augen und sah sich um: Der klare blaue Morgenhimmel versprach einen herrlichen Tag, und das Ensemble der Gebäude im Fachwerkstil hätte durchaus eine schöne Fotostrecke für *LandChic* abgegeben. Für eine himmlische Sekunde sog sie dieses ländliche Idyll glücklich in sich auf.

»Wie ist der Befund?«, wollte Jana wissen.

»Körper und Geist nehmen schleichend ihre Arbeit auf. Apropos Arbeit aufnehmen. Du weißt, dass er recht hat.«

»Sven? Mit dem Mord?«

Tessa nickte zum Helm, der aus Janas großer Handtasche lugte. »Wie wahrscheinlich ist das – da reitet jemand immer mit Helm und an dem Tag nicht? Pech? Ganz abgesehen von der Verletzung des Pferdes, die sich nicht durch einen Ast erklären lässt. Wir sollten Martin informieren.«

Jana schwieg einen Augenblick. »Ich sehe das ja auch so, aber versprich mir eins!«

»Was?«

»Kein Rumgeschnüffel! Wir spielen nicht wieder Detektiv. Wir bringen Martin den Helm, sagen ihm, was Sven uns erzählt hat, und gut.«

»Och, ich komm grade in Fahrt«, schmollte Tessa. »Wir waren doch ein Superteam. Miss Marple und äh …«, sie suchte nach einem passenden Vorbild für sich, »… und Natalie, Dylan und Alex.«

»Wie bitte? Das sind drei.«

Tessa verdrehte die Augen. »Ist doch egal. Die drei gelten als eine. Du bist Miss Marple.«

»Vielen Dank für die Blumen. Und wieso bist du drei?«

»Na, ich bin die drei Engel. In Personalunion.« Sie ahmte ein paar Karatetritte nach. »Marple und die drei als eins – die zwei sollen sich mal ein bisschen umhorchen.«

»Du bist drei?« Prüfend musterte Jana ihre Schwester. »Du bekommst aus Kaffeemangel jetzt keine Persönlichkeitsspaltung, oder?«

»Du willst mir doch nicht allen Ernstes erzählen, dass du nicht weißt, wer die drei Engel für Charlie sind.« Tessa winkte ab. Es war hoffnungslos. Ihre Schwester entstammte eben einfach einem anderen Jahrhundert. »Ich wollte bloß sagen, letztes Mal war es doch ganz … ganz funny.«

»In den Lauf einer Pistole zu sehen nennst du funny?«

»Ach, komm schon. Du bist echt so eine. In deinem Kopfkino laufen wirklich nur Horrorfilme. Du bist so verklemmt, ey!« Sie grinste. »Denk doch nur: Wir hätten wieder einen Grund, regelmäßig zu Martin zu gehen.«

Verwirrt sah Jana sie an. »Martin? Bist du in ihn verliebt?«

»Was?« Tessa lachte entrüstet. »In Martin?! Wie kommst du denn … Nein!«

»Aber?«

Tessa grinste verschmitzt. »Aber in seine Backkunst.«

Da huschte auch über Janas Gesicht ein Lächeln. »Ah, ja, das ist allerdings ein schlagendes Argument fürs Rumschnüffeln.«

Die beiden mussten lachen.

»Hey! Wer sind Sie?« Wild gestikulierend kam ein Mann

auf sie zumarschiert. Er hatte teure Outdoorklamotten an, alles Designerzeug, wie Tessa auf einen Blick feststellte. Seine Reitstiefel waren auch vom Feinsten. Sie schätzte den Mann auf Anfang fünfzig.

»Ich glaube, der meint uns«, flüsterte sie und sah sich nach Sven um, der gerade mit der Mitarbeiterliste aus dem Büro kam. Beim Anblick des Mannes erstarrte er und ließ den Zettel unauffällig in der Hosentasche verschwinden. Sein entsetzter Gesichtsausdruck verriet Tessa jedoch, dass sie diesem Herrn wohl besser nicht begegnet wären.

»He! Der Hof ist geschlossen. Was machen Sie hier?«, rief er.

Tessa bemerkte, wie Jana den Reißverschluss über dem Helm zuzog und die Tasche dann hinter sich stellte.

»Was in drei Teufels Namen soll das, Rothenbrink?« Der Fremde baute sich vor Jana und Tessa auf, sah jedoch über sie hinweg zu Sven.

»Ich ... es ... also ... Es ist wegen ...«, begann Sven zu stottern.

Tessa fiel ihm ins Wort. »... wegen mir. Es ist wegen mir. Also meinetwegen. Ich ... ich muss unbedingt reiten lernen, Herr ...?«

»Hensel. Es finden heute keine Kurse statt. Der Hof ist für die Öffentlichkeit geschlossen. Und das, Herr Rothenbrink, wissen Sie genau!« Wütend blitzte er Sven an.

»Natürlich weiß das Herr Rothenbrink«, mischte sich Jana ein. »Ihr Mitarbeiter hat uns das bereits mehrfach gesagt, aber es war ein Geburtstagsgeschenk.«

»Ja, meine Schwester hat mir den Reitkurs zum Geburtstag geschenkt, und jetzt sind wir hergefahren und wollten nicht einfach wieder umdrehen ...« Tessa warf dem Hofbesitzer ihren besten Augenaufschlag zu. »Ich habe so gebettelt, wenigstens mal gucken zu können. Sie haben wirklich einen wunderschönen Hof und so herrliche Tiere!«

»Verschwinden Sie, und zwar gleich«, unterbrach Hensel sie barsch, gab Sven Zeichen, die beiden Damen vom Hof zu befördern, und stapfte ohne ein weiteres Wort davon.

Sprachlos sah Tessa ihm hinterher. Es passierte ihr nicht oft, dass ein Mann sich von ihrem Augenaufschlag nicht milde stimmen ließ.

»Das war wohl Saras Bruder?«, wollte Tessa wissen.

»Ja. Ich gehe ihm seit Saras Tod aus dem Weg.«

»Er weiß also nichts von Ihrem Verdacht?«, fragte Jana nach.

»Nein, ich hab mit niemandem darüber gesprochen, weil …« Er beendete den Satz nicht.

Doch Tessa hakte nach. »Weil …?«

Mit einem scheuen Blick versicherte sich Sven, dass niemand in der Nähe war. »Wir sind hier eine Familie. Kennen uns alle schon ewig. Wenn Sara wirklich …« Er brachte das Wort »ermordet« nicht über die Lippen. »Also, dann muss es doch jemand von uns gewesen sein. Verstehen Sie? Jemand hier vom Hof. Jemand, der wusste, wo Sara jeden Morgen entlangritt.«

»Sie haben einen Verdacht«, stellten die Schwestern wie aus einem Munde fest.

Sven nickte und zog die Mitarbeiterliste aus der Tasche. »Na ja, ich, also …« Er ermahnte sich selbst. »Nein, ich will Sie nicht bequatschen. Vielleicht rede ich mir auch nur was ein. Vielleicht hat sich Sara einen zweiten Helm besticken lassen, und wir finden den Helm vom Unfall noch. Vielleicht liege ich aber auch richtig. Hier sind alle Personen aufgelistet, die Sara gut und lange kannten und sich privat mit ihr trafen. Vielleicht hilft Ihnen das.«

Jana sah kurz auf die Liste, sagte jedoch nichts, sondern steckte sie sogleich in ihre Tasche. »Nun gut. Wir fahren zu Martin. Die Polizei muss von Ihrem Verdacht erfahren.«

»Muss das wirklich sein?«

»Ja. Glauben Sie uns«, erwiderte Jana, und schließlich stimmte Sven zähneknirschend zu. Ihm war anzusehen, dass er keinen großen Wirbel veranstalten wollte.

»Sosehr ich mich nach Martin und insbesondere seinem Kaffee sehne«, meinte Tessa zu Jana, »so sollten wir doch vorher einen klitzekleinen Blick auf den Ort des Geschehens werfen.«

6

Vor den beiden Schwestern breitete sich die wunderschöne Plantage aus, die Sven ihnen beschrieben hatte. Die Apfelbäume standen in voller Blüte, und immer wieder hatten sich Fliederbüsche zwischen ihre Reihen gedrängt. Ein Farbenmeer aus Tausenden Schattierungen von Weiß, Rosa und Lila. Wie weiche, federleichte Wolken bauschten sich die Blütenberge vor ihnen auf, schwangen die Äste im sanften Morgenwind. Hier wollte man verliebt sein, lachen, sich mitten in das Leben werfen, aber gewiss nicht sterben.

Bei dem Gedanken, dass hier ein Mord stattgefunden haben sollte, wurde Jana nachdenklich. Sie wischte die Blüten fort, die der Wind in ihr Haar geweht hatte, und bemerkte, wie auch Tessa die Luft anhielt.

Die beiden warfen sich einen Blick zu.

»Gestorben wird an den romantischsten Orten«, stellte Jana trocken fest.

»Und gemordet wohl leider auch.«

Es glich einer Ewigkeit, bis sie sich in das Blütenmeer hineinwagten. Zögernd, Seite an Seite suchten sie nach dem Reitpfad. Blütenblätter bedeckten den Boden, und ein Weg war schwer auszumachen.

»Hier … hier ist er.« Jana deutete auf einen schmalen, erdigen Streifen. Der Boden war unter den Blüten durch Hufe aufgewühlt worden.

»Such du da, ich such da drüben«, wollte Tessa Jana anweisen, aber die schüttelte den Kopf.

»Suchen wir doch gleich hier.« Sie zeigte zu einem vom Wind schief gedrückten Baum, an dessen Stamm jemand einen Blumenstrauß gelegt hatte. Der Fliederbusch daneben war arg mitgenommen. Äste waren abgebrochen, die Blütendolden in den weichen Boden getrampelt. Anscheinend hatte sich Queeny hier nach dem Sturz wieder aufzurappeln versucht.

»Blüten im Blütenmeer«, murmelte Tessa und schoss ein paar Bilder von dem Blumenstrauß mit ihrer Profikamera.

»Weiße Rosen.« Neugierig musterte Jana den Strauß. Er war frisch.

»Geheime Liebe, Sehnsucht, Abschied. Na, wer das wohl war?«

»Geheime Liebe?« Verwundert sah Jana ihre Schwester an.

»Na sicher. Du weißt doch, jede Blume hat eine Bedeutung, genau wie jede Zahl oder jede Farbe.«

»Esoterik-Seminar?«, fragte Jana ironisch.

»Nee, Reportage über einen Geheimbund in der Uckermark«, war Tessas flapsige Antwort. »Es ist jedoch selten, dass Männer so was wissen. Da hat also entweder jemand einfach Geschmack und ein gutes Händchen, oder wir haben es mit einem sehr gebildeten Exemplar zu tun.«

»Von wem redest du?«

»Na, von Sven Rothenbrink. Ist doch wahrscheinlich, dass er weiße Rosen hier abgelegt hat.«

Jana nickte. Dass Sara für Sven mehr als seine Chefin gewesen war, war nicht zu übersehen.

Tessa hielt ihre Nase an einen Apfelzweig voller Blüten. »Hab mal einen Artikel geschrieben. Du glaubst nicht, wie oft aufkeimende Liebe schon durch die falsche Wahl beim Blumenkauf zunichtegemacht wird.«

»Wer gibt denn heute noch etwas auf solchen Aberglauben?«

»Keine Ahnung. Frisch Verliebte?«

Der Wind wehte und ließ Blütenblätter wie Schmetterlinge in der Luft tanzen. Beide Schwestern verstummten einen Augenblick.

»Es ist grausam«, murmelte Jana schließlich und schritt den aufgewühlten Reitpfad entlang. »Wieso ausgerechnet hier?« Plötzlich hielt sie inne und kniete sich hin. »Tessa?«

»Was gefunden?« Ihre Schwester hockte sich neben sie und folgte mit dem Blick Janas Finger. Einige Grasbüschel waren beschmiert. »Ist es das, was ich denke, das es ist?«

»Blut«, stellte Jana fest.

»Und zwar reichlich«, sagte Tessa angewidert und half Jana erneut auf die Beine. Sie überwand sich und knipste ein paar Bilder vom besudelten Gras, während Jana bereits zum Fliederbusch ging. Es war ein uralter Flieder, dessen Stämme teils armdick waren.

Sie riss Klee und Löwenzahn, die an den Wurzeln wuchsen, ab und befühlte die Stämme, bis sie plötzlich zufrieden nickte.

»Tessa! Komm mal her. Siehst du das?«

Gehorsam trat Tessa neben sie und fotografierte Janas Entdeckung an einem der Stämme. Dann folgte sie ihr quer über den Reitpfad zu einem der Apfelbäume.

»Da auch?«, fragte Tessa.

»Kann man nicht sagen. Der Baum ist weiß angestrichen worden.«

»Als Einziger?« Sie sah sich um.

Tatsächlich war dieser Apfelbaum der einzige weit und breit, dessen Stamm bis auf Brusthöhe mit weißer Farbe getüncht worden war.

Jana strich darüber, die Farbe war trocken. Wenn es einen Einschnitt gegeben hat, war er durch die Kalkfarbe vertuscht worden.

»Gelöschter Kalk mit Wasser, aber das macht man eher im Herbst«, stellte Tessa fest. »Und bevor du fragst: Herbst-Special, Titel: Obstbaum satt, zwölf Seiten mit großflächigen Fotos, Farbe, vor zwei Jahren, nein, drei Jahren.«

Jana murmelte etwas, das klang wie »Kloogschieter«.

»Schau mal da.« Noch einmal beugte sich Tessa zur Rinde und zeigte auf eine feine Vertiefung unter der Farbe. Sie war kaum wahrnehmbar.

»Das ist zu wenig, das kann alles sein.«

»Du glaubst es aber doch auch?«

»Natürlich. Jemand hat hier etwas festgezurrt. Vom Flieder rüber zum Apfelbaum. Direkt über den Weg. Sicherlich waren die Einschnitte in der Rinde des Apfelbaums deutlicher zu sehen. Also hat er den Stamm angemalt.«

»Weißanstrich verpasst«, berichtigte Tessa.

»Von mir aus Weißanstrich.«

»Tja, da muss erst eine Redakteurin aus Berlin kommen, damit du mal das Landleben kennenlernst.«

»Du quasselst so veel Mess!« Grübelnd sah sich Jana zum Reitpfad um. »Von der Höhe her stimmt es mit der Verletzung bei Dancing Queen überein. Der Täter hat wahrscheinlich einen Draht genommen. Und Sara ist hineingeritten.«

»Das wäre dann vorsätzlicher Mord. Stimmt doch?«

Jana nickte.

»Fies. So einen Draht, den sieht man nicht.«

»Richtig. Sie reitet hinein und stürzt mit dem Pferd.«

»Aber«, sagte Tessa und starrte auf die dunklen Flecken im Gras und die abgebrochenen Zweige des Flieders, »er konnte nicht sicher sein, dass er sie durch den Sturz umbringt, oder?

Ich meine, woher wusste er, dass Sara an dem Morgen keinen Helm trägt und sich tödlich verletzt?«

»Er muss nachgeholfen haben.« Jana schüttelte den Kopf. »Wahrscheinlich hat er sich hier irgendwo verborgen gehalten und gelauert.«

Tessa ging zum Fliederstrauch und umrundete ihn. »Gefunden!«

Hinter dem Busch war das hohe Gras niedergetreten. Jemand hatte dort gesessen, war auf und ab gegangen, hatte gewartet. Tessa schoss Fotos von dem Versteck.

Jana war ihr hinter den Flieder gefolgt. Es duftete berauschend. »Wie kann man an einem solch friedlichen und herrlichen Ort darauf warten, jemanden zu ermorden?« Sie war noch immer fassungslos, wieso Sara ausgerechnet hier hatte sterben müssen.

»Ein Mörder im Fliederbusch«, raunte Tessa, und Jana konnte sich lebhaft vorstellen, wie ihre Schwester gerade die Schlagzeile vor sich sah.

7

Jana parkte ihren Landrover so schwungvoll vor ihrer ehemaligen Praxis, dass Tessas Gurt einrastete. Fluchend rieb sie sich die Schulter, in die der Gurt geschnitten hatte.

»Du musst nicht Gleiches mit Gleichem vergelten, Jana«, brummte sie beim Aussteigen. »Nur weil ich rase, musst du mich nicht nachmachen.«

»Ha, ich bin schon viel früher als du gerast. So sieht das aus. Außerdem fahr ich immer, immer nach StVO. Beschleunigen und schmackig bremsen ist ja wohl nicht verboten.«

Jana hatte sich geweigert, auf Tessas Indian in die Stadt und zum Revier zu fahren, und darauf bestanden, ihren Wagen vom Seehaus zu holen. Faire Aufteilung der Spritkosten, hatte sie gemurmelt. Nun legte sie jedoch einen Zwischenstopp an ihrer ehemaligen Praxis ein, nachdem Ruth mehrfach auf ihrem Handy angerufen hatte.

Ruth war wie gewöhnlich die Erste in der Praxis und hatte schon alle Fenster zum Durchlüften geöffnet, bevor gleich die Patienten kamen. Der Anblick des fast vollständig von Knöterich überwucherten Fachwerkhauses versetzte Jana einen kleinen wehmütigen Stich. Es war erst gute anderthalb Monate her, seit sie die Praxis übergeben hatte, die mehr als fünfunddreißig Jahre ihr Lebensmittelpunkt gewesen war. Immerhin hatte sie die Praxis an den fähigen jungen Arzt Fabian Kerner abgegeben, der sicher die nächsten Jahrzehnte gut für die Burgheider sorgen würde. Wie viele Landärzte in Deutschland hatten schon ein solches Glück?

Jana öffnete die Autotür, als Ruth bereits aus der Praxis eilte. Sie hatte ihr Shirt mit dem Aufdruck »Fabian! Fabelhaft!« an und ihr schnurloses Headset, mit dem sie neuerdings die Anrufe entgegennahm, schon auf. Hinter dem Rücken hielt sie etwas verborgen.

»Schön, dich zu sehen.« Ruth gab ihrer Freundin ein Küsschen auf die Wange.

»Auch wenn ich wieder mal verbeiget bin?« Schmunzelnd sah Jana an sich hinunter. Sie hatte sich statt des bunten Trainingsanzugs für Weiß und Beige entschieden. Die Entscheidung war ihr leichtgefallen, denn letztendlich gab ihr Kleiderschrank nicht wirklich etwas anderes her.

Ruth winkte ab. »O Mann, da hab ich was angerichtet, was? Es tut mir so leid. Waren wohl ein paar zu viele Bulldogs. Bisschen zu viel PS für einen Abend. Ich meine, ich hab's nicht so gemeint, Jana.«

»Das glaube ich weniger.«

»Es tut mir leid, ganz dolle leid.«

»Okay«, meinte Jana, »ist angekommen.«

»Puh, da bin ich aber froh.« Mit einem »Taaaaata« zog sie einen Korb mit einem Arrangement aus reichlich zerrupften Ranunkeln hinter dem Rücken hervor. »Die blühen weiß und rosa, die hast du dir doch gewünscht. Wenn du die Knollen im Keller überwinterst, werden sie sicher sehr prächtig.«

»Danke, Ruth.« Jana führte sie ein paar Schritte vom Landrover weg. »Ruth, du kennst mich doch. Ich kann das ab. Also wenn du meinst, ich wär langweilig …«

»Das … das war wirklich blöd von mir.«

»Egal. Ist ja jetzt alles gut. Was glaubst du, was ich letzte Nacht gemacht habe?«

»Geschlafen? Dich über mich geärgert?«

»Den Dachboden nach der alten Töpferscheibe und meinen Sachen von damals durchsucht.«

»Was?! Du machst mit?« Ruth war ehrlich überrascht. Das Leuchten in ihren Augen tat Jana gut.

»Ich werd mir was ausdenken, ja? Irgendwas Hübsches, was wir verkaufen können. Ich versuch den alten Kram wieder in Gang zu bringen, und dann will ich mal sehen, ob meine … meine … verbeigten Finger das noch hinkriegen.«

Ruth stupste sie in die Seite. »Ach du. Das wäre klasse …« Mit einem Mal stockte sie jedoch. »Warte mal.« Etwas summte an ihr. »Ja, Praxis Fabian Kerner … Ja … Kein Problem. Wenn Sie ein MRT haben wollen, dann sollten Sie zuerst … Nein, Sie müssen zuerst hierher.« Ruth machte Jana ein Zeichen für »einen Moment«, ging zurück zum Eingang der Praxis, tigerte auf und ab und sprach mit dem Patienten.

Jana wartete noch eine Minute, dann deutete sie Ruth ein »Tschüss« an, setzte sich zu Tessa und startete den Wagen, um zu Martin zu fahren.

Die Polizeistation von Burgheide war vermutlich die kleinste Dienststelle Deutschlands. Ungelogen und wörtlich. Mit Not passten gerade zwei Bürotische hinein, viel Platz für die Stühle blieb nicht. Trecker- und Mähdrescherposter sowie Fotos von Torten, die Martin über die Terroristenfahndungsplakate gepinnt hatte, sollten es wohl aufpeppen. Doch das Wichtigste in der Polizeiwache war, vor allem nach Tessas Einschätzung, eindeutig Tinker-Bell, der Kaffeevollautomat der Profiklasse, die feinste Kaffeefee der Welt, zumindest Burgheides.

Bei dem Gedanken an Martins Super-duper-Kaffeevollautomaten war Tessa schon während der ganzen Strecke das Wasser im Mund zusammengelaufen. Auf einem Servierwägelchen, das unter dem einzigen Fenster des Reviers klemmte, thronte sie. Tessas Lebensretterin!

Doch jetzt stand Tessa fassungslos davor und konnte nur noch hilflos stammeln: »W-w-w-was …? Was ist … ist um Himmels willen passiert?«

Tinker-Bell lag in ihre Bestandteile zerlegt vor ihr. Jemand hatte der Kaffeefee die Flügel gezupft und ihr Innerstes nach außen gekehrt.

Jana zwängte sich an dem schmalen Tresen vorbei und schob sich zwischen den beiden Schreibtischen hindurch. »Wahrscheinlich ist Martin hinten im Garten. Seit wann kennst du dich denn mit der Maschine aus?«

»Was?«

»Anscheinend kennst du dich damit doch nicht aus«, frotzelte Jana.

»Wenn ich den erwische, der meine Tinker-Bell ermordet hat«, sagte Tessa drohend. »Wir haben uns vor zwei Wochen ineinander verliebt. Wir hatten eine rosige Zukunft!« Liebevoll tätschelte sie den Wasserbehälter.

»Moment mal, du hast Martin heimlich besucht?« Janas Grinsen sprach Bände.

Entrüstet schüttelte Tessa den Kopf. »Nein, nein, nein, Schwester, so nicht! Jetzt komm mir nicht wieder mit verliebt! Ich hab Tinker-Bell besucht, klar?«

»Du gehst wegen einer Tasse Kaffee zur Polizei?«

»Na ja … also vor allem deswegen.« Tessa seufzte. »Letzte Woche hat Martin Cupcakes gebacken. Unglaublich. Schoko extrem und da dann so ein ganz, ganz, aber gaaaanz frisches Joghurtzeug drauf, das ganz, ganz, aber gaaaanz fein nach Limetten geschmeckt hat. Irre.«

»Irre? Wer ist irre?«, ließ Martins Stimme die beiden herumfahren. Der junge Dorfpolizist trug dicke Ofenhandschuhe und hielt ein Backblech vor der Brust, von dem ein köstlicher Duft herüberwehte. Anscheinend hatte er den Morgen bereits mit sachdienlicher Polizeiarbeit vor dem höchsteigenen Revierofen verbracht.

Tessa wurde schlagartig bewusst, dass sie noch gar kein Frühstück gehabt hatte.

»Aber erst einmal moin, Frau Hinrichs. Äh … und moin, Frau Eichhorn. Was verschafft mir denn die Ehre? Oder geht's nur um Tinker-Bell?«

»Jemand hat sie zerstückelt«, schluchzte Tessa theatralisch. »War das Captain Hook?«

»Grundreinigung. Morgen geht es ihr wieder gut.« Martin sah Tessa unschlüssig an.

»Du backst so früh morgens schon … schon Brötchen?« Jana schob sich durch die zu eng stehenden Tische auf seine Seite, dicht gefolgt von Tessa, die mit langem Hals auf das Gebäck schielte.

»Heiliges Backblech!«, entfuhr es Tessa. »Das sind doch nicht etwa Scones? Kann man die schon essen?«

Eine leichte Röte stieg Martin in die Wangen. »Natürlich. Wir wollen gerade frühstücken. Könntet ihr vielleicht …?« Er nickte zu einem Tablett, das auf einer Schreibmaschine mit mehreren Marmeladen, zwei Tellern und Besteck bereitlag.

Jana nahm es.

»Äh … also wenn ihr auch … ich meine, frühstücken wollt?«, wandte sich Martin räuspernd an Tessa, die vor Glück quiekte. »Also, ich meine, Teller hol ich gleich noch und Besteck und so.«

»Also das wäre ja toll.« Tessa zwinkerte Martin zu, dann schob sie Jana hinter ihm her. »Komm, Miss Marple! Ich wette, dieses Argument wird dich restlos überzeugen. Danach ist Tee passé.«

»Welches Argument? Wovon überzeugen?« Argwöhnisch blieb Martin in der Tür zum Garten stehen, wollte Tessa mustern, traute sich aber nicht, sie direkt anzusehen.

»Von Kaffee«, antwortete Jana.

Martin nickte, während er schüchtern auf seine Scones sah. »Frau Eichhorn, wir hatten das Thema bereits, wenn ich mich recht entsinne. Unsere Kaffeemaschine ist unverkäuflich. Tinker-Bell bleibt hier bei mir.«

»Hast du sie deshalb heute filetiert?« Tessa klopfte Martin auf die Schulter. »Aber keine Sorge, ich hab mir selbst eine bestellt.«

»Ach wirklich?« Martin klang dermaßen enttäuscht, dass Jana Tessa mit einem kurzen Blick anstupsen musste.

»Das heißt natürlich nicht«, versuchte Tessa, Martin zu beruhigen, »dass ich nicht mehr herkomme. Ich meine, deine Rezepte sind der Hammer. Wie könnte ich da nicht ein paar Besuche einplanen?«

Das schien Martin zu beruhigen, immerhin konnte er wieder lächeln, auch wenn er komplett rot anlief. »Das hör ich gern. Ihr müsst die Fliedermarmelade testen. Vorzüglich.«

»Auf den Scones sicher ein Gedicht.«

»Höhenverstellbar?«, fragte Martin, und Tessa wusste für einen Moment nicht, was er wollte.

»Na selbstverständlich. Bis siebzehn Zentimeter. Da gehen die ganz hohen Latte-macchiato-Gläser drunter.«

»Cream Cleaner?«

»Selbstverständlich, und Tassenwärmer.«

»Isolierter Milchbehälter?«

»Beleuchtetes Tassenpodest.«

»Reduzierter Bitterstoffgehalt?«

»Drei – ich betone, Martin – *drei* Mahl- und Brühvorgänge!«

Martin nickte anerkennend. Tessa nickte anerkennend. Sie waren beide sehr zufrieden und eigentlich ein perfektes Pärchen.

»Ihr könnt euch ja dann gegenseitig zum Kaffee einladen«, unterbrach Jana die beiden und ging über eine schmale Treppe voraus in den Hinterhof. »Ich hab auch noch eine Plattensammlung«, feixte sie. »Falls ihr die ansehen wollt …«

Diesmal liefen beide rot an.

Unter dem Walnussbaum saß Martins Kollegin Lea an dem rustikalen Holztisch. Als sie den Besuch sah, sprang sie sogleich auf und kam mit ausgestreckter Hand auf die Schwestern zu.

»Na so was. Guten Morgen. Das ist aber eine Freude. Was führt Sie denn so früh zu uns? Hat Sie der Duft von Martins Zaubereien hergelockt, oder sind Sie wieder unter die Detektive gegangen?« Sie kicherte ihr Schulmädchenlachen und bot den beiden Plätze am halb gedeckten Frühstückstisch an.

Tessa ließ sich mitten in einem der Sonnenflecken nieder, sog den Duft der Scones ein und lauschte dem Murmeln der Kluckbeeke, während Martin zwei zusätzliche Teller und Besteck holte. Burgheide hatte wahrlich herrliche Ecken, und der Garten des Polizeireviers, der malerisch an dem Bach lag, gehörte eindeutig dazu.

»Himmel«, seufzte Tessa, »ihr habt den schönsten Arbeitsplatz der Welt.«

»Lea, du hast leider recht«, begann Jana, als Martin sich gesetzt hatte. »Wir sind nicht nur wegen eines Frühstücks hier.«

»Keine schlechten Nachrichten vor neun.« Kichernd schob Lea Jana einen Teller und Besteck hin. »Wir haben erst in zwölf Minuten Dienstbeginn.«

»Es ist so, wir haben hier einen Reithelm …« Sie wollte ihn aus ihrer Tasche ziehen, aber ihre Schwester hielt sie davon ab.

»Jana! Das respektieren wir«, bremste Tessa sie und legte ihr sogleich ein Scone auf den Teller, suchte nach der Fliedermarmelade und brach den Scone auf. »Aufbrechen, Clotted Cream drauf und ein Kleckslein Fliedermarmelade«, kommentierte sie ihre Handgriffe und hielt Jana das Gebäck hin. »Reinbeißen.«

Grummelnd nahm Jana ihr den Scone aus der Hand und probierte. Für eine Sekunde schloss sie die Augen, dann lehnte sie sich zurück. »Oh … Ooooh … Ich denke, die zwölf Minuten können wir ohne Probleme noch warten. Ist ja keine Gefahr in Verzug.«

»Ich mein, habt ihr das schon geprüft? Gibt es dafür Belege?«, wollte Tessa ein paar Minuten später wissen. Sie tupfte die letzten Krümel des englischen Teegebäcks von ihrem Teller und sah Martin herausfordernd an. »Martin, es wäre fatal, wenn das eine falsche Information ist.«

Lea kicherte, Martin glühte rot wie eine seiner Erdbeermarmeladen. »Ja, ich bin mir sicher, dass man in einer aktiven Polizeistation kein Café eröffnen kann. Wirklich. Auch nicht nur an Sonntagen.«

»Schade eigentlich.« Enttäuscht schob Tessa die Unterlippe vor und schaffte es damit, dass Martins Gesichtsfarbe noch einen Grad röter wurde.

»Apropos aktive Polizeistation«, unterbrach Jana Tessas Bemühungen, Martin zu bekehren, den Polizeidienst zu quittieren und eine Patisserie oder ein Café oder zumindest einen privaten Lieferservice zu eröffnen. »Ich unterbreche ja nur ungern, aber es ist neun Uhr drei. Ob wir wohl jetzt eine Meldung machen können?«

Sofort hörte Lea mit Kichern auf und zückte einen Notizblock. »Natürlich, Frau Hinrichs. Worum geht es bitte?«, fragte sie äußerst professionell.

»Mord«, sagten die Schwestern gleichzeitig.

Für eine Sekunde war nur das Glucksen des Baches zu hören. Dann folgte Martins Husten, weil er sich an seinem Scone verschluckt hatte. Bevor er lila anlief, klopfte ihm Lea auf den Rücken.

Nachdem Martin sich wieder gefangen hatte, sog er langsam, äußerst langsam die Luft ein und starrte auf das Backblech. »Tut mir das nicht an. Bitte, bitte, bitte, tut mir das nicht an.«

»Tja, Martin, *wir* waren es nicht.« Tessa hob abwehrend die Hände. »Und die Leiche ist diesmal auch gar nicht in unserem See baden gewesen. Erzähl du's ihm.«

Jana räusperte sich. »Heute Morgen«, begann sie.

»Also heute *Nacht*«, warf Tessa ein. »Ich hab jedenfalls noch geschlafen.«

»Heute *Morgen*«, wiederholte Jana mit strengem Blick auf ihre kleine Schwester und erzählte dann mit knappen Worten von ihrem Besuch auf dem Gestüt, dem Helm und ihrer Theorie mit dem Draht.

Nachdem wieder Stille einkehrte, richteten sich alle Augen auf Martin, der sich den Reithelm nahm und ansah.

»Jemand hat den Helm ausgetauscht, damit es aussieht, als wäre Sara ohne ihn geritten? Und hat einen Draht gespannt, damit sie vom Pferd fällt?«

Tessa nickte. »Genau. Und hinterm Fliederbusch hat er auf sie gewartet.«

»Der Helm ist nagelneu«, ergänzte Jana. »Das Pferd hat an einem der vorderen Beine trotz Gamaschen einen Schnitt. Ebenso wie zwei Stämme an der Unfallstelle. Es sind nur Indizien, aber …«

Sie verstummte, denn Martin gab ihr mit versteinerter Miene den Helm zurück und vergrub plötzlich das Gesicht in den Händen. Weinte der Burgheider Polizist etwa?

»Alles in Ordnung? Kanntest du Sara etwa so gut?«, fragte Tessa besorgt.

»Nein. Aber wenn das stimmt ... O Mann!« Er stand auf und rupfte das Backblech vom Tisch.

»Wo ist denn Alfons?«, fragte Jana. Alfons war Martins Chef und der Revierleiter von Burgheide.

Weil Martin wütend ins Haus stapfte, antwortete Lea für ihn: »Im Urlaub. Malle. Kommt erst nächste Woche zurück.«

»Schon wieder?«, murmelte Jana.

»Aber ... also, warum ist Martin denn jetzt so sauer?« Verständnislos sah Tessa ihm nach.

»Wenn Sie recht haben oder auch nicht recht haben, was noch schlimmer wäre, irgendwie ... Egal. Jedenfalls so oder so: Martin muss Kommissar Kettel anrufen. Die Kripo.«

Tessa und Jana sahen sich an und stöhnten.

Alles, dachte Tessa, bloß nicht Kripo-Kettel. »O nein!«

»Du sagst es. An den lieben Herrn Kettel hatte ich gar nicht mehr gedacht«, brummte Jana seufzend.

»Der verhaftet wieder halb Burgheide, anstatt mal ordentlich nachzuforschen. Der kann doch 'ne Leiche nicht von 'ner Lebenden unterscheiden.«

»Na, bei Sara Hensel hat er auch nicht mehr viel Zeit«, rief Martin mit dem Telefonhörer in der Hand vom Büro her.

»Wieso?«, fragte Tessa.

»Die Beisetzung ist in einer Stunde«, war Martins Antwort.

Klassische Scones

Zutaten:

250 g Mehl
1 TL Backpulver
1 Messerspitze Salz
3 EL Butter
50 g Zucker
etwa 120 ml Buttermilch

Zubereitung:

Schritt 1: Den Backofen auf 220 Grad Ober-/Unterhitze vorheizen. Ein Backblech mit Backpapier auslegen.

Schritt 2: Mehl, Backpulver und Salz mischen und in eine Schüssel sieben. Die Butter in Flöckchen darauf verteilen und alles zu einer krümeligen Masse vermengen.

Schritt 3: Dann Zucker und die Hälfte der Buttermilch untermischen. Nach und nach den Rest der Buttermilch dazugeben, bis ein geschmeidiger Teig entstanden ist. (Evtl. bleibt etwas Buttermilch übrig.)

Schritt 4: Den Teig auf einer bemehlten Arbeitsplatte ca. 2 cm dick ausrollen und Kreise von 6 cm Durchmesser ausstechen (z. B. mit einem Glas oder einem Cookie Cutter).

Schritt 5: Die Teigscheiben auf dem vorbereiteten Backblech etwa 15–20 Minuten goldbraun backen.

Schritt 6: Mit Clotted Cream und Marmelade bestrichen servieren.

8

Auf dem Parkplatz an der Aussegnungshalle standen die Wagen bereits in zweiter Reihe. Eine schwarze Wolke von Trauergästen füllte die Wege und den Platz vor dem Eingang der Kapelle. Jana parkte den Wagen halb auf dem Friedhofsgrün.

»Wir müssen irgendwie einen Blick auf sie erhaschen, irgendwas finden, das als Beweis für Mord dient.« Sie schnappte sich ihre Handtasche, in der der Reithelm steckte.

»Du machst das schon«, erwiderte Tessa und klopfte ihrer Schwester zuversichtlich auf die Schulter.

»Hast du denn deinen Fotoapparat dabei?«

»Die Fototasche ist ja wohl ein wenig auffällig, meinst du nicht? Hier. Einfach auf ›Kamera‹ drücken und dann los.« Sie wollte ihrer Schwester das Smartphone reichen, aber die schüttelte den Kopf.

»Du bist die Fotografin«, entgegnete sie.

»Ich? Ich soll die Leiche …?«

»Klar.«

»Als Ärztin ist das doch definitiv deine Aufgabe, so mit Toten und so.«

»Als Ärztin hatte ich es eher mit den *Lebenden.* Du bist doch die Starfotografin mit dem Blick fürs Detail.«

»Ja, bei Kürbisgerichten, Reitturnieren und schicken Wiesenblumenarrangements!«

»Ich untersuche, du fotografierst.« Ohne eine Entgegnung abzuwarten, ging Jana los. Sie hörte noch Tessa fluchen, stellte aber zufrieden fest, dass ihre Schwester ihr zum Hintereingang der Halle folgte.

»In zwanzig Minuten beginnt der Gottesdienst«, sagte Jana, bog um die Ecke und rannte in einen gedrungenen, kugeligen Mann.

»Jana?« Verdutzt blickte er zu ihr auf. »Jana? Mensch, was machst du denn hier? Der Eingang für Trauergäste ist auf der anderen Seite.«

Jana rang sich ein Lächeln ab. »Jörn! Das ist ja eine Überraschung.«

»Eine Überraschung? Na ja, irgendwie gehört der Bestatter schon auf eine Beerdigung, oder?«

»Äh, natürlich.«

Jörn Flachskamp kniff die Augen zusammen. »Ist alles in Ordnung?«

Es war ein offenes Geheimnis, dass Jörn schon seit Jahrzehnten ein Auge auf Jana geworfen hatte. Doch er hatte nie den Mut gefunden, sich ihr zu offenbaren. Zum Glück, denn er hätte von Jana einen Korb bekommen. Sicher war Jörn nett, aber absolut nicht Janas Typ. Zwangsläufig hatten sie sich des Öfteren getroffen, das brachten schon allein ihre Berufe mit sich und natürlich das Dorfleben an sich. Doch Jana betete bei jedem Treffen, dass er wieder nicht den Mut finden möge. Die Vorstellung, ihn zurückweisen zu müssen, machte sie immer wieder aufs Neue nervös. So auch diesmal.

»Was?«, stammelte sie. »Klar, was soll denn sein?«

»Na ja, man hört ja so manches im Dorf.«

»Wirklich?« Verlegen blies Jana eine ihrer grauen Haarkringel aus der Stirn.

»Was denn so?«, wollte Tessa wissen. Sie hatte sich neben

Jana postiert und musterte den kompakten Bestatter argwöhnisch.

»Dorftratsch, kennst du ja«, versuchte Jana, jeden Kommentar über Mörderjagden und Detektivspielereien abzuwürgen. Gekünstelt lächelnd winkte sie ab. »Schnack hier, Schnack da. Das ist übrigens meine Schwester, Tessa Eichhorn.«

»Jörn Flachskamp«, stellte er sich knapp vor, nur um sich wieder an Jana zu wenden. »Dann machst du doch keinen Töpferstand auf dem Markt?«

»Ach so, darum geht's. Ja, ähm, doch.«

Jörn musterte die beiden skeptisch. Ihm war anzusehen, dass ihm angesichts der beiden hibbeligen Frauen zahlreiche Fragen kamen. »Der Eingang ist vorne«, sagte er schließlich.

»Das weiß ich doch, Jörn.« Wieder lachte Jana nervös. »Tessa, meine Schwester, also, sie müsste mal ... Du weißt schon.« Sie drückte Tessa ihre Tasche vor die Brust. »Um die Ecke rum, dahinten, da sind die Toiletten. Ich warte hier auf dich. Oder? Jörn, du hast doch sicher noch ein paar Minuten für ein Pläuschchen?«

Nach einem zackigen Blick auf seine Uhr entgegnete er: »Vier Minuten.« Dann sah er zu Tessa und stutzte. »Ist was passiert?«

Tessa war schlagartig aschfahl geworden. Ratlos stand sie da. »Was? Nein, also ich ... Ich soll allein ...?«

Jana stieß ein Lachen aus. »Sicher. Das kriegst du schon hin. Wirklich. Bist ja schon groß.« Sie schob Tessa ein Stück vor und wandte sich wieder an Jörn. »Kleine Schwestern! Die Pest ... Sie hat Klaustrophobie. Die Kabinen ... Deswegen.«

»Oh, das ist hart«, beteuerte Jörn.

»Und wie!« Grummelnd stapfte Tessa los.

»Da sind Fenster«, rief Jana ihr hinterher. »Keine Sorge.«

9

Ich hoffe, sie sind groß«, murmelte Tessa, nachdem sie um die Ecke gebogen war. »Klaustrophobie, schönen Dank! Das macht doch hier gleich die Runde«, moserte sie und besah sich die Rückseite der Aussegnungshalle. Tatsächlich gab es drei Fenster. Sie rüttelte am ersten, aber es war verschlossen. Auch das zweite ließ sich nicht aufdrücken. Im dritten steckte ein Troll aus Plastik mit wilden grünen Haaren und Glitzersteinen als Augen. Der arme Kerl klemmte als Stopper im Rahmen und hielt tapfer das Fenster auf. Es roch schneidend nach Desinfektionsmittel.

Kopfschüttelnd betrachtete Tessa das Spielzeug, drückte das Fenster auf und kletterte mit einem gekonnten Klimmzug hinein.

Sie stand in der Putzkammer. Drei Eimer, über die Lappen zum Trocknen gelegt waren, stanken nach Reinigungsmittel. Vorsichtig schlich sie durch den Raum und lugte aus der Tür. Sie hatte gedacht, gleich in die Halle zu gelangen, aber die Kammer führte zu einer Art Vorhalle. Von dort ging eine Eisentür nach draußen. Vermutlich wurden hier die Särge von hinten in die Kapelle gebracht. Backstage sozusagen. Auf der anderen Seite der Halle befand sich eine verzierte Holztür, zu der sie nun hinüberhuschte und sie behutsam aufzog. Durch den Spalt konnte sie Stuhlreihen, riesige Blumenbouquets und ein Meer aus Kerzen erspähen. In der

Mitte des Raums war der Sarg aufgebahrt. Der Deckel stand offen.

Tessa war sich nicht sicher, ob das gut oder schlecht war.

Hinter den bunten Fenstern der Kapelle zeichneten sich die Schatten der Trauergäste ab, die auf dem Platz warteten.

Tessa schloss die Tür wieder und atmete durch. Wie viel Zeit blieb ihr? Noch zwei Minuten? Jedenfalls zu wenig, um sich stundenlang zu zieren.

Sie zählte bis drei, richtete ein Stoßgebet gen Himmel, öffnete die Tür erneut und eilte zum Sarg hinüber. Sie konzentrierte sich auf Saras schmuckvolles Leichenkleid, die Augen halb zugekniffen. Aber es half nichts, sie musste der Toten schon ins Gesicht sehen.

Verdammt. Ängstlich blinzelte sie und … und atmete erleichtert aus. Das war gar nicht schlimm.

Jörn Flachskamp hatte gute Arbeit geleistet. Sara Hensel lag wie eine schlafende Prinzessin da, ihr Haupt auf ein Seidenkissen gebettet. Das lange blonde Haar floss ihr über die Schultern, die Wangen glänzten rosa.

Für einen Moment stand Tessa wie gebannt. Wie konnte jemand, der ermordet worden war, so friedlich aussehen?

»Entschuldigung«, flüsterte sie Sara zu und zückte ihr Handy. »Ein paar Bilder fürs Polizeialbum, bitte.«

Ihre Finger begannen zu zittern, als sie sich vorbeugte, um der Toten die Haare zur Seite zu streichen. Angeblich war Sara an ihrer Kopfverletzung gestorben. Die Wunde zu finden war schwierig, und Tessa spürte, wie ihr schlecht wurde. Flachskamp hatte die Verletzung mit irgendeiner Art Knetmasse kaschiert. Angeekelt starrte Tessa auf ihre Finger, an denen etwas von dem Modellierzeug kleben geblieben war. Sie wischte sie an der Jeans ab und zerrte den Helm aus Janas Tasche.

»'tschuldigung, ist nur zu Ihrem Besten«, murmelte sie und hob den Kopf der Toten an, um ihr den Helm überzustreifen.

Plötzlich drangen Schritte zu ihr. Sie hielt den Atem an und sah sich um. Der Haupteingang war noch geschlossen. Ein affektiertes Lachen hallte von irgendwoher. »Ach, Jörn«, hörte sie ihre Schwester, »die Toten können doch warten. Wir haben schon so lange nicht mehr geplauscht.«

Verdammt. Hektisch versuchte Tessa, den Kinnriemen zu schließen, doch daran war gar nicht zu denken. Der Riemen war viel zu kurz eingestellt. Es fehlten sicher gut acht Zentimeter, um ihn zuzubekommen. Schnell machte sie ein Foto. Dann kramte sie ein Taschentuch aus der Tasche, spuckte darauf und rubbelte unter Saras Kinn die Schminke ab.

Zufrieden betrachtete sie den dicken Bluterguss, der zum Vorschein kam. Noch einmal machte sie ein paar Aufnahmen, zog den Helm wieder ab und stopfte ihn zurück in die Tasche. »Nichts wie weg«, sagte sie zu sich.

Janas Stimme wurde lauter. Die beiden kamen näher.

Tessas Blick fiel erneut auf Sara. Jetzt schaute sie tatsächlich aus, als wäre sie gewaltsam zu Tode gekommen. Die Haare waren völlig zerzaust, der Bluterguss leuchtete wie ein Warnsignal. Schnell versuchte Tessa, die langen Haare wieder ordentlich zu drapieren, machte es dadurch aber nur noch schlimmer. Nun sah die Arme aus, als hätte ein Killer sie mit den Haaren unter einen Rasenmäher gestopft und …

»Mist«, entfuhr es ihr. Sie ließ das Zupfen sein und blickte sich in der Kapelle um. Hier standen an die hundert Stühle. Die Schlange vor dem Sarg wollte sie sich gar nicht ausmalen, all die Gesichter, die in Saras Antlitz …

Die Tür, durch die sie vorhin hereingekommen war, wurde geöffnet. Mit einem Hechtsprung rettete sie sich hinter eines der Blumenbouquets.

Jana trat mit Jörn Flachskamp ein. »Ja, verstehe ich. Du hast echt so gut zu tun?« Unauffällig hielt sie nach Tessa Ausschau.

»Na ja, ich muss schon sagen, dass ich mir auch wirklich Mühe bei der Präsentation gebe. Jeder Mensch hat seinen Charakter gehabt, und den versuche ich herauszuarbeiten.«

»Und du machst das großartig.«

»Danke. Und bei dir? Bekommt dir dein Ruhestand, Jana?«

»Ja, wieso?« Sie hatte Tessa entdeckt und gab ihr durch Kopfnicken Zeichen, endlich zu verschwinden.

Also robbte Tessa von Blumenvase zu Blumenvase, schließlich hinter den Altar und von dort aus die letzten Schritte bis zur Tür. Hoffentlich bemerkte dieser Flachskamp sie nicht. Doch Jana griff plötzlich seine Hände und zog ihn zu sich. Der Weg für Tessa war frei.

»Huch«, entfuhr es Jörn.

»Entschuldige, ich dachte, da ist was. Neben dir.«

»Was? Neben mir? Du wirkst, entschuldige, leicht verwirrt. Du wirst doch nicht etwa auf deine alten Tage schrullig? Wenn ich das mal so sagen darf.«

»Nein, keine Sorge. Ich werd nur beige.«

»Beige?« Er verstand erst nicht, dann bemerkte er ihren Ton-in-Ton-Aufzug und lachte. »Wenn's nur das ist. Für mich warst du immer …«

Jana schnitt ihm das Wort ab, bevor er etwas Peinliches sagen konnte. »Du hast recht, Jörn, mit dem Ruhestand. Das ist wirklich nicht einfach. Oh, deine vier Minuten! Die sind rum«, hörte Tessa ihre Schwester mit einem Mal das Gespräch abbrechen, kaum dass sie durch die Tür verschwunden war. »Lass uns doch mal wieder schnacken. Ich muss jetzt weiter.«

»Was? Wohin denn?« Er klang enorm verwirrt.

»Zum … zum Töpfern. Ganz vergessen. Tschüss«, war das

Letzte, was Tessa hörte, dann war sie bereits in den Putzraum zurückgeeilt.

Erst als sie sich zu Jana ins Auto setzte, atmeten sie wieder durch.

»Klaustrophobie, ja?«, murmelte Tessa frotzelnd. »Nekrophobie wäre wohl passender.«

»Mir ist nichts Besseres eingefallen. Und, hast du was gefunden?«

»Der Helm passt nicht. Der Kinnriemen ist viel zu kurz eingestellt. Große Wunde oben am Kopf, und jetzt kommt's: Ein fetter Bluterguss am Kinn. Hier.« Sie zeigte Jana die Aufnahme.

»Das Hämatom hat vermutlich die Schnalle verursacht«, sagte Jana und vergrößerte das Bild auf dem Display.

»Yep. Sie hatte ihren Helm auf, als sie gestürzt ist.«

»Eindeutig. Also hat sie jemand erschlagen, nachdem sie ihn abgenommen hatte«, murmelte Jana und ließ den Motor an. »Das sollte Martin erfahren, auch wenn es ihm nicht schmecken wird.«

10

Bloß ein paar hundert Meter hinter dem Burgheider Dorfschild, direkt im Wäldchen an der Kluckbeeke, lag das Café Snopenstuv. Einst war dieses gedrungene Fachwerkhaus als Wassermühle erbaut worden. Doch das hölzerne Mühlrad prunkte nur noch als romantisch-bemooste Dekoration über dem Bachlauf.

Tessa war vollkommen entzückt. »Warum hast du mir denn *das* verschwiegen!«

Jana zuckte mit den Schultern. »Wir haben doch unseren gemütlichen Wintergarten zum Teetrinken.«

»Zum Teetrinken, ja«, entgegnete Tessa. »Ein romantisches Café riecht nach gutem Kaffee!«

Der Gastraum wirkte sehr familiär und gemütlich. Die durch die Jahre schief gewordenen Balken des Fachwerks verliehen der Kaffeestube einen urigen Charakter, der jedoch von modernen Accessoires gebrochen wurde. So entdeckte Tessa sofort unter den Glashauben allerlei Torten und Gebäck, und hinter dem schweren Tresen glänzte eine Espressomaschine. »Das hast du doch mit Absicht gemacht.«

»Was?«

»Mir den Laden hier vorzuenthalten«, grummelte Tessa ziemlich verärgert und eilte, ihr Mantra aufsagend, zur Theke. »Kaf-fee-Kaf-fee-Kaf-fee-Kaf-fee-Kaf-fee …«

»Nirgends ist es so gut wie daheim«, war Janas Erwiderung. Sie rief nach Katrin.

Eine hagere Frau um die vierzig trat in den Gastraum. Sie trug eine vom vielen Waschen angerauhte Schürze, an der sie sich die Hände abwischte. »Dunderewetter! Na, das ist ja eine Überraschung.« Sofort machte sie ein besorgtes Gesicht. »Alles in Ordnung?«

»Ja, sicher. Und bei dir?«

»Ach«, seufzte Katrin, »es wird mehr gestorben als gelebt.« Mit einer ausladenden Geste zeigte sie auf die Tische. Sie waren mit Blumengestecken aus Plastik dekoriert. »Heute schon wieder eine Beerdigung.«

»Ich weiß. Deshalb sind wir hier.«

»Ist es schon so spät?« Panisch sah sich Katrin nach der altmodischen Uhr um, die über dem Eingang zur Küche hing. »Du bist zu früh«, bemerkte sie dann erleichtert.

Inzwischen hatte Tessa die Leckereien auf dem Tresen unter die Lupe genommen. Sie räusperte sich und kam zur Inhaberin der Snopenstuv. »Entschuldigen Sie …«

»Oh, du musst Janas Schwester sein. Ähm, Tamara …?«

»Tessa. Tessa Eichhorn.«

»Ah ja. Hast du dich inzwischen bei uns eingelebt?« Sie schüttelte Tessa herzlich die Hand und wollte sie anscheinend gar nicht mehr loslassen. »Kann ich euch was anbieten?«

»Na, aber auf jeden Fall«, antwortete Tessa. »Den Blaubeerkuchen da und einen Kaffee. Latte macchiato?«

Katrin lachte, so dass die störrischen dunklen Locken wippten. Sie stupste Tessa mit einer flapsigen Handbewegung an. »Blaubeer? Nein, nein … Ach so, ja … Nein, die Kuchen sind nur Dekoration. Pflegeleicht. Aus Plastik.«

Verständnislos starrte Tessa sie an. »Was? Quatsch, das ist kein Plastik.«

Wieder klapste Katrin ihr kichernd auf die Schulter. »Hab ich übers Internet. Aus Japan. Die machen das wirklich gut mit dem Kunststoff. Die können alles naturgetreu nachahmen. Irre, oder?«

»Irre.«

»Sieht echt wie echt aus.«

»Aber … Also … kein Blaubeerkuchen?« Tessas Stimme brach.

Katrin schüttelte den Kopf. »Backen ist nicht so mein Ding. Und es kommen nicht so viele Gäste, dass ich es mir leisten kann, immer frische Kuchen einzukaufen.«

Wehmütig sah Tessa zum Tresen. Die Espressomaschine funkelte verführerisch. »Und der Kaffee? Ist der auch aus Plastik? Die herrliche Maschine da etwa auch nur Attrappe?«

Wieder musste Katrin lachen. »Die? Na ja, die benutz ich nicht. Lohnt nicht. Ist aber 'n echter Hingucker, hm?« Sie knuffte Tessa erneut in die Seite und winkte ihr dann, ihr zu folgen. »Du hast aber Glück. Kaffee hab ich! Und der ist schon fertig. Die Trauergäste kommen ja gleich.« Damit huschte sie in die Küche und kam alsbald mit einer winzigen Tasse voll schwarzer Glückshormone zurück. Auf der Untertasse balancierte sie ein Döschen Kondensmilch und eine Tüte Zucker. Immerhin kein Würfelzucker.

Einen erlösenden Seufzer unterdrückend, nahm Tessa den Kaffee entgegen. »Und wann lohnt es sich, die Espressomaschine mal anzumachen, wenn ich fragen darf?«

Nachdenklich betrachtete Katrin die chromglänzende Maschine. »Ich weiß nicht. Ich hab sie nur gekauft, weil sie so gut aussieht«, antwortete sie. »Irgendwann muss ich die mal anschließen lassen.«

»Aha.« Erwartungsvoll nippte Tessa am Kaffee und … und versuchte verzweifelt, die Fassung zu wahren. Das Zeug schmeckte nach Erde. Sie klammerte sich an das Finkennäpfchen schwarzer Brühe und warf Jana einen hilfesuchenden Blick zu. Doch die grinste nur und formte lediglich ein einziges Wort: Wintergarten. Ernsthaft kalkulierend, wie sie die blitzblanke Espressomaschine klauen könnte, entsorgte Tessa das Schlückchen toter Bohnen in einem Regenschirmständer.

In dem Moment flog die Tür auf und rettete Katrin davor, von Tessa beraubt zu werden. Jemand drückte sich rückwärts in den Gastraum. »Katrin?«, stöhnte der Mann. »Katrin. Das ist echt schwer.«

»Stell ihn auf den Tresen. Gleich dahin.« Flink wie ein Wiesel ließ Katrin die Kuchenattrappen verschwinden, und der Mann bahnte sich seinen Weg zwischen den Tischen hindurch. Er trug eine Polizeiuniform, und in beiden Händen hielt er je ein Serviertablett mit einem Riesenberg Blechkuchen.

»Martin«, stellte Tessa entgeistert fest.

»Oh, Frau Eichhorn. Äh, schön, dich zu sehen … Ach, und Jana«, presste er gequält hervor. Eindeutig war er überhaupt nicht erfreut, die beiden zu sehen. Geschickt schob er die Kuchenberge auf den Tresen. »Lasst mich bloß in Ruhe.«

Jana stellte sich zu Tessa. »Würden wir ja, aber wir müssen dir was Wichtiges zeigen.«

Mit versteinerter Miene blieb Martin, wo er war, und musterte die beiden Frauen eindringlich. Anscheinend haderte er mit seinem Schicksal und überlegte, ob er sich dagegen auflehnen konnte.

Ungefragt bekam Tessa von Katrin Kaffee nachgefüllt. »Gut, nicht?«

»Toll. Danke.« Sie zwang sich den zweiten Schluck Kaffee hinunter. »Wusstest du, dass Martin herkommen würde?«, fragte sie Jana, die sich von ihr das Handy geben ließ.

Verwundert sahen alle drei Tessa an, als hätte sie gerade die Existenz der Schwerkraft hinterfragt.

»Selbstverständlich. Jede Trauerfeier findet in der Snopenstuv statt«, erklärte Jana. Doch Martin wandte ein, dass es auch Leute gäbe, die den Leichenschmaus im Fief Düwelskeerls abhielten. »Egal«, winkte Jana ab. »Fakt ist, dass dazu ein echter Butterkuchen gehört.«

Zustimmend nickten die anderen beiden, und Katrin rempelte Martin mit der Schulter an. »Und Fakt ist auch, dass keiner so guten Butterkuchen macht wie du, Martin.«

Dieser winkte verlegen ab. »Ach, man muss nur die Mulden groß genug machen.« Er schaute auf seine Armbanduhr. »Äh, ich muss dann!« Mit Blick auf Jana und Tessa knurrte er: »Unser *Besuch* kommt.«

Tessa kippte ihren Kaffee wie einen Schnaps hinunter und reichte Katrin die Tasse, die trällernd davoneilte. Martin wollte es ihr gleichtun.

»Warte.« Jana hielt ihm das Handy hin. »Wir waren bei Sara.«

Martin stöhnte. »Ich hätt's mir denken können. Sagt lieber nichts. Bitte«, flehte er, »lieber nichts sagen.« Widerstrebend blickte er auf das Handy. »Was um Himmels willen ist das?«

Auf dem Display war die derangierte Sara zu sehen. Irgendwie schaute sie auf dem Foto noch schlimmer aus, als Tessa die Leiche in Erinnerung hatte.

»Also das ist Sara.«

Voller Entsetzen starrte er Tessa an.

»Aber ich hab ihr nix getan«, wehrte Tessa sogleich ab. »Nur … Also … Also … was halt für die Ermittlung notwendig … quasi … war.«

Martin hielt ihr das Bild vor die Nase. »So sieht man aus, wenn man rückwärts in einen Handmixer gerät.«

Verlegen biss sich Tessa auf die Lippe. Jana ergriff das Wort, sprach beruhigend auf Martin ein und erklärte ihm die Sache mit dem Helmband. »Und das Hämatom am Mentum ist eindeutig von der Schnalle des Kinnriemens verursacht worden.«

»Mentum?«

»Kinn.«

»Aha. Ich werde es unserem *Besuch* erklären«, seufzte Martin. »Aber bitte, bitte, legt euch nicht schon wieder mit ihm an. Schlimm genug mit seinem Zucker-Entzug.« Er drückte sich zwischen den Schwestern durch. »Denn eins sag ich euch: Ihr steht mir dafür grade, dass … dass …«, er musste sich zusammenreißen und presste den Namen durch die Zähne, »*Kettel* sofort wieder verschwindet. Seine Beleidigungen und sein unermessliches Verlangen nach Süßem sind kaum zu ertragen.«

»Kann ich mir vorstellen.« Tessa schenke Martin ein aufmunterndes Lächeln, was ihn wieder mal rot anlaufen ließ.

»Ich meine es Ernst, die Damen. Kein Streit mit Kripo-Kettel. Ich stell euch sonst alles in Rechnung, alles, Mehl, Kakao, Zucker, Eier und … und meine Therapiesitzungen.«

Butterkuchen

Zutaten für den Teig:

250 ml Sahne
230 g Zucker
1 Päckchen Vanillezucker
1 Prise Salz
4 Eier (M)
abgeriebene Schale von 1 Bio-Orange
300 g Mehl
1 Päckchen Backpulver

Zutaten für den Belag:

125 g weiche Butter
200 g Zucker
1 Päckchen Vanillezucker
4 EL Milch
200 g gehobelte Mandeln

Zubereitung:

Schritt 1: Den Ofen auf 200 Grad Ober-/Unterhitze vorheizen. Ein Backblech mit Bachpapier auslegen.

Schritt 2: Die Sahne mit dem Handrührgerät aufschlagen, dann Zucker, Vanillezucker, eine Prise Salz, Eier und Orangenschale kurz dazurühren, bis alles vermischt ist.

Schritt 3: Mehl und Backpulver mischen und mit einem Schneebesen unter den Teig heben. Dann den Teig auf das vorbereitete Backblech geben und glatt streichen. 10 Minuten im vorgeheizten Backofen vorbacken.

Schritt 4: Während der Kuchen backt, die Butter schaumig schlagen, dann Zucker, Vanillezucker und Milch unterrühren. Zum Schluss die Mandeln unterheben.

Schritt 5: Den Kuchen nach 10 Minuten aus dem Ofen holen, den Belag gleichmäßig darauf verteilen und nochmals 10 Minuten backen.

Schritt 6: Den Kuchen aus dem Ofen holen, abkühlen lassen und in Stücke schneiden.

11

Eine Stunde später war auf der Waldstraße, die an der Snopenstuv vorbeiführte, kein Durchkommen mehr. Da das Café keinen eigenen Parkplatz besaß, reihten sich die Wagen der Trauergäste die Straße entlang. Die Autoschlange reichte einen Kilometer bis zur Bundesstraße, und dennoch hatte jeder zum Leichenschmaus im Café einen Platz gefunden. Ein gleichmäßiger Klangteppich aus gedämpften Stimmen, Besteckklirren und einem vergessenen Radio in der Küche erfüllte die Stube. Katrin schien der Trubel nichts auszumachen. Souverän schlängelte sie sich zwischen den Tischen hindurch, nahm Bestellungen auf und füllte Unmengen ihrer Finkennäpfchen mit der Erdbrühe.

»Was ist das hier, ein Volksfest?«, wollte Tessa wissen, die die letzte Stunde zugesehen hatte, wie halb Burgheide zum Leichenschmaus geströmt war. Mit ihrer Schwester teilte sie sich einen winzigen Stehtisch am Tresen.

»Die Hensels sind eine alteingesessene Familie. Sie hatten schon immer Geld und sind großzügig damit umgegangen. Spenden an den Sportverein, die DLRG, für die Bücherei, an die Schule und, und, und.« Jana ließ den Kandis in ihrer Teetasse kreisen. »Da fühlt sich natürlich jeder verpflichtet, hier sein Beileid zu bekunden.«

»Ach, schau, dahinten ist Sven.« Sven Rothenbrink drückte sich in der Ecke neben dem Eingang herum. Seine Augen waren rot geweint. »Der sieht aus, als will er gleich wegrennen«, stellte Tessa fest.

Jana ließ den Blick über die Gäste gleiten.

»Wenn es stimmt und der Mörder ist ein Mitarbeiter bei Hof Hensel, dann sitzt er hier irgendwo. Wie verhält man sich auf der Trauerfeier, wenn man denjenigen ermordet hat?«

»Unauffällig?«

Nachdenklich entfaltete Jana die Namensliste, die Sven ihnen gegeben hatte, und schob sie zu Tessa. »Das hier ist seine Liste. Ich denke, wir sollten eruieren, wer von denen ein Motiv haben könnte.«

»Eruieren? Frau Doktor, ich kenn die alle doch gar nicht.« Tessa zog sich den Zettel heran und las die fünf Namen. Bei einer Zeile hielt sie inne. »Ups!«, stellte sie schlicht fest.

»Was ›Ups‹?«

»Na, das Ups.« Sie drehte Jana den Zettel hin. »Da, das Ups.«

»Wo, ich seh kein Ups!«

»Na hör mal. Der Tierarzt!«

Jana studierte die Liste, die Stirn in Falten legend. Anscheinend machte es bei ihr noch immer nicht ups.

Mit einem Mal lachte Tessa auf. »Du bist ein blindes Huhn! Wo ist deine Lesebrille?«

»Deukerjoah.« Brummelnd hielt Jana den Zettel an ihre Nasenspitze. »Verdammt, zu Hause natürlich. Zum Fahren brauche ich sie ja wohl nicht.«

Mitleidig schnappte Tessa ihr die Liste wieder weg. »Ich sag dir, was da steht.« Und dann las sie in einem Ton vor, als müsste sie einem Erstklässler das Lesen beibringen. »Tobias Beeke, Tierarzt und Saras Verlobter.«

»Ups.«

»Na, jetzt hat sie's.«

Jana trank einen Schluck Tee. »Sei nicht immer so een Kloogschieter.«

»Kloogschieter? Ich weiß ja nich mal, was das ist!«

Jana winkte ab. »Wenn du recht hast, dann hatte Sven also eine Affäre mit der fast verheirateten Sara. Mord aus Eifersucht? Müsste dann nicht Sven das Opfer sein? Wer ist noch auf der Freunde-Liste?«

»Mirjam Focke, Reitlehrerin, und Wilhelm Neddermann, Helfer«, entzifferte Tessa.

»Helfer?«

»Außerdem Frederike Ahlbach, Büro und Besamung, und Erik Hensel, Bruder und Chef des Zuchtbetriebs.«

»Na gut, Herrn Hensel haben wir ja schon kennengelernt. Der Chef sitzt dort drüben mit dieser strengen Blonden und diesem weichen Herrn.«

»Und dem Doppelkorn.« Tessa kicherte. »Der weiche Herr sieht wirklich ziemlich zerflossen aus. Wie Wackelpeter unter der Rotlichtlampe.«

»Vielleicht Tobias Beeke. Als Schwager in spe sitzt er am Tisch der Familie. Und die Blonde?«

»Das *eruiere* ich jetzt.« Prompt stand Tessa auf und spazierte schnurstracks auf den Tisch zu. Doch als sie näher kam, hörte sie, wie sich Saras Bruder ereiferte.

»Dieser Flachskamp! Geweigert hat der sich, als ich mich von ihr verabschieden wollte. Der hat den Sarg zugehalten!«

»Wirklich?« Wackelpeter sah unschlüssig den sich ereifernden Erik Hensel an.

»Ja. Was ist denn das für ein Bestatter! Hat der sie noch alle?«

»Nicht mal du als Bruder?«

Tessa blieb stehen.

»Nein«, knurrte Hensel. »Nicht mal ich durfte sie sehen,

und das, obwohl ich einen offenen Sarg bestellt hatte. Eine Schweinerei ist das. Da bezahlt man den Flachskamp, und dann so was. Dem werd ich aber …«

Tessa drehte im Anflug auf den Tisch bei, schob sich durch die Trauergäste und stellte sich wieder zu Jana.

»Und, alles eruiert?«

»Kein guter Augenblick«, murmelte sie und begann verlegen, mit ihrem Handy zu spielen.

»So, meen Deern, pass mal up. Lass mich mal machen.« Jana stand auf, strich ihren grauen Blazer glatt und ging zum Tisch hinüber. »Entschuldigung«, unterbrach sie die hitzige Diskussion über Flachskamps Bestatterqualitäten. »Ich wollte ebenfalls mein Beileid bekunden. Es ist wirklich schrecklich.«

Erik Hensel sah zu ihr auf. Er war blass, und unter seinen Augen lagen tiefe Schatten. »Vielen Dank. Und Sie sind …?«

»Jana Hinrichs. Ich war Saras Kinderärztin.« Sie lächelte. »Ihre auch, Herr Hensel. Ist eine Weile her.«

Er runzelte die Stirn und nickte dann. »Ach richtig, ja. Am Marktplatz. Die Ärztin.«

Jana reichte der Blonden die Hand, die sich daraufhin als Frederike Ahlbach vorstellte. Sie wirkte sehr gefasst. Entweder sie verwendete absolut wasserfeste Mascara, oder sie hatte keine Träne vergossen. Ihr Händedruck war kurz und kräftig. Jana schätzte sie auf vierzig Jahre, ebenso wie den Wackelpudding, der kein Geringerer als Tobias Beeke war. Kein Wunder, dass er so einen zerflossenen Eindruck machte. Seine Braut war verstorben. Allerdings eine Braut, die ihn mit einem Jüngeren betrogen hatte.

»Waren Sie nicht vorhin auf meinem Hof?« Hensel stürzte seinen Korn hinunter. Die Wut, die in ihm kochte, konnte er nicht verbergen.

Jana überlegte, wie sie es anstellen konnte, dass sie mehr über die drei und ihre Beziehungen zu Sara herausbekam. Noch dazu, wo verständlicherweise zumindest dem Bruder nicht nach Small Talk zumute war.

»Ja, stimmt. Sie müssen entschuldigen.« Es fiel ihr schwer, sich ein Lächeln zu verkneifen, denn sie hatte plötzlich eine Idee. »Meine Schwester …« Jana machte eine vielsagende Pause. »Sie, na ja, ihr Leben ist etwas durcheinandergeraten.« Sie nickte zu Tessa hinüber, die ausgerechnet jetzt lustige Grimassen-Selfies von sich schoss.

Hensel ließ das Schnapsglas auf die Tischplatte knallen. »Sieht man.«

»Ja … Nun wohnt sie seit einiger Zeit bei mir. Und ich glaube, sie sucht nach etwas, das ihrem Leben wieder … na ja, Sinn gibt. Sie hat einfach ihren Mut verloren oder sich selbst, wenn Sie verstehen. Sie braucht irgendeine Art Bestätigung im Leben. Ich hab Ihnen ja schon gesagt, dass ich ihr zum Geburtstag so einen Reitkurs geschenkt habe. Sie wissen ja, Pferde sind gute Therapeuten.«

Noch einmal sahen alle prüfend zu Tessa, die gerade dabei war, akribisch Kandisstückchen nach ihrer Größe zu sortieren und abzulichten.

»Verstehe«, murmelte Hensel. »Verzeihen Sie, dass ich heute Morgen so schroff war, aber …« Er musste sich räuspern. »Kommen Sie doch am besten morgen wieder. Wir haben einen hervorragenden Therapeuten, der mit Hilfe der Pferde sehr gute Erfolge erzielt.«

»Vielen Dank«, beeilte sich Jana zu sagen. »Aber ich denke, Sie und Ihre Familie werden noch Zeit brauchen. Es war taktlos von mir.« Sie musterte die beiden anderen am Tisch. Beeke hatte sich abgewandt und fummelte ein zerknautschtes Taschentuch aus seiner Anzughose. Er machte wahrlich den mitgenommensten Eindruck, während Frederike ein versteinertes Gesicht zur Schau trug. Beim besten Willen hätte Jana nicht abschätzen können, ob diese Frau zu Hause losweinen oder eher ein Tänzchen vollführen würde. Sie beschloss, noch einen draufzusetzen. »Sara war in Ihrer aller Leben ein so wichtiger Teil. Es tut mir aufrichtig leid. Wie konnte ihr das nur passieren? Ein Reitunfall. Sie kannte sich doch so gut mit Pferden aus.« Sie verstummte betroffen und beobachtete die drei.

Beeke kämpfte – oder war es bloß dick aufgetragen – abermals mit den Tränen.

Frederike trank ihre Tasse aus.

Hensel straffte die Schultern, reckte das Kinn und antwortete entschlossen: »Es ist hart, aber das Leben macht keine Pause. Das Geschäft, die Pferde ... Es muss ja weitergehen. Also kommen Sie ruhig zu uns.«

Jana nickte. »Nun, wenn Sie meinen. Dann sehen wir uns morgen. Herzlichen Dank.«

Sie ging zurück zu Tessa.

»Warum haben die denn alle so geglotzt?«, wollte diese wissen.

»Ach, das ... Ich hab nur erzählt, dass du meine Schwester bist.«

»Hm.« Skeptisch musterte Tessa Hensel, der einen weiteren Schnaps geordert hatte und Tessa mitleidig zuprostete. »Bin mir jetzt nicht sicher, ob ich das nicht als Mordaufruf werten soll. Einer von denen hat was gegen Schwestern ...«

»Schnack. Nur welche, die reiten können. Apropos, ich hab dich zum Unterricht angemeldet. Montag ist deine erste Stunde.«

»Echt jetzt? ... Cool ... Äh, glaub ich.«

»Aber wehe, du baggerst den Reitlehrer an.«

Tessa schnappte nach Luft. »Was denkst du denn von mir! Als ob ich solche Schönlinge … Hey, ich bin Schnüffler-Profi! Ich bin Journalistin. Ich lass mir doch nicht von so 'nem Cowboy den Kopf verdrehen.«

»Dann ist ja gut. Und noch was.«

»Was denn?«

»Fall nicht vom Pferd.«

»Wieso? Ich kenn da 'ne hervorragende Ärztin!«

12

Zum siebzehnten Mal in weniger als einer halben Stunde klickte Tessa ihren Blog weg und sah auf ihrem Laptop nach dem Versandstatus ihres Kaffeevollautomaten.

»Ware wird in Kürze versandt.«

Seufzend wendete sie sich wieder ihrem Artikel zu, den sie auf ihrem Online-Journal veröffentlichen wollte. In den letzten sechs Wochen hatte sie mit drei ihr bekannten Redaktionen telefoniert und neun Bewerbungen inklusive Lebenslauf an einschlägige Magazine abgeschickt, als wäre sie wieder achtzehn. Und sich sogar auf eine feste Stelle bei einer Klatschillustrierten beworben. Im Saarland. Ihr war klar, dass diese festen Stellen hart umkämpft waren.

Mehr Chancen rechnete sie sich als freie Journalistin aus, die diverse Blätter mit Artikeln versorgte. Allerdings hatte sie sich bisher gescheut, ihren ehemaligen Chef bei *LandChic*, Georg, darum zu bitten. Sie hatte ihren Stolz. Und die Karenzzeit, ihm in den knackigen Allerwertesten zu kriechen, war einfach noch nicht rum.

Vorerst galt es, Rückmeldungen abzuwarten, weiter zu mailen, zu telefonieren, zu twittern und zu facebooken und währenddessen ihren eigenen Blog zu bestücken. Nachdem sie bei *LandChic* gekündigt worden war, hatte sie beschlossen, ihre Webpräsenz massiv auszubauen. Burgheide war dafür eine Goldgrube.

Wär doch gelacht, dachte Tessa, wenn ich mit meinem Namen nicht ein paar Leser von *LandChic* auf meine Website bekommen könnte. Ein wenig Werbung krieg ich sicher auch geschaltet, dann gibt's ein bisschen Geld, und die anderen Zeitschriften sehen, was ich kann.

Gedankenverloren überprüfte sie erneut den Status ihrer Expresslieferung.

»Nimmst du das Ding mal bitte weg?«, unterbrach Jana sie.

»Das Ding ist meine Arbeit.«

»Ach, du bist professionelle Kaffeevollautomatmaschinenbestellungscheckerin?«

»Lustig, Jana. Haha. Ich versuche, mir hier was aufzubauen.« Tessa nahm ihren Laptop vom Tisch und wusste für einen Moment nicht, wo sie sich sonst hinsetzen sollte.

»Was soll das heißen, *hier* was aufzubauen?« Die Überraschung in Janas Stimme war nicht zu überhören.

»Homeoffice nennt man das.«

»Kenn ich, hieß früher Heimarbeit. Das meine ich aber nicht. Ich wollte fragen, ob das bedeutet, dass du dich entschieden hast? Du bleibst hier wohnen und fährst ab und an nach Berlin in die Redaktion, und den Rest machst du per Laptop?«

»Ja … Nein. Weiß nicht. Nein.«

»Was denn nun? Das geht doch heutzutage, oder?«

»Ich hab noch keine Entscheidung getroffen. Das mit der Redaktion ist so eine Sache. Ich …« Tessa brach ab, schnappte kurz nach Luft und setzte sich auf eine Eichentruhe, die als Deko zwischen den Pflanzen des Wintergartens stand. Sie verschanzte sich wieder hinter ihrem Laptop. Natürlich hätte es niemals mit dem Homeoffice auf diese Art geklappt, dazu war Berlin zu weit weg. Aber die Frage war auch müßig, denn es gab ja gar kein Office mehr, dem sie von zu Hause aus hätte zuarbeiten können. Und wenn die Festanstellung im Saarland klappte, dann würde sie Jana und das Erbe verlassen müssen. »Nicht so wichtig«, winkte sie ab. »Kümmere dich lieber um deinen Tee. Ruth und Gustav kommen gleich.«

Jana stellte das Tablett mit dem Teegedeck auf den Couchtisch und setzte sich zu Tessa auf die Truhe.

»Irgendwas stimmt hier doch nicht. Ich spür so was. Nach ein paar Jahrzehnten in der Praxis rieche ich mit geschlossenen Augen, wenn bei wem der Schuh drückt.«

»Ist das so?«

»Ich wette, du fühlst dich besser, wenn du endlich mit mir redest, Tessa. Komm, sag schon, was ist los?«

Tessa presste die Lippen zusammen. Sie wusste, dass sie sich kindisch benahm, doch etwas in ihr weigerte sich, ihrer Schwester – der altersweisen, lebenserfahrenen Jana – die Wahrheit über ihr vermurkstes Leben anzuvertrauen.

Die beiden sahen sich eine Weile an.

»Mehr Familie als mich bekommst du wahrscheinlich nicht mehr geschenkt«, versuchte Jana, sie aus der Reserve zu locken.

Ein, zwei Atemzüge rang Tessa mit sich, dann stand sie auf. »Lass uns später über alles reden. Ich muss mich um meine Superhelden kümmern.« Und schon sprang sie aus dem Wintergarten zu ihrem windschiefen bunten Hühnerstall, den sie selbst gebaut hatte.

13

Nachdem ihr erstes Huhn Lassie, kaum eine neue Heimat in der Remise der Seevilla gefunden, Opfer einer heimtückischen und blutrünstigen Monstermarderattacke geworden war, hatte Tessa von Jana ein neues Huhn geschenkt bekommen.

Flipper hatte Jana es getauft, doch bei dem Namen hatte Tessa befürchtet, es könnte noch schneller ein Marderhappen werden als die tapfere Lassie. Deswegen hatte sie das Huhn kurzerhand umbenannt. Nun hieß es Hulk. Ein Name wie eine Pferdespritze voll Selbstvertrauen. Hulk würde diesen Marder einfach in Stücke reißen, sollte sich der Schurke noch einmal blicken lassen! Auch wenn Hulk keine einzige grüne Feder besaß!

Damit Hulk nicht vor Langeweile von der Stange kippte, hatte Tessa ihr noch eine Freundin besorgt – Hellboy. Welcher Marder war so dämlich, es mit diesen beiden Mädchen aufnehmen zu wollen?

Leider hatte Jana zu Tessas Ärger vor kurzem noch einen alten Hahn angeschleppt. Ein gerupftes Vieh mit schlabbrigem Kamm und glanzlosen Federn, der nichts anderes tat, als Tessa die schönsten Träume zu zerkrähen und sie vom Ausschlafen abzuhalten. Obwohl sie den Kerl nicht ausstehen konnte, hatte sie ihm gnädigerweise ebenfalls einen Superheldennamen verpasst, allerdings den normalsterblichen Peter Parker.

Ihre drei Superhelden fühlten sich in dem Gehege, das sie mit Gustavs Hilfe um ihren Do-it-yourself-Hühnerstall herum aufgebaut hatte, richtig wohl. Allerdings suchte sie seit einigen Tagen vergebens nach Eiern.

»Seid ihr zwei krank?« Sie ging in die Hocke und beobachtete Hulk und Hellboy. Die beiden sahen eigentlich ganz munter aus. »Oder habt ihr gerade eure Eierpause?«

»Was ist denn eine Eierpause?«

Tessa fuhr hoch. Hinter ihr stand Gustav. Der hagere Mann mit dem faltigen Gesicht sah sie verschmitzt an. Sie hatte ihn in den letzten Wochen sehr liebgewonnen. Er war sicher schon knapp siebzig und immer zu Späßen aufgelegt.

»Na ja. Haben Hühner keine Eierpause? Ich dachte, vielleicht gibt es da auch so einen Zyklus. So alle achtundzwanzig Tage Eierpause oder so.«

Gustav schüttelte lächelnd den Kopf. »Hab ich noch nie von gehört.«

»Jedenfalls legen Hulk und Hellboy keine Eier mehr.«

Nachdenklich strich er sich über seine nicht vorhandenen Haare. »Vielleicht mopst der Osterhase sie?«

»Ja, das könnte natürlich sein.« Tessa legte die Stirn in Falten.

»Hallo, ihr«, rief Ruth von der Terrasse, »Tee ist fertig!«

Sofort machte sich Gustav auf den Weg. Nachdem Tessa ihren Vögeln noch frische Körner ausgestreut und das Wasser aufgefüllt hatte, folgte sie ihm.

»Der Osterhase stiehlt eure Frühstückseier«, stellte Gustav fest, während er sich von Jana Tee einschenken ließ.

Sofort giggelte Ruth und stupste Gustav sanft in die Seite. »Du bist mir immer ein Spaßvogel.«

»Wohin verschwinden sie denn sonst?«, fragte er und sah Ruth bierernst an.

Die guckte perplex zurück. Anscheinend war sie sich nicht sicher, ob Gustav sie veräppelte oder tatsächlich an den Osterhasen glaubte.

Im Gegensatz zu Jana war Ruth immer farbenfroh gekleidet. Vielleicht lag es an dem langweiligen Weiß, das sie als Sprechstundenhilfe den lieben langen Tag tragen musste. Heute hatte sie eine türkisfarbene Tunikabluse an, auf der üppige gelbe und orangerote Blumen sprießten. Dazu baumelten unter ihrer Kurzhaarfrisur Ohrringe mit Pfauenfedern hervor, die bis auf die Schultern hinabreichten.

Sie musterte Gustav scharf und reckte sich dann, um aus dem Wintergarten einen Blick auf die Hühner zu erhaschen. »Seit wann legen sie denn keine Eier mehr?«

Tessa zuckte mit den Schultern. »Seit einer Woche oder vielleicht zwei.«

Ruth nickte. »Und vor ungefähr drei Wochen ist Peter Parker bei ihnen eingezogen, nicht wahr?«

»Sollten sie dann nicht *mehr* Eier legen?«

Ruth kicherte. »Ich glaube, die Damen sind gestresst. Peter verlangt zu viel von ihnen. Normalerweise hat so ein Hahn einen Harem von sechs oder acht Hennen. Da bleibt dann noch Zeit zum Eierlegen.«

»Du meinst …« Schockiert schaute Tessa zu Peter hinaus. »Dieser Lustmolch! Jana!« Voller Entrüstung wandte sie sich an ihre Schwester. »Dein Hahn foltert nicht nur mich mit seinem Krach, der überfordert auch Hulk und Hellboy!«

»Quatsch.«

»Kein Quatsch! Entweder er zieht wieder aus – oder … oder …«

»Wir schaffen uns noch ein paar Superhelden-Hühner an.«

Für einen Augenblick sah Tessa Jana unschlüssig an. Meinte

sie das ernst? »Noch mehr Hühner? Das können wir ja später noch klären«, murmelte sie unsicher.

»Wie alles andere auch, hm?«

Tessa warf ihr einen finsteren Blick zu, dem Jana locker standhielt.

»Und«, versuchte Gustav, die Stimmung zu entspannen, »was habt ihr zwei an diesem herrlichen Sonntagmorgen so gemacht?«

»Leichen gefleddert«, antwortete Tessa.

»Eine Beerdigung sabotiert«, antwortete Jana. »Gründlich.«

Gustav und Ruth starrten über ihre Teetassen.

»Ich glaube, ich habe mich verhört.« Wie die englische Queen höchstpersönlich saß Ruth auf dem Rattansofa, balancierte die Teetasse samt Tellerchen auf den Knien und sah Jana empört an.

Schließlich war es Jana, die die Freunde kurz und knapp über die Ereignisse der letzten Stunden in Kenntnis setzte.

»Sie schnüffeln also wieder.« Hochzufrieden rieb sich Gustav die Hände. »Na, das wird ein Fest!« Genüsslich lehnte er sich zurück und schaute die beiden Schwestern abwartend an. »Was? Ist doch so«, stellte er fest. »Also, wo sind die Kärtchen für unsere Wer-war's-wirklich-Pinnwand?«

Die Kappe des Filzstifts klackte, als Tessa sie einrasten ließ. Sie trat einen Schritt von ihrem Kunstwerk zurück.

Wie schon bei ihrem ersten Fall, wie Gustav es nannte, hatten die vier Karten an die Fenster des Wintergartens geklebt. Auf der obersten stand Saras Name und Details des sogenannten Unfalls. Darunter hatte Tessa die Namen von Svens Liste auf je eine Karte geschrieben – Erik Hensel, Frederike Ahlbach, Tobias Beeke, Mirjam Focke und Wilhelm Neddermann. Gustav hatte darauf bestanden, dass auch Sven eine Karte bekam.

»Und die verdächtigt ihr alle?«

»Wissen wir noch nicht. Vielleicht nicht alle, vielleicht kommen noch andere dazu? Sven hat sie jedenfalls aufgeschrieben. Die wissen alle von Saras Gewohnheiten. Sie kennen sie – kannten sie – gut genug und hatten freien Zugang zu ihren Sachen.«

»Ich meine mich zu erinnern, dass Frederike und Sara ganz dicke waren«, warf Ruth grübelnd ein. »Die fuhren von einem Reitturnier zum nächsten. Und sie waren sogar bei der Olympiade …«

»Auswahlliste.« Gustav schwenkte seine Kluntjes im Tee. »Auf der Auswahlliste für die Olympiade. War jedenfalls ganz groß im Dorf damals.«

»Und nun sitzt die eine im Büro und macht Besamungen, und die andere wird erschlagen.« Tessas Blick schweifte von den Karten immer wieder ab, hinaus zu ihren Hühnern. Peter jagte Hellboy nun schon zum fünften Mal quer durchs Gehege. So langsam wurde sie wirklich stinkig auf diesen Ruhestörer und auf Jana obendrein, die diesen Schwerenöter angeschleppt hatte.

»Beeke. Der ist der Amtstierarzt. Den kenn ich noch von früher«, meinte Gustav. »Karuso und ich, wir haben ja so manches Wild gefunden. Im Winter, das muss so 86 oder 87 oder so gewesen sein. Da gab's hier richtig Schnee. Und ich mit Karuso rauf auf euren See hier, komplett zugefroren. Und der verrückte Hund wollte unbedingt einem Keiler nach«, begann er in seine Erinnerungen abzuschweifen, als er noch mit Jagdhund Karuso als Förster seinen Dienst getan hatte.

»Ja. War sicher ein Abenteuer, Gustav. Und was ist nun mit dem Amtstierarzt Beeke?«, versuchte Jana ihn daran zu hindern, drei Stunden lang die dreißig Jahre alte Story zu erzählen.

»Mööt mi seggen, wenn ik toveel vertelle. Also ich hätte ihn nicht geheiratet. Er wär mir irgendwie …«, er suchte nach dem richtigen Wort, »… zu aalglatt, oder wie soll ich sagen, kein Mann mit großem Selbstbewusstsein. Duckt sich lieber weg und geht einen von hinten an, als einem klar ins Gesicht zu sehen. Wisst ihr, was ich meine?«

»Er hätte auf jeden Fall ein Motiv. So, wie es aussieht, war er zwar mit Sara verlobt, aber die hatte noch einen anderen. Vermuten wir zumindest – Sven.« Jana goss jedem Tee nach. »Weißt du, wie es um das Gestüt steht, Ruth?«

»Die Kinder haben ganz schön investiert. Und sie haben sich aufgeteilt. Sara hat die Ausbildung der Pferde übernommen, und Erik macht, glaub ich, diese Zuchtgeschichte. Ob sich das lohnt, weiß ich nicht. Hensels waren schon lange kein Gesprächsthema mehr.«

»Nun sind sie es wieder.« Tessa ließ sich in ihren Sessel fallen. »Tja, das ist alles mehr als dünn. Ich schätze, wir müssen vor Ort spionieren.«

»Ich kann Beeke übernehmen«, bot Gustav an. »Es ist unverdächtig, wenn ich mal wieder auf einen Schnack bei ihm vorbeischaue.«

Ruth und Jana grinsten. »Lass ihn aber auch was sagen«, scherzte Jana. »Zum Beispiel, wo er war, als Sara *verunglückte*.«

»Und ich hör mich mal um, was das Dorf so über die Hensels weiß«, warf Ruth ein. Gemeinsam standen Ruth und Gustav auf.

»Wollt ihr etwa schon gehen? Was ist mit unserem Skat?«, fragte Jana.

»Ja, was ist mit eurem Skat?«, wiederholte Tessa.

»Wir haben jetzt Wichtigeres zu tun.« Die Abenteuerlust glänzte in Gustavs Augen. »Bis morgen, Miss Marple«, sagte er zu Tessa und tippte sich an seine Prinz-Heinrich-Mütze.

»Hey, sie ist Miss Marple!«, rief Tessa ihm nach und zeigte auf Jana. »Ich bin die drei Engel!«

»Na, dann bin ich Charlie.« Gustav lachte.

»Ha!« Triumphierend sah sie zu Jana. »Siehste, Gustav weiß Bescheid.«

14

Die Zimmerpflanze auf dem Fensterbrett hatte schon bessere Tage gesehen, doch er bemerkte ihre verwelkten Blätter nicht. Regungslos saß Sven am Küchentisch und sah verloren zum Fenster hinaus. In der Spüle stapelten sich Verpackungen vom Pizza-Lieferdienst, und sein Wäscheberg ergoss sich bereits durch die Tür des Schlafzimmers in den Flur. Bei der Arbeit hatte er sich nichts anmerken lassen, aber hier, in seinen eigenen vier Wänden, war er gelähmt vor Trauer.

Müde schloss er die Augen. Er konnte nicht sagen, wie lange er nun schon auf dem Stuhl hockte. Von der Straße her war das Geklapper von Pferdehufen zu hören, ein Lkw fuhr vorüber. Sein Blick irrte zur Küchenuhr, doch er wusste nicht, wann er nach Hause gekommen war. Vor einer Stunde? Vor zwei?

Er lauschte in die Leere. Die Leere in ihm, die Sara hinterlassen hatte. Er merkte, wie ihm das Blut wegsackte, die Welt taub und dunkel wurde.

Obwohl er es geahnt hatte, nun war es offiziell. Die polizeilichen Nachforschungen liefen an, und die Tatsache, dass er recht hatte, dass Sara ermordet worden war, schnürte ihm endgültig die Luft ab. Jemand vom Hof hatte sie auf dem Gewissen, da war er sich sicher.

Er zog sein Handy aus der Jackentasche. Nur die Schuhe hatte er wie immer im Flur ausgezogen, ansonsten hockte er in kompletter Arbeitsmontur am Küchentisch. Wie und wann war er nach Hause gekommen?

Seine Finger zitterten, als er das Menü aufrief und auf Play drückte.

Sara lachte. Ihre Lippen, so groß auf dem kleinen Display, formten einen Kuss. Dann lief sie weg, drehte sich um, und Sonne und Wind überfluteten ihr Gesicht. »Komm, komm mit mir!«, rief sie und rannte lachend durch Saintes-Maries-de-la-Mer.

Das Video stoppte.

Sven sackte zusammen, schloss erneut die Augen und versuchte, die Szene in seiner Erinnerung lebendig zu halten. Ihren Klang, ihren Duft, das Kitzeln ihrer Haare an seinem Kinn, wie ihre Küsse schmeckten – ihre Zukunft, von der sie geträumt hatten. Er hatte solche Angst, dass er mit der Zeit alles vergessen würde. Und vergessen hieß, dass sie wirklich starb. In seinem Herzen.

Eine Zukunft, die zum Greifen nahe gewesen war. Sara hatte sich für ihn entschieden. Gegen Beeke.

Dieser Stümper von einem Tierarzt, der sie eingeengt, der sie eifersüchtig auf Schritt und Tritt verfolgt hatte.

Ermordet.

Es war alles so offensichtlich. Beeke und seine krankhafte Eifersucht.

Wieder drückte er auf Play.

»Komm, komm mit mir!« Sara lachte.

Wäre er nur nicht mit ihr gegangen. Sara würde noch da sein.

15

Die Titelmelodie der alten TV-Serie *Drei Engel für Charlie,* untermalt von Peter Parkers Krähen, riss Tessa aus dem Schlaf. Grummelnd tastete sie nach ihrem Handy und stellte den Alarm ab. Benommen tauchte sie aus ihren Träumen.

»Kaffee! Kaffee! Kaffee!«, motivierte sie sich und stellte zu ihrem Erstaunen fest, dass sie immerhin ein Auge öffnen konnte. Um nichts auf der Welt wollte sie den Postboten verpassen.

Voller Vorfreude schnappte sie sich ein paar Klamotten aus ihrem Koffer, machte sich fertig und war vor Jana in der Küche. Während sie sich ihr Schokobrot bestrich, starrte sie nach draußen. Über die geschotterte Einfahrt blies der Wind und ließ die schweren Magnolienblätter über die Steine wehen.

Tessa sah die unbefestigte Straße hinauf, die wie ein Priel durch ein Meer aus Gras mäanderte, bevor sie im Wäldchen verschwand.

Bescheuert, sagte sie sich, ohne eine frische Tasse Kaffee in der Hand auf eine Kaffeemaschine zu warten. Das ist die reinste Folter. Mit einem Mal meinte sie zwischen den Bäumen etwas Gelbes zu bemerken, doch kaum erblickt, verschwand der Fleck wieder. Wahrscheinlich bloß der olle Friesennerz eines Anglers, dachte sie enttäuscht. Keine Spur von einem Postauto.

»Expressbestellung!«, maulte sie und sah sich nach dem Instantpulver um. Sollte sie es versuchen? Vielleicht war das Zeug besser, als sie glaubte. Vielleicht konnte sie statt Wasser einfach wohltemperierte Milch …? Nein! Instantpulver ist eine Bankrotterklärung, ein Faustschlag ins zerknautschte Morgengesicht eines jeden Kaffeegenießers. Punkt. Tessa, reiß dich zusammen.

Als Jana heruntergekommen war, sich ihren Tee aufgesetzt und ihr Yoga begonnen hatte und noch immer kein Postwagen aufgekreuzt war, fragte Tessa ihren Laptop. Sie kopierte die Nachverfolgungsnummer und gab sie beim Postdienst ein. Ihr Paket hatte bereits drei Stationen durchlaufen und war angeblich kurz vor Burgheide.

Na gut, dann eben morgen früh, dachte sie. Noch *einen* Morgen ohne Kaffee überlebe ich. Pah! Kein Problem.

Ohne Appetit verschlang sie ihr Brot, beobachtete eine Weile Jana bei ihren stummen und furchtbar ermüdenden Yoga-Verrenkungen und spürte, wie ihre gute Laune verflog und sie sich nach dem kuscheligen Bett zurücksehnte.

Schluss, schalt sie sich. Unternimm endlich was.

Sie ließ alles stehen und liegen und klebte Jana einen Zettel auf die Teetasse. Dann schnappte sie sich Helm und Fototasche und schoss drei Minuten später auf der Indian die Allee nach Burgheide hinunter.

Das Nest mit seinen 3134 Einwohnern lag von Wald und Wiesen umgeben in einer Senke. Die Allee schlängelte sich an einem halben Dutzend Bauernhöfen und zwei Reitställen vorbei und wandelte sich zur Dorfstraße, die am Marktplatz endete.

Tessa hielt es nicht mehr aus. Auch wenn der Milchkaffee im Café Mühlenbrink keinen Gourmetstern verdiente, es war immerhin Kaffee.

Sie parkte die Indian und eilte zu dem beschaulichen Café auf dem Marktplatz. Erst beim dritten Versuch, die Tür zu öffnen, bemerkte sie den Zettel. »Krankheit zu!« stand drauf. Nur diese beiden Wörter.

Langsam kam es Tessa wie ein schlechter Scherz vor. Hatte sie irgendeine Art Fluch auf sich gezogen? Den Du-wirst-in-Burgheide-an-Kaffeemangel-sterben-Fluch.

»Scheiße«, entfuhr es ihr. Und während sie sich wieder auf ihre Indian schwang, spulten sich in ihrem Kopf Bilder sämtlicher Cafés, Kneipen und Klubs Berlins ab, in denen sie die phantastischsten Kaffekreationen genossen hatte.

Vielleicht zieht es deswegen all die jungen Menschen in die Großstädte, weil sie dem Geruch des Kaffees folgen. Die Sehnsucht nach Double Shot Special Vanilla Latte treibt sie zu ihren Futterstellen und Trögen, zu ihren Kaffeevollautomaten, zu den Schweizer Profi-Gastro-Mehrfachzapfsäulen brauner Herrlichkeit.

Mit der Erinnerung an den Geschmack gebrühter Bohnen auf der Zunge fuhr sie ohne weiteren Zwischenstopp zu ihrem Ziel.

Es herrschte reges Treiben zwischen all den Gebäuden des Hofs. Die frühe Sonne tauchte das Klinkerrot und das Grün der Wiesen in ein herrliches Licht. An den Gebäuden ließen Blutpflaumen und Fliederbüsche ihre überbordende Blütenpracht wie Gischt gegen die Dächer branden. Tessa zückte ihren Fotoapparat und schoss eine Serie Bilder.

Was ihr Ex-Chef wohl gerade tat? Ob er sich in Hamburg wohl fühlte?

Bei jedem Klick musste sie an *LandChic* denken. Georg musste sie einfach als freie Journalistin zurücknehmen. Das Schicksal hatte sie an den Quell jeglicher *LandChic*-Herrlichkeit verbannt. Ob sie es mit einer Klatschpresse-Festanstellung im Saarland besser hatte? Kaum.

Tessa versuchte, die düsteren Gedanken über ihre berufliche Zukunft zu vertreiben. Immerhin hatte sie den Blog. Sie verwettete ihre erste selbst gebrühte Tasse Milchkaffee darauf, dass Georg sich jeden Tag durch ihre coolen Pics durchscrollte. Und sich in den Allerwertesten biss, dass er sie hatte gehen lassen.

Sie erwischte drei Rappen, deren frisch gestriegeltes Fell unter den Fliederbüschen im Sonnenlicht schimmerte. Die majestätischen Tiere wurden geradezu von Blüten umhüllt. Aufnahmen wie aus einem Märchenbuch.

Zufrieden schüttelte sie die Gedanken an Georg und Blog ab und ermahnte sich, nach Hinweisen auf Saras Mörder zu suchen.

An einer großzügig angelegten Putzstelle striegelten drei Teenagergören ihre Pferde. Tessa fragte sich, ob dies die Pferdemädchen waren, die Sara gefunden hatten. Sie machte ein paar Bilder von ihnen und schaute sich die Fotos auf dem Display an. Die Teens sahen konzentriert aus. Einfach hinüberzugehen und dreist zu fragen, ob sie die Leiche entdeckt hatten, traute sie sich nicht. Was hätten sie ihr auch schon groß Neues sagen können? Einige Meter weiter standen ein paar Frauen mittleren Alters, rauchten, tranken Sekt und schienen dennoch ziemlich gelangweilt. Wahrscheinlich warteten sie darauf, dass ihre Pferde für einen Ausritt fertiggemacht wurden.

Tessa schlenderte am Brunnen vorbei und wollte zum Stall gehen, in dem die Umkleide untergebracht war, als ein paar junge Frauen um die Ecke bogen. Sie gingen neben ihren Pferden und schwatzten. Vermutlich brachten sie sie zu einer Weide. Ein älterer Mann schob eine volle Mistschubkarre aus dem Stall, nickte Tessa freundlich zu und verschwand irgendwo hinter den Fliederbüschen.

Aus einer der Stallungen marschierte der Tierarzt Beeke heraus. Er wirkte immer noch irgendwie zerflossen. Zwar war er nur mäßig übergewichtig, aber alles an ihm schien weich und wabbelig. Nur seine Gesichtsfalten waren scharf geschnitten und ließen ihn jetzt, im Sonnenlicht, mehr als unfreundlich wirken. Er war zornig, keine Frage. Einige Schritte hinter ihm folgte Sven, dessen schlurfender Gang verriet, dass er Beeke auf keinen Fall einholen wollte, obwohl sie dasselbe Ziel hatten. Während Beeke das Büro betrat, blieb Sven vor der Tür stehen. Die beiden hatten Tessa nicht bemerkt. Sven atmete erst einmal kurz durch, bevor er dem Arzt folgte. Später würde sie Sven fragen, weshalb Beeke wütend war.

Tessa entschied sich, mit den augenscheinlich gut betuchten und ziemlich gelangweilten Ehefrauen zu sprechen. Beherzt steuerte sie auf die Damen zu. Sie alle trugen dunkle Steppwesten über ihren champagnerfarbenen Shirts. Goldfunkelnde Creolen protzten unter den perfekt gelegten Frisuren hervor.

»Hey, hallo!« Tessa lächelte in die Runde und wurde von den Frauen missbilligend gemustert. Da ihr Kontostand beängstigend niedrig war, hatte sie es vorgezogen, ihre erste Undercover-Reitstunde in Jeans und Gummistiefeln zu meistern. Ganz ohne die übliche Steppweste, sondern leger in ihrem Shirt mit Rosenblüten-Print.

Eine junge Frau, vermutlich in Tessas Alter, löste sich aus der Gruppe und kam auf sie zu. Wie beiläufig positionierte sie sich so, dass Tessa sich von der Gruppe abwenden musste, um mit ihr zu sprechen.

»Kann ich Ihnen helfen?«

»Ja, vielleicht. Ich bin Tessa Eichhorn.«

»Mirjam Focke. Suchen Sie jemanden?«

Erfreut strahlte Tessa sie an. Diesen Namen kannte sie von Svens Liste. Mirjam Focke hatte wilde kastanienbraune Locken, die sie mit einem Zopfgummi im Zaum hielt. Dem Klischee treu trug sie Reitstiefel und eine graue Reithose und über dem Shirt die klassische dunkelblaue Steppweste. Anscheinend musste man sich so kleiden, wenn man sich auf ein Pferd setzen wollte.

»Sind Sie Reitlehrerin?«

»Ja. Haben Sie ein Pferd gebucht?«

»Na ja, vermutlich. Aber ich war mir nicht sicher, ob heute, also … Weil doch gestern …« Tessa versuchte, reichlich betroffen dreinzuschauen.

Für einen Augenblick blinzelte Mirjam Focke sie irritiert an. »Ach, daher kenn ich Sie. Sie waren in der Snopenstuv.«

»Ja, genau. Ich hab meine Schwester begleitet, Saras Ärztin. Im Ruhestand. Also meine Schwester. Sie … Na ja, sie ist eben alt und …« Tessa druckste rum und rollte scheinbar vielsagend mit den Augen. »Na ja, Sie wissen schon.«

Die Frau runzelte die Stirn. »Nein.«

»Nicht? Oh. Na ja. Seien Sie froh.« Dann wechselte sie ins Flüstern. »Geht es Ihnen denn einigermaßen gut? Sara war doch Ihre beste Freundin.«

»Sie war meine Chefin, ja. Wir haben uns gut verstanden. Es ist mehr als tragisch, besonders, weil ich sie eigentlich nie ohne Helm habe reiten sehen.«

»Was Sie nicht sagen. Das ist aber … also …«

»Aber das Leben muss weitergehen. Immerhin hat ihr Unfall bewirkt, dass nun auch die Ladys ihren Reithelm aufsetzen.« Mirjam Focke nickte zu dem Trupp Damen hinüber.

»Das wird aber ihre perfekten Frisuren ruinieren«, witzelte Tessa.

»Ach nein, sie haben gleich nach dem Reiten einen Friseurtermin.« Ein Grinsen huschte über ihr Gesicht, doch der Ton machte klar, dass es kein Witz war. Mirjam Fockes Blick huschte zu den Damen, um sicherzugehen, dass es niemand bemerkt hatte. »Und was suchen Sie nun hier?«

»Also ich wollte meinen Aufenthalt hier in Burgheide nutzen, endlich meinen Kindheitstraum zu erfüllen.«

»Und der wäre?«

»Na, reiten lernen.«

»Sie suchen den Reitkurs?« War das ein amüsiertes Lächeln in den Mundwinkeln der jungen Frau? »Und Sie wollen daran teilnehmen?« War da ein unterdrücktes Kichern in der Stimme? »Am Anfängerkurs? Der jetzt startet?«

»Reinschnuppern, ja. Gibt es da etwa ein Problem?«

»Nein, nein.« Jetzt grinste Mirjam Focke regelrecht und wies ihr dann den Weg zu einem Reitplatz am hinteren Ende der Anlage. »Dennis Teige leitet den Kurs. Wenn Sie sich beeilen …«

»Bestselling Dennis? Na, das ist doch perfekt«, sagte Tessa strahlend.

»Absolut«, gab Mirjam ihr grinsend recht. »Absolut.«

16

Sie sind zu spät, Frau Eichhorn.« Mit seinem umwerfenden Lächeln hielt Dennis ihr das Gatter auf, damit sie auf den Reitplatz treten konnte. Er roch gar nicht so sehr nach Pferd, wie sie angenommen hatte, mehr nach einem kernigen Aftershave. Der Geruch in Kombination mit seinem Dreitagebart und seiner widerspenstigen Mähne lösten in ihr Phantasien von wildromantischen Lagerfeuer-Knutschereien aus. Er würde eine Wahnsinnsfotostrecke abgeben. Hochglanz. Starschnitt. »Hier entlang, bitte.« Mit einem riesigen Pferd an einem Strick ging er auf eine Art Unterstand zu. »Ich bin übrigens Dennis, und wir duzen uns hier. Und du willst dir jetzt deinen Kindheitstraum erfüllen? Reiten lernen?«

»Yep. Aber ich muss doch nicht auf dem Riesenvieh da anfangen?«

»Nein, keine Sorge. Für unsere Anfänger haben wir ein etwas kleineres Exemplar. Der Gute hier ist meiner.«

Erleichtert ging Tessa mit ihm zum Unterstand. Sie konnte nicht umhin, dem Kerl auf den Hintern zu starren. Sie musste in sich hineingrinsen. Vielleicht sollte sie mit ihm wirklich eine Fotoserie schießen. Sicher wirkte sein Bestselling-Wunder auch auf ihrem Blog. Dennis auf seinem Pferd, Hemd halb auf, die Haare im Wind; Dennis mit Mistforke in der Hand im Sonnenuntergang …

Er führte sie um die windschiefe, mit Rosen bewachsene

Holzhütte. Und schlagartig verlosch Tessas seliges Lächeln. Schlagartig wurde ihr klar, warum Mirjam so gegrinst hatte.

»Sag nicht, das ist dein Anfängerkurs«, flüsterte sie Dennis zu.

»Das ist mein Anfängerkurs«, flüsterte er zurück, nur um laut hinzuzufügen: »Kiiiiinder! Begrüßt eure neue Mitschülerin Tessa!«

»Haaaaalloooo Tesssss-ssssaa!« Vier Mädchen, alle ungefähr zehn Jahre alt, giggelten und warfen sich ein peinlich berührtes Zahnspangenlächeln zu.

»Hi!« Tessa hob, noch immer ganz bedröppelt, die Hand zum Gruß.

»Das ist unser Startkurs. Der extreme Anfängerkurs. Wenn man noch nie mit Pferden zu tun hatte.« Aufmunternd klopfte er Tessa auf die Schulter. »Ich denke, du bist hier genau richtig.«

Wieder giggelten alle.

»Du bekommst Einstein, ein sehr braves Pony. Aber Tessa, aufgepasst, wir alle haben schon unsere dritte Stunde. Nicht, Mädchen?«

Die Kinder nickten brav.

»Du kannst einfach dazukommen, damit du nicht auf den Start des nächsten Kurses in zwei Wochen warten musst. Der Chef meinte, wir machen da eine Ausnahme für dich.«

Dennis legte eine seltsame Betonung auf das »für dich«, die Tessa stutzig machte. War ihr Vorhaben, herumzuspionieren, aufgeflogen? Doch sie tat, als hätte sie es überhört, und scherzte: »Weil ich so alt wie alle zusammen bin, was?« Tapfer lächelnd trat sie auf die Mädchen zu. »Ihr könnt mich natürlich auch duzen.«

Die vier giggelten abermals und schoben die Kesseste vor. »Hi, ich bin Emily«, sagte die. »Das sind Amelie, Sophie und

Leonie.« Natürlich trugen alle hübsche neue Reitstiefel über hübschen neuen Reithosen. Und über ihren weißen Fleecepullis hübsche neue Steppjacken. Natürlich in Dunkelblau.

»Sehr gut, Mädels, dann sind wir ja jetzt komplett.« Dennis klatschte aufmunternd in die Hände. »Wer von euch weiß denn noch, wie man auftrenst?«

Sofort schossen alle Hände in die Höhe.

Tessa lehnte sich an den Zaun und beobachtete, wie sich die vier Mädchen unter Kichern über das arme Pony hermachten. Dennis musste ihren Blick gesehen haben, denn er fischte aus einer Satteltasche einen Apfel und trat zu ihr.

»Ich denke, wir disponieren um. Sag hallo zu deinem neuen Freund.«

»Wie? Aber …« Tessa starrte Dennis' riesigen Gaul an. »Mein neuer Freund? Ich dachte, das ist Ihres, deins, mein ich …«

»Bei Einstein kommst du ja mit den Beinen an die Erde. Das ist nichts. Nur Mut!«

»Aber …«

»Ich denke, eine kleine Herausforderung tut dir gut. Keine Sorge, ist nur ein erster kleiner Schritt.«

»Aber …« Tessa musterte das Pferd, dann musterte sie Dennis. Wieso sprach der mit ihr, als wäre sie die Jüngste im Bunde?

»Na, nicht so schüchtern. Er tut nichts.« Sanft drehte Dennis sie an der Schulter und schob sie zu dem mächtigen Tier hin. »Darf ich vorstellen: Michelangelo, Tessa. Tessa, Michelangelo. Na, begrüß ihn.«

»Moin, Angelo«, seufzte sie und blickte in die sanften Augen. Sie hatte das Gefühl, das Tier sah direkt bis auf den Grund ihrer Seele. Vor allem in all die staubigen Ecken, die sie schon lange nicht mehr aufgeräumt hatte.

»Erste Lektion: Gib ihm den Apfel. Das besiegelt die Freundschaft.« Sie spürte, wie seine Hand ihre führte, wie seine kräftigen Finger ihre öffneten, so dass der Leckerbissen auf der flachen Hand lag. »Trau dich ruhig, Tessa.«

»Kann ich nicht auch auf Einstein …?« Sie sah sich zu den Mädchen um, die mittlerweile mit Hilfe eines Abzählreims entschieden, wer zuerst in den Sattel durfte. Da nahm Michelangelo sanft den Apfel und kaute ihn genüsslich.

Was mache ich hier? Ich muss rausfinden, ob er was über den Mord weiß oder gar der Täter ist. Sie musterte Dennis erneut, dessen Gesicht dem ihren ganz nah war. Könnte so jemand wie er etwas so Grausames tun? Er bemerkte ihren Blick und sah sie an. Schnell wandte sie sich dem Pferd zu.

»Himmel, dich kann man ja bis Berlin kauen hören«, sagte sie und lachte nervös.

»Hab keine Sorge, Pferde sind sehr einfühlsam, besonders Michelangelo. Er ist dein Freund. Vertrau ihm. Du wirst sehen, allein seine Anwesenheit wird dir helfen.«

»Mir helfen?«

Dennis nickte, erklärte aber nichts.

Fragend sah Tessa ihm zu, wie er wieder zu den Mädchen hinüberging. Dachte der Typ etwa, sie sei so ein Mauerblümchen, das ihr Leben verpasst hatte? Eine Therapie in Sachen Vertrauen brauchte? So gut bestselling Dennis aussah, so kurios benahm er sich.

Sie beobachtete, wie er einem der Mädchen in den Sattel half. Er führte das Pony an der Longe in die Platzmitte und ließ es gemächlich losgehen.

Während das Mädchen stolz seine Runden drehte, wurde Tessa von Emily unter die Lupe genommen. Sie tat so, als würde sie die Blicke des Mädchens nicht bemerken, genauso, wie sie Michelangelos Schnauben an ihrem Hals und das

Knabbern an ihrem T-Shirt wacker ignorierte. Eisern starrte sie zu Dennis – bis plötzlich noch jemand an ihrem Shirt zupfte.

»Hey, wenn du auf Dennis scharf bist, dann verschwinde. *Ich* werde ihn heiraten.«

Tessa sah auf das blonde Mädchen mit den Sommersprossen hinunter. »Oh, okay. Das wusste ich nicht. Herzlichen Glückwunsch.«

Emily blitzte sie kampflustig mit ihren wässrig blauen Augen an.

»Aber ich bin nicht wegen ihm hier«, flüsterte Tessa ihr zu.

»Du bist aber auch nicht wegen dem Reiten hier.«

»Du bist eine ganz Schlaue, wie?«

»Klassenbeste. Und Vorsitzende unseres Klubs.« Sie zeigte rüber zu den anderen Mädchen, die tuschelnd zurückschauten.

»Klub? Was für ’n Klub?«

»Tja, der ist nur für Mitglieder. Ist nämlich voll so ’ne Geheimsache.«

Tessa nickte. »Aha. Ich verrat nichts, echt. Ihr aber auch nicht.«

»Was denn?«

»Na, mein Geheimnis. Ich bin auch wegen so einer Geheimsache hier. Wollen wir Geheimnisse tauschen?«

Verschwörerisch nickte Emily.

17

Als Jana den Scheunenladen betrat, kündigte ein Eisenglöckchen, das ganz altmodisch über der Tür befestigt war, ihr Kommen an. Es passte nicht so recht zu dem modernen Verkaufsraum. Der graugrüne Nadelfilz dämpfte ihre Schritte, und die grellen Neonröhren spendeten ungemütliches Licht. Vermutlich braucht ein Laden für Reiterbedarf auch keine gemütliche Wohlfühlatmosphäre, überlegte sie. Wer hierherkam, wusste schließlich genau, was er wollte.

Nachdem sie Tessas Nachricht auf ihrer Teetasse gefunden hatte – »Bin unterwegs! Schnüffeln!« –, hatte Jana keine Ruhe mehr gefunden. Grummelnd über ihre ach so quicklebendige Mitbewohnerin, die natürlich ihr dreckiges Frühstücksgeschirr nicht in die Spülmaschine gestellt und mit ihren Schuhen wieder mal die Diele eingesaut hatte, war sie aufgebrochen und ins Dorf gefahren.

In Burgheide gab es bloß diesen einen Reiterbedarfsladen – der perfekte Ort, um mehr über den Helm zu erfahren.

Jana war schon tausendmal an der langgestreckten Scheune vorbeigefahren. Sie lag an der Straße, die nach Nienburg führte und die Jana früher oft gefahren war, wenn es Sachen mit dem Amtsarzt zu besprechen gab.

Staunend über das Angebot schlenderte sie durch die Regale. Von Spezialfutterzusatz, Utensilien fürs Westernreiten, Kutschenfahren und Wanderreiten über Hindernisse für die

Bodenarbeit bis hin zur Ausstattung von Pferd und Reiter gab es einfach alles, ob für Freizeit, Arbeit oder Turnier. Sie hätte nie erwartet, in der Scheune mit dem Neonschild und den zwei Kübeln Stiefmütterchen am Eingang eine solch breite Palette von Haargummis, Zopfspangen und Duttbändern zu bekommen, genauso wenig wie weiße Blusen, Hemden oder auch Westernstiefel.

»Kann ich Ihnen helfen?« Eine junge Frau mit blauen Haarsträhnen war neben ihr aufgetaucht und lächelte geschäftstüchtig.

»Oh, hallo. Na, das hoffe ich doch. Ich suche einen Reithelm.«

Die Verkäuferin sah Jana einen Lidschlag lang ziemlich abschätzend an, fing sich aber sofort. Trotzdem blieb ein schaler Geschmack bei Jana zurück. Na warte, dachte sie, bin ich dir zu *beige*, um zu reiten?

Sie führte Jana zum richtigen Regal, doch angesichts der Auswahl stöhnte diese auf. Sie hatte gedacht, Reithelm sei Reithelm, doch hier lagen sicher über fünfzig verschiedene Typen.

»Was reiten Sie?«, wollte die Verkäuferin routiniert wissen.

»Eine Indian!«

Sie zog fragend die Augenbraue hoch. »Eine was?«

»Indian. Rot. Dicke Schlappen, fettes Rohr.« Jana kam sich gerade unglaublich frech und jung vor.

Die Verkäuferin nahm kurz ihre neonfarbene Brille ab, um zu prüfen, ob sie für die Kundin den Notarzt rufen sollte. »Rohr?«

»Mein Pferd ist eine Indian und frisst Benzin.« Jana lachte. »Ein Scherz. Nur ein Scherz. Ich reite gar nicht.«

»Ach.«

»Die Indian ist ein Motorrad. Es ist die Maschine meiner Freundin. Und die möchte nun reiten lernen. Ganz klassisch auf einem Pferd. Ich dachte, ich besorg ihr einen Helm als Geschenk, denn sie hat sich in ein spezielles Modell verliebt.«

»Die Marke?«

»Kann ich nicht sagen. Aber der Helm war mit einer Stickerei verziert.«

»Ah, die von Hoffmann & Feldheim. Aber sicher! Ich weiß schon, welche Sie meinen. Kommen Sie bitte, ich zeig sie Ihnen im Katalog. Ist aber nicht ganz billig.«

»Im Katalog? Bei den vielen Helmen haben Sie keinen da?«

»Nein, die mit Stickerei müssen wir immer extra bestellen. Das sind alles Unikate, wissen Sie? Sie können das Motiv frei wählen oder eins aus dem Katalog aussuchen. Sekunde.« Die Verkäuferin tauchte unter dem Tresen ab und begann zu suchen. »Der Helm wird dann speziell für Sie angefertigt.«

»Und wie lange dauert so was?«

»In der Regel ungefähr eine Woche.«

»Eine Woche? Aha.«

»Schauen Sie mal.« Die Verkäuferin schob einen Katalog zu Jana und zeigte auf eine Reihe Motive. Sie tippte auf eine gestickte Rosenranke mit zwei Knospen und einer Blüte. »Das Bild hier haben wir erst letzte Woche wieder verkauft.«

Jana spürte ihr Herz schlagen. »Und die Lieferung hat eine Woche gedauert?«, hakte sie noch einmal nach.

»Ja. Ist das ein Problem?«

»Nein, nicht für mich. Wer hat den Helm denn gekauft? Den hier mit der Rosenranke, mein ich?«

Irritiert sah die Verkäuferin sie an. »Also das kann ich Ihnen nicht sagen. Wieso interessiert Sie das?«

»Haben Sie keine Unterlagen bei so einer Bestellung?«

»Ich wüsste nicht, was Sie das angeht.« Pikiert musterte die Blauhaarige Jana, der für eine Sekunde das Herz in die Marlene-Dietrich-Hose rutschte.

Verflixt, sei spontan! Tu was!

»Okay, natürlich. Verzeihung. Mein Fehler.« Sie spürte, wie ihr die Röte ins Gesicht schoss, nestelte aber trotzdem ihr Portemonnaie aus der Handtasche. Es ging alles furchtbar schnell, und sie war über sich selbst überrascht. Sie klappte das Portemonnaie auf und hielt der Frau den Ausweis der Burgheider Freiwilligen Feuerwehr flüchtig vors Gesicht. Das Ding hatte Gustav vor einigen Jahren aus Jux anfertigen lassen. Es ähnelte dem Personalausweis, war jedoch rot und mit Foto, sogar inklusive Hologramm. »Ich ermittle für die Polizei«, log sie und hoffte, dass ihre Finger das *Ehrenmitglied der Feuerbienen* auf dem Ausweis gut verdeckt hatten. So schnell sie konnte, aber ohne dass es hektisch wirkte, steckte sie das Portemonnaie zurück.

»Polizei?«

»Ich dachte, Sie können mir ein paar Informationen zukommen lassen.«

»Was? Ja, klar. Wieso dann die Sache mit Ihrer Freundin?«

»Das … das ist unsere Undercoverlegende. Sehen Sie, die Ermittlungen haben gerade erst begonnen.« Jana lehnte sich verschwörerisch über den Tresen und wartete, bis die Verkäuferin nahe gekommen war. »Ich arbeite der Polizei zu, Kripo Nienburg.«

»Kripo!« Die Verkäuferin zog die Augenbrauen hoch.

»Ssssscht! Ja. Wir wollen keinen großen Wirbel veranstalten.«

»Undercover«, sagte sie staunend. »Entschuldigen Sie, das kann ja keiner ahnen.«

»Nein, das soll man ja auch nicht ahnen.« Jana zwinkerte der Verkäuferin zu, die daraufhin nervös auflachte. Dann sah sie ihr zu, wie sie ein Buch unter der Kasse hervorzog, ein Gummiband abzupfte und die Tage durchging. Überall zwischen den Seiten lugten Zettel hervor, Notizen waren angeheftet, Bestellungen durchgestrichen oder mit Pfeilen versehen. Ein ordentlich geführtes Geschäftsbuch sah ein bisschen anders aus.

»Und?«

»Einen Moment bitte.« Mit dem Finger ging sie die Eintragungen durch und hatte anscheinend den Vorgang gefunden. »Oh, das tut mir jetzt leid. Hier ist kein Name vermerkt. Der Helm wurde vorletzten Dienstag bestellt und gleich bar bezahlt. Keine Rechnung. Meine Kollegin hat den Verkauf abgewickelt. Sie ist aber momentan im Harz.«

»Können Sie mir ihre Handynummer geben? Und darf ich mal?« Jana drehte das Buch zu sich. »Abgeholt wurde der Helm letzten Mittwoch«, grübelte sie laut. Unten hatte jemand den Empfang mit einer krakeligen Kinderhandschrift unterzeichnet. »Wer ist denn Lasse?«

»Lasse? Äh, ich glaub, so heißt der Junge von einer Stammkundin von uns. Margarete Rudnik. Ja, ich glaub, der heißt Lasse.«

»Seltsam. Kann der Junge den Helm bestellt haben?«

Die Verkäuferin klappte das Buch zu. »Nein, der ist ja erst zehn oder so. Ich geb Ihnen die Nummer. Also auch die von den Rudniks.«

Jana nickte und spürte noch fünf Minuten später ihre Wangen wie Waffeleisen glühen, als sie in den Landrover stieg. Sie hatte gelogen, hatte sich für eine Undercovermitarbeiterin der Kripo ausgegeben. Das war Amtsanmaßung. Das war strafbar. Und es war einfach … herrlich!

Sie spürte ihr Herz wild pochen und das Blut in ihrem Kopf wärmer als die Mittagssonne brennen und dachte: Ha, Ruth! So viel zu verbeiget.

18

Das ist ja echt unglaublich! Ein echtes Naturtalent!« Dennis zwinkerte zu Tessa hinauf, die unsicher auf Michelangelo hockte, während ihre neuen Freundinnen alle am Zaun klebten und über ihr Können fachsimpelten.

»Achte auf deinen Sitz. Bleib locker. Ja, gut. Brust raus.« An der Longe ließ Dennis den Wallach im Hufschlag Schritt gehen. »Gut so. Geh mit ihm mit. Geh einfach mit ihm mit.«

»Liebend gern geh ich mit ihm mit. Da unten, da *neben* ihm! Nicht so schnell. Dennis! He! Langsam.«

»Langsamer geht nicht. Langsamer ist anhalten.«

»Gute Idee. Kann ich wieder runter?«

»Gib Michelangelo eine Chance. Er wird dich nicht enttäuschen.«

»Enttäuschen?« Tessa versuchte, Michelangelos Hals zu tätscheln. »Niemals. Ich erwarte auch nicht viel.«

»Das solltest du aber.«

Skeptisch sah Tessa zu Dennis, der ihr aufmunternd zunickte. Irgendwie wurde sie das Gefühl nicht los, dass sie in seinen Augen ein extrem unsicherer und hilfsbedürftiger Mensch war. Waren es die Gummistiefel, die sie trug? Normalerweise reagierten Männer anders auf das Jeans-und-Blümchen-Top-Outfit.

»Lass locker. Du kannst ihm vertrauen. Vertrauen ist das A und O. Hab Mut.«

Mit einem Seufzer versuchte sie, sich dem Rhythmus des Pferdes anzupassen. Es war cool, auf ihm zu reiten. Vielleicht sollte sie tatsächlich ernsthaft versuchen, es zu lernen. Sie ließ ihren Blick über die Anlage schweifen. Von hier oben hatte sie einen guten Überblick.

Eine Koppel weiter, auf dem Springplatz, wärmten sich nun die Damen auf, die sie vorhin getroffen hatte. Bei den Stallungen entdeckte sie Sven, der inzwischen die Paddocks säuberte. Bei ihm war der Schubkarren-Mann. Er trug wie Sven eine Arbeitshose und schaufelte Mist in seine Schubkarre.

»Nicht die Konzentration verlieren«, mahnte Dennis sie. »Bleib bei dem Pferd.«

»Ja, ja. Man wird ja wohl mal gucken dürfen«, murmelte sie und starrte wieder auf die gespitzten Ohren des Pferdes.

In dem Moment quietschten Bremsen, und Kies spritzte. Tessa drehte sich ruckartig im Sattel, Michelangelo erschrak.

»Was!«, schrie sie und geriet aus dem Gleichgewicht. Dennis rief irgendetwas, doch Michelangelo stieg.

Tessa versuchte, sich in seine Mähne zu krallen, seinen Hals zu umschlingen ... Zu spät. Sie verlor den Halt.

19

Kaum zurück aus dem Reiterladen, hatte Jana versucht, die Verkäuferin im Harz zu erreichen, doch das Handy war ausgeschaltet, die Mailbox ebenso. Also hatte sie es bei Rudniks versucht und erfahren, dass Lasse alle zwei Wochen für den Hof Hensel eine Sammelbestellung im Laden abholte, um sein Taschengeld aufzubessern. Seine Mutter wusste nicht, welche Sachen er mit seinem alten Fahrradanhänger abholte und zum Hof fuhr. Lasse war in der Schule, so dass Jana am Nachmittag noch mal anrufen wollte.

Jetzt blinzelte sie die alte Remise in ihrem Garten an. Sie war in einem bemitleidenswerten Zustand. Der Efeu hatte sich bis aufs Dach hinaufgezogen und Schindeln angehoben, Latten saßen lose, und eine Stütze war morsch. Ein wetterfester Anstrich war nötig und allem voran – sie musste entrümpeln. Die Töpferscheibe konnte nicht ewig im Wohnzimmer herumstehen. Jana brauchte einen Ort, an dem sie ungestört arbeiten konnte.

Sie trat einen Schritt zurück und betrachtete den Bretterverschlag, in dem sie früher schon getöpfert, die letzten Jahrzehnte jedoch ihr Vater Joona seinen Sperrmüll untergestellt hatte. Oder besser gesagt all die Dinge, die er nicht hatte loslassen können, die aber in seinem Leben auch keinen rechten Platz mehr gefunden hatten.

Zu ihrer großen Freude hatte sie bei den alten Töpfersachen

ihre Latzhose wiedergefunden. Das olle Ding hatte sie immer zum Töpfern getragen, und sie war durchaus stolz, dass sie noch immer hineinpasste. Das Yoga hielt sie eben rundum in Form. Leider war das Burgunderrot des Stoffs vom vielen Tonhändeabwischen zu einem Graubraun verkommen.

»Aber immerhin nicht beige. Ist doch ein Anfang«, sagte sie zu sich, wischte ein paar Spinnweben von einem der staubigen Fenster und spähte in den Schuppen. Licht fiel durch zerschlagene Schindeln, und sie konnte die antike Saftpresse, Joonas uralte Hobelbank und eine Wäschemangel, wahrscheinlich aus Vorkriegszeiten, erkennen.

»Jana?« Gustav bahnte sich einen Weg durch die Büsche, die unterhalb der Terrasse wucherten. Er fluchte vor sich hin. »Verdammt, ich hab die Machete vergessen. Schlimmer als in Paraguay.«

»Du hättest den Weg andersherum nehmen können.«

»Ach, ich dachte, ich erinnere dich mal an deine Pflichten als Gartenbesitzerin.«

»Ist für die Vögel schöner so.«

Er lachte, und unzählige Falten erzählten davon, wie sich seine Fröhlichkeit über die Jahrzehnte in sein Gesicht eingegraben hatte.

Irgendwie sehen seine Falten glücklicher aus als meine. Meine erinnern immer nur an zu viele Sorgen. Wahrscheinlich auch ein Symptom des Verbeigens, dachte Jana bitter.

Anscheinend war Gustav im Forst unterwegs gewesen, denn er trug wetterfeste Kleidung, und seine hohen Gummistiefel waren mit Matsch und Tannennadeln verdreckt.

»Sag bloß, du hast dich jetzt doch von Ruth überreden lassen.« Gustav warf einen Blick auf die Töpfersachen, dann einen zweiten, diesmal äußerst kritischen, auf die windschiefen Bretter der Remise.

»Tut mir vielleicht tatsächlich gut … Ach, was rede ich.« Jana winkte ab. »Du siehst aus, als könntest du eine Tasse Tee vertragen.«

»Immer, meine Liebe, immer.«

»Aber die Stiefel bleiben draußen!«, sagte sie über die Schulter, als sie die Stufen zur Terrasse hinaufstieg. Sie ließ ihre Gartenschuhe neben der Tür zum Wintergarten stehen und huschte zur Küche.

»Ich bleib sowieso draußen. Viel zu schön heute«, rief Gustav ins Haus. »Wo ist denn dein Schwesterlein?«

»Beim Reitunterricht.« Flink setzte Jana Wasser auf und zog das bereits für Tee beladene Tablett zu sich. Routiniert hängte sie das Tee-Ei in die Kanne und goss mit dem sprudelnden Wasser auf.

Unterdessen hatte Gustav es sich auf einem der Terrassenstühle gemütlich gemacht. »Sind die neu?«, bemerkte er anerkennend. »Sehr gemütlich.«

»Tessa«, war Janas schlichte Antwort. Sie stellte das Tablett auf dem ebenfalls neuen Tischchen ab.

»Hat Stil.«

»Ja. Und man könnte meinen, das sei ein eindeutiges Zeichen, dass sie bleibt. Oder?«

Fragend sah Gustav seine Freundin an. »Ihr habt die Sache noch immer nicht geklärt? Was sagt denn euer eifriger Notar Berthold Finke dazu?«

Jana zuckte mit den Schultern und legte je ein Stückchen Kandis in die Tassen. »Berthold soll erst mal zufrieden sein. Wir wohnen beide hier – so war doch die Abmachung im Testament. Aber Tessa redet nicht mit mir darüber, was sie nun vorhat.«

»Sie ist jung. Sie hat sicher den Kopf voller Pläne.«

»Hoffe ich. Sie muss dringend arbeiten. Eigentlich.«

»Eigentlich?«

»Also wenn ich nicht wüsste, dass sie ständig fotografiert und tippt, dann würd ich denken ...«

»Sie hat keinen Job mehr? Hm ...« Gustav sah auf den See hinaus. Für einen Moment saßen beide schweigend da und hingen ihren Betrachtungen nach. Schließlich nahm Jana das Tee-Ei aus der Kanne und goss ihnen ein. »Vielleicht solltest du mal in ihrer Redaktion anrufen«, schlug er vor.

»Ich? Nee, es reicht, dass ich schon wieder in Sachen Mord rumschnüffle.«

»Hast recht. Tut man ja auch nicht, seiner Schwester nachspionieren. Und da wären wir beim Thema. Ich hab doch gesagt, ich fühl Beeke mal auf den Zahn.«

»Gustav, du bist ja 'n ganz Fixer.«

»Na, du weißt ja: Wat du vandoge kannst besörgen, dat schuuf nich up bit mörgen!«

»Und, was hast du herausgefunden?«

»Also das Wichtigste vorweg: Amtstierarzt Beeke hat ein Alibi. Er hat die Dackelwelpen bei Immichens geimpft.«

»Immichens?« Jana versuchte, sich zu erinnern, ob sie die Familie als Patienten gehabt hatte.

»Weißt schon, die wohnen hinten raus, Richtung Süderfeld.«

Jana schüttelte den Kopf. »Kenn ich nicht.«

»Sie züchtet Dackel. Wollen sich 'n bisschen was zuverdienen. Die haben einen neuen Wurf. Beekes Alibi stimmt also.«

Seufzend stand Jana auf und ging in den Wintergarten.

Ein »Alibi für die Tatzeit« stand nun auf Tobias Beekes Karte.

»Jetzt bin ich natürlich nicht der beste Kumpel vom ollen Beeke«, stellte Gustav klar, während er ebenfalls in den Wintergarten kam.

Ganz beiläufig kontrollierte Jana, ob er auch die Gummistiefel ausgezogen hatte, und musste angesichts der grell leuchtenden Ringelsocken lächeln. »Dein großer Zeh guckt raus.«

»Ach, das. Das Loch ist schon alt«, sagte er, als wäre das irgendwie eine Entschuldigung. »Also, wo war ich? Ja, also der Beeke. Wenn du mich fragst – und das machst du ja –, also für jemanden, der gerade seine Braut verloren hat, machte er einen …« Gustav suchte nach dem richtigen Wort. »Also er war eher wütend als trauernd. Und total übernächtigt.«

»Wut ist ein Teil der Trauerarbeit.«

»Sicher.« Gustav wiegte seinen Kopf hin und her. »Ja, ich weiß. Aber das war anders. Er ist nicht wütend darüber, dass sie tot ist.«

»Sondern?«

»Ist nur so ein Gefühl, aber eher wie so ein beleidigtes Kind, das trotzt, weil es das große Spielzeug nicht bekommen hat, das im Schaufenster steht. Der kam mir eher beleidigt vor.«

»Beleidigt? Hm …«

Er trat an das Kartenklebefenster, nahm die Karte mit Svens Namen von ihrem Platz und heftete sie direkt neben Beeke. »Beeke wusste, dass Sara einen anderen hatte. Sie hat die Verlobung gelöst. Anscheinend macht ihm das mehr zu schaffen als der Umstand, dass die Frau, die er hat heiraten wollen, nun tot ist.«

Amüsiert sah Jana ihn von der Seite an. »Mönsch, Gustav, dass du so genau hinsiehst, das wusste ich ja gar nicht.«

»Tja, was du nich alles nich weißt.« Verschmitzt zwinkerte er und ging zurück auf die Terrasse. »Und wann kommt Tessa zurück?«

Jana zuckte wieder mit den Schultern. »Wenn ich die mal

nicht bei Fabian vom OP-Tisch holen muss. Die fällt mir noch vom Pferd.«

»Ach was.«

»Wetten?«

Gustav kicherte. »Ihr zwei. Schade, dass Joona euch nicht mehr zusammen erlebt hat.«

Grummelnd sah Jana auf den See. Auf der anderen Uferseite hatten zwei Angler ihr Lager aufgeschlagen. Ihr Sonnenschirm leuchtete gelb zu ihnen herüber. Ein Radfahrer arbeitete sich auf dem schlammigen Uferweg um den See herum.

»Schickst du uns eine SMS, wenn ihr was Neues habt?«, fragte Gustav, während er seine Gummistiefel wieder anzog.

»Na sicher.«

20

»Alles klar? Alles dran?«, fragte Dennis besorgt, nachdem er Tessa auf die Füße gezogen hatte.

Ein stechender Schmerz fuhr durch ihren rechten Knöchel. Sie war unsanft in einem Haufen Pferdeäpfel gelandet und meinte noch immer das aufgeregte Kreischen der Mädchen und den donnernden Hufschlag ihres davongaloppierten Wallachs zu hören.

»Ja, ja, bin ja weich gelandet«, log Tessa und vermied es, Gewicht auf den verletzten Fuß zu legen. Angewidert sah sie an sich hinunter. Überall klebte Pferdemist. »Was ist denn passiert?«

»Das werde ich gleich rausfinden.« Wütend stapfte Dennis zum Zaun, an dem jetzt ein schwarzer SUV parkte.

Emily winkte Tessa zu sich. Diese humpelte zu den Mädchen, die die Köpfe zusammengesteckt hatten und tuschelten. »Der Idiot da. Der hat so scharf gebremst, da sind die Steinchen hoch.«

»Ja. Ein Steinchen hat Michelangelo voll an der Flanke getroffen«, offenbarte eine kleine Dunkelhaarige mit Brille und schaute aufgesetzt zornig zum SUV hinüber, aus dem sich nun wie in Zeitlupe der Fahrer schälte. Tessa schlug sich angeekelt den Pferdemist von der Jeans.

»Sind Sie total bekloppt?«, fuhr Dennis den Mann an. »Sie hätten beinahe die Frau umgebracht! Machen Sie, dass Sie mit

Ihrem Angeberauto vom Hof verschwinden. Fahrzeuge sind draußen abzustellen! Da ist ein Schild.«

Der hagere Mann zog den Kopf ein und sah schnell beiseite, während er ums Auto eilte, um die Beifahrertür zu öffnen.

Als Dennis am Wagen angekommen war, stieg ein zweiter Mann aus. Er reichte Dennis bloß bis zur Schulter und trug ein gestärktes Hemd mit Weste. Vielleicht sollte es ihm eine gewisse modische Lässigkeit verleihen, ließ ihn jedoch verknöchert und rückständig erscheinen.

»Sprockhövel«, wies er den Fahrer an, »lassen Sie unseren Dienstwagen genau hier stehen. Hier steht er richtig. Und Sie sind?«, wandte er sich an Dennis.

»Dennis …« Er kam nicht dazu, seinen Nachnamen zu nennen, denn der Fremde beachtete ihn schon nicht mehr, sondern fixierte Tessa.

»Sprockhövel, mitkommen. Papiere nicht vergessen«, befahl er.

Der hagere Fahrer, Sprockhövel, warf Dennis einen verlegenen Blick zu, dann zog er ein Diktiergerät und einige Formulare vom Armaturenbrett und folgte dem Mann.

Sprachlos starrte Dennis den beiden nach.

Wie ein Aufziehmännchen schritt der Mann auf die Reitschülerinnen zu.

»Frau Tessa Eichhorn«, bellte er über den Platz. »Meine Liebste!« Er baute sich am Zaun auf.

»Ui! Ist das dein Freund?«, flüsterte Emily.

Tessa verdrehte die Augen. »Fuck, nein.«

Die Mädchen starrten sie an.

»Äh … Das F-Dings habt ihr nicht gehört. Besser, ihr geht mal rüber zu eurem Pony.«

Wenig folgsam rückte der Trupp ein Stück ab, mit Ausnahme von Emily. »Ist der da dein Geheimnis? Bist du auf der

Flucht vor dem oder so?« Ihre Augen strahlten vor Abenteuerlust.

»Wer wäre das nicht«, brummte Tessa. »Und jetzt husch.«

»Dass ich Sie hier sehe, Frau Eichhorn«, ätzte der Mann. »Zufälle gibt es.«

»Herr Kettel. Wie nett, dass Sie Burgheide mal wieder besuchen.«

»Für Sie immer noch Herr Oberhauptkommissar! Sie haben hier nichts zu suchen. Frau Eichhorn, Sie …« Sein Blick fiel auf die neugierigen Mädchen, die ihn mit offenen Mündern anstarrten. »… verlassen bitte unverzüglich diesen Hof, dessen Areal nun Gegenstand der Ermittlung ist.«

»Na, na, na. Ihnen auch einen schönen Tag, Kettel.« Sie hielt ihm grinsend ihre Hand hin. Natürlich schlug er nicht ein, warf lediglich einen zackigen Blick auf den Pferdemist und zog ein Stofftaschentuch aus der Westentasche.

»Dank Ihnen wird dieser Tag sicherlich das Gegenteil von schön. Und wenn ich herausfinde, dass Sie schuld sind, dass ich wieder in diesem Hinterwäldlerloch gelandet bin, dann … dann … Verlassen Sie sofort den Hof!«

»Sekunde mal, Sie haben hier gar nicht die Befugnis, mich des Ortes zu verweisen. Ich nehme hier Reitstunden.«

Für einen kurzen Augenblick musterte Kettel sie aus seinen grünen Augen. »Auf dem Boden? Im Pferdemist? Ich kann Sie auch verhaften lassen, Frau Eichhorn, wenn Sie mir wieder mal im Weg stehen.«

»Behinderung«, warf Kettels Assistent Sprockhövel ein.

»Behinderung, exakt, Sprockhövel. Exakt. So viel zu meiner Befugnis, Frau Eichhorn.«

Tessa bemerkte, dass das Auftreten von Kettel den Hofherrn aufgescheucht hatte. Erik Hensel war aus seinem Büro geeilt. Mit schnellen Schritten kam er heran.

»Was ist hier los?«, wollte er wissen. »Sie können hier nicht park…«

Weiter kam er nicht, denn Dennis und Sprockhövel redeten gleichzeitig auf ihn ein.

Tessa und Kettel maßen sich mit Blicken.

»Ruhe jetzt!«, ließ Hensel die beiden verstummen und schob sich zwischen Tessa und den Kommissar. »Guten Tag, Herr …?«

»Oberhauptkommissar Kettel. Wie Kette mit einem L.«

»L wie Leichenwagenbremser.«

»Wie bitte? Was haben Sie gesagt, Frau Eichhorn?« Kettel musterte sie scharf.

»Ich? Nichts.«

»L wie Leiter. Leiter der Mordkommission. Für Sie alle hier gern auch der Herr Oberhauptkommissar.«

Für einen kurzen Augenblick schienen selbst die tuschelnden Mädchen die Luft anzuhalten.

»Darf ich fragen, was Sie auf meinen Hof führt und warum Sie meine Reitschülerinnen beleidigen?«

»Sie dürfen, Herr Hensel. Der sind Sie doch? Ich erläutere Ihnen gern den Sachverhalt, aber nicht hier.« Kettel wedelte ein wenig in der Luft, wobei Tessa nicht sagen konnte, ob er sie persönlich meinte oder den Gestank des Hofs im Allgemeinen. »Frau Eichhorn, ich hoffe, Sie kommen mir nicht noch einmal in die Quere.«

»Oh, diese Hoffnung ist ganz meinerseits.«

Sie taxierten sich, dann tippte Kettel zur Verabschiedung an seine Stirn, rief nach Sprockhövel und bat Hensel, voraus zum Büro zu gehen.

Nachdenklich kaute Tessa auf ihrer Unterlippe, während sie mit Dennis gemeinsam Kettel nachsah.

21

Und das Ekel ist echt von der Polizei?« Fassungslos beobachteten die Reitmädchen das Bürogebäude, in dem Kettel mit seinem Assistenten Sprockhövel und Erik Hensel verschwunden war.

»Ja, leider«, seufzte Tessa.

»Und was will der von dir?«

»Oh, also von mir eigentlich gar nichts.«

Wie auf Kommando legten alle vier Mädchen den Kopf schief und sahen Tessa mit einem Und-das-sollen-wir-dir-glauben-Blick an. Sie musste sich das Lachen verkneifen.

Nachdem auch Dennis im Büro verschwunden war, hatten die Mädchen sie zu einem Schuppen geschleppt, der abseits der Stallungen und Putzplätze stand. Mit Schwamm und ein wenig Wasser hatte sie dort versucht, den Pferdemist von der Hose zu kriegen, doch dem Geruch war nicht beizukommen. Im Schuppen hatten die Mädchen aus Heuballen bequeme Sitzecken gebaut und Tessa stolz erklärt, dass dies ihr Klubhaus sei. Wann immer sie Zeit hatten, trafen sie sich im Heu. Hier wurde über Jungs und Pferde getratscht, Neues über Dennis' wahrscheinliches Liebesleben ausgetauscht und nach Strategien geforscht, den Eltern ein besseres Handy aus der Tasche zu leiern. Hinter einem losen Brett verwahrten die Mädchen ihre *Erste Hilfe* auf, eine rosafarbene Tupper mit Hello-Kitty-Emblem, die mit allerlei Süßigkeiten angefüllt war.

Schmatzend saßen sie nun auf den Heuballen und beobachteten das Kommen und Gehen auf dem Hof.

»Hier steckst du. Ich dachte schon, du wärst nach dem Auftritt von diesem Kommissar geflüchtet.« Lächelnd streckte Dennis seinen Kopf über einige Heuballen. »Na, Mädels, nehmt ihr Tessa etwa in euren Klub auf?« Er zwinkerte dem blonden Mädchen, das Emily hieß, zu. Sofort schossen ihr rote Flecken ins Gesicht, und sie grinste ihn ziemlich dämlich an. Zum Erstaunen aller weiblichen Wesen kam Dennis dann einfach zu ihnen und setzte sich vor Tessa auf einen Ballen. Ohne Umschweife griff er sich ihren Fuß und hob ihn hoch.

»He!«, protestierte Tessa halbherzig.

»Ist das der Knöchel?«

Verdutzt sah sie ihn an. »Ja. Aber geht schon. Kein Problem.«

»Ich schätze, das sagst du immer.« Wieder lächelte er sein Lächeln, und Tessa konnte einen deutlichen Schmachtseufzer aus Richtung der Mädchen vernehmen. Bevor sie begriff, hatte er ihr den Gummistiefel ausgezogen und drückte einen Eisbeutel auf den Knöchel. Auf einen Knöchel, der mit einem ziemlich verwaschenen rosa Socken bedeckt war, auf dem ein pfeifender Snoopy in einem Herzchenregen tanzte.

»Äh, ich … ich mag den Anarchismus von dem Beagle«, stotterte Tessa ertappt. »Der ist ziemlich wild.«

Er nickte bloß, doch das amüsierte Blitzen in seinen Augen verriet ihn. Zu ihrem Entsetzen merkte Tessa, dass sie rot wurde. Hastig riss sie ihm den Eisbeutel aus der Hand. »Das ist nett. Vielen Dank. Ich kann das alleine. Nur weil ich in deinem Reitkurs bin, heißt das nicht …«

»Habe verstanden.« Er hob die Hände, stand auf und klopfte sich das Stroh von der Hose. »Seid lieb zu ihr. Vom Pferd zu fallen ist kein Spaß. Und du, Tessa, gehst mir zum Arzt. Verstanden?«

Artig nickten die Mädchen und sahen ihm dann mit offen stehenden Mündern hinterher, wie er zurück zu den Stallungen schritt. Immerhin war Tessa die Erste, die den Mund wieder zuklappte. Wahrscheinlich wegen ihres Fußes, denn der schien tatsächlich etwas geschwollen zu sein. Als sie ihn noch einmal kühlte, spürte sie Emilys bohrenden Blick.

»Ja, ja, du heiratest ihn. Ist klar. Weißt du was, der ist gar nicht mein Typ. Mach dir keine Sorgen, ich werde deine Hochzeit nicht platzenlassen.«

Das überzeugte Emily nicht.

»Wirklich«, beschwichtigte Tessa. »Und außerdem … Also zurzeit habe ich echt andere Probleme.« Sie drückte den Eisbeutel auf ihren Fuß, der sich ungewöhnlich warm anfühlte.

Nach einer Weile Getuschel meldete sich Emily endlich zu Wort. »Also pass auf, Tessa. In was für Schwierigkeiten du auch steckst, wir halten zu dir. Du bist jetzt eine von uns.«

»Oh«, sagte sie gerührt, »das ist wirklich sehr nett von euch. Aber ich denke, meine *Schwierigkeiten* muss ich wirklich alleine lösen.«

»Wir vom Klub helfen einander immer.«

»Ach ja, euer Klub«, hakte Tessa halbherzig nach und beobachtete, wie Kettel das Büro verließ. Hensel führte ihn zum Stall. Vielleicht, um ihm Dancing Queen zu zeigen. Oder Saras Helm, der gar nicht mehr da war, sondern schon bei Martin lag, sicher verwahrt in einem Plastikbeutel. Sie grübelte, wie der Bruder die Nachricht aufgenommen hatte, dass seine Schwester Opfer eines heimtückischen Mordes geworden war.

»Der Klub ist voll cool.« Eifrig zählte Leonie, die Kleine mit der Brille, auf, in welchen Fällen man sich auf den Klub verlassen konnte: »Mathehausaufgaben, Reitprüfungswissen, Hello-Kitty-Tauschbörse haben wir, Klatschpresse und Tipps für Loom-Bänder.«

»Ich weiß nicht, Mädels …« Kettel war, ein Taschentuch vor die Nase gepresst, wieder aus dem Stall marschiert und steuerte nun seinen Wagen an. Moment, was hatte Leonie gerade gesagt? *Klatschpresse?* »Sekunde, Leonie. Mit Klatschpresse meinst du, was hier auf dem Hof so los ist?«

»Ja, sicher. Wir nennen das auch die Hof-News.«

Und sofort sprudelten die vier los. Maggie habe letzte Woche versucht, Dennis anzugraben, der sei aber noch auf ein Date mit Hanna gegangen. Während Felicitas sich gestern wegen Tom die Augen ausgeheult habe und, und, und …

»Und Sara?«

Sofort verstummten alle und sahen einander verlegen an.

»Meine Mama sagt, über Tote soll man nicht schlecht reden«, murmelte Leonie.

»Da hat deine Mama recht.« Shit, dachte Tessa, warum musst du auch gleich mit der Tür durch die Wand. Sie versuchte es ein wenig einfühlsamer. »Nehmen wir mal einen Moment an, sie würde noch leben. Wie wäre es dann? Gäbe es da was Schlechtes, was man über sie sagen könnte?«

Emily und Amelie dachten ernsthaft nach, dann schüttelten sie die Köpfe.

Aufmunternd hielt Tessa ihnen deren eigene Süßigkeiten hin. »Na, dann können wir ja gar nicht schlecht über sie reden.«

Das überzeugte die Mädchen, und Sophie begann mit dem Offensichtlichen: »Sara war echt hübsch.«

»Und eine wahnsinnsgute Reiterin«, ergänzte Leonie. »Sie hat das Oster-Derby gewonnen. Obwohl sie gar nicht mehr Profi ist.« Sie schluckte. »Ich meine: war.«

»Hat sie auch Reitunterricht gegeben?«

»Nee, die hat sich um die Ausbildung der teuren Pferde gekümmert«, erklärte Emily. »Ich hab sie immer bei der

Bodenarbeit gesehen. Voll wie die Andrea Kutsch. Die Pferde haben Sara auf den Wink gehorcht.«

Leonie nickte. »Papa hat gesagt, die verdienen sich hier auf dem Hof döselig mit den Zuchtpferden, weil die so gut ausgebildet sind von der Sara.«

Tessa musterte die Hofanlage. »Welche Tiere gehören denn zum Zuchtbetrieb?«

»Die sind alle da drüben in dem zweiten Stall und auf den Koppeln dahinter. Neulich sind zwei Fohlen zur Welt gekommen, Tulip und Golden Sunrise.«

Alle Mädchen seufzten im Chor.

»Aber leider ist Golden Sunrise dann gestorben. Und seine Mama auch«, meinte Emily.

»Nee«, korrigierte Amelie, »Sunflower ist gestorben, die Mama von Tulip.«

»Echt?« Zweifelnd sah Sophie ihre Freundin an.

»Ja, die Mama, die Sunflower, war nämlich eine ganz Berühmte. Und ihr Fohlen Tulip wird sicher auch mal Olympiasieger«, stellte Emily fest. »Sara war da nicht da. Die war ja die letzten Wochen in Frankreich, ein Pferd abgeben.«

»Zusammen mit Sven«, ergänzte Leonie und kicherte los. Sofort kicherten die anderen drei mit.

Zufrieden schob sich Tessa einen sauren Wurm in den Mund. »Was gibt's denn da zu kichern?«

»Sven ist hier Pferdepfleger und voll süß«, stellte Leonie fest.

»Dennis ist viel süßer«, hielt Amelie dagegen.

»Nee!«

»Doch!«

»Nee! Hübscher vielleicht, aber Sven …«

Emily unterbrach den Streit ihrer Freundinnen. »Beide sind süß und auf jeden Fall tausendmal süßer als der Beeke.«

Unisono unterstrichen alle Emilys Feststellung mit einem lautstarken Würgen.

»Beeke?«, tat Tessa uninformiert.

»Der Tierarzt. Und!« Emily machte ein Trommelwirbelgeräusch. »Der Verlobte von Sara.«

»Bis sie aus Frankreich zurück war«, beeilte sich Amelie zu sagen, bevor jemand schneller als sie war.

Und dann überschlugen die vier sich in ihren Erzählungen. Jede wollte die wichtigste, spektakulärste Neuigkeit loswerden. Aus dem immer schriller werdenden Stimmengewirr hörte Tessa nur mit Mühe heraus, dass Sara nach ihrer Rückkehr mit Beeke gesprochen hatte. Die Mädchen behaupteten, dass sie Beeke nichts von Sven erzählt habe, sondern Beeke vorgeworfen habe, krankhaft eifersüchtig zu sein und sie auf Schritt und Tritt überwachen zu wollen. »Die haben sich voll angeschrien. Da sind die Pferde scheu geworden, so laut waren die«, meinte Emily.

»Ja. Sara hat ihm an den Kopf geschmissen, dass er stalkt«, sagte Leonie, aber ihr war anzusehen, dass sie selbst nicht wusste, was das war.

»Stalking macht«, verbesserte Emily. »Genau. Und Kontrollwahnsinn hat.«

»Und außerdem haben wir gesehen, wie Sven mit Sara geknutscht hat! Im Wald, da bei den Koppeln hinten.«

Tessa beobachtete, wie Hensel, der Kettel verabschiedet hatte, auf Sven zusteuerte. Er packte ihn harsch an der Schulter und fuhr ihn wütend an.

Kettel hatte also Sven verraten, dachte Tessa. Kein Feingefühl, der Mann, quatscht einfach raus, dass Sven derjenige mit der Anzeige war.

Hensels »Sie sind gefeuert!« ließ das Klatsch-Staccato der Mädchen verstummen. Alle sahen zu Sven und Hensel hinüber. Dem Chef war die Zornesröte ins Gesicht gestiegen. Er bebte vor Wut, während Sven den Eindruck eines misshandelten Hundewelpens machte.

Letzterer Anblick löste bei den Mädchen erneut ein Gruppenseufzen aus.

»Warum ist Herr Hensel so wütend auf Sven, dass er ihn gleich feuert? Sven ist der beste Mitarbeiter, den er hat«, sagte Emily.

Und mit vor Entsetzen geweiteten Augen flüsterte Leonie: »Der hat was Schlimmes angestellt! Bestimmt, deswegen war die Polizei hier.«

Tessa schüttelte den Kopf. »Nein, Sven hat gar nichts angestellt.« Sie griff sich noch ein Gummitier und kaute nachdenklich darauf herum.

Zwei Männer – Beeke und Sven – waren bis über beide Ohren in Sara verliebt. Sven hatte den Mord gemeldet. Er war sicher unschuldig. Schließlich wäre die Tat ohne seine Anzeige nie aufgedeckt worden. Aber Beeke? Gehörnt, verlassen, besessen … War seine Eifersucht größer gewesen, als Sara gedacht hatte?

22

Hensel hatte ihn gefeuert. Er hatte ihn tatsächlich vor allen Leuten rausgeworfen. Nach vier Jahren, in denen er sich Tag und Nacht um den Hof und die Tiere gekümmert hatte. Hensel war außer sich gewesen, dass die Mordkommission ermitteln würde. Der Gedanke, seine Schwester sei das Opfer eines Mordes – er konnte verstehen, dass Hensel die Kontrolle verloren hatte. Aber da war noch etwas anderes gewesen. Er hatte ihn persönlich angegangen, hatte ihm vorgeworfen, schuld an allem zu sein. Natürlich. Hensel und Beeke waren Freunde. Wahrscheinlich wollte er es nicht wahrhaben, das Offensichtliche.

Sie haben sie auf dem Gewissen, hatte Hensel ihn angebrüllt.

Sven wischte die Tränen fort und schob das Mikrowellen-Essen beiseite. In seiner Wohnung war es leise. Er hatte die Jalousien heruntergezogen, weil er das Licht nicht mehr ertrug. Wie die Tage zuvor zückte er sein Handy. Nur mit Mühe konnte er dem Drang widerstehen, noch einmal ihren Film anzusehen.

Sie anzusehen. Sara. Ihr Gesicht, das mit der Sonne um die Wette strahlte dort in Saintes-Maries-de-la-Mer, dort, als sie noch lebte. Als er noch lebte. Als sie sich liebten.

Er widerstand dem Zwang. Schluchzend steckte er das Smartphone zurück. Die wutentbrannten Beschimpfungen ihres Bruders hallten in ihm nach.

Und dann dieser Kommissar, dieser Kettel, der abseits gestanden und alles angehört hatte. Er hatte nicht einmal überrascht aufgeblickt, sondern seinen Assistenten aufgefordert, ihn zu vernehmen. Ihn!

Sprockhövel hatte ihm Fragen gestellt, zahlreiche alberne Fragen. Wann er wo gewesen war und in welcher Beziehung er zu Sara stand. All das Zeug, das sie wohl immer fragten. Was hatte er geantwortet? Die Wahrheit. Seine Wahrheit.

Es klingelte an der Tür.

Für eine Schrecksekunde wusste er nicht, wo er war, dann raffte er sich auf.

Der Postbote streifte seine Ohrstöpsel ab, aus denen Reggae dröhnte, und rückte seine Häkelmütze zurecht. Unter ihr stakten verfilzte Haare hervor, die vermutlich einst Dreadlocks gewesen waren. Inzwischen bildeten sie zusammen mit dem widerspenstigen Vollbart einen struppigen Rahmen um ein erstaunlich pausbäckiges Gesicht. Einzig die gelbe Regenjacke der Post wies Matts als den offiziellen Briefträger aus. Darunter trug er ein T-Shirt, auf dem die rot-gelb-grüne Fahne der Rastafaris prangte.

Matts hielt Sven sein Lesegerät zur Unterschrift hin. »Das is ja gut, dass ich dich noch erwisch, Sven. Is ’n Einschreiben. Persönlich.« Wie immer war Matts mit seinem Fahrrad samt Anhänger unterwegs. Normalerweise klönten sie noch zusammen, doch nicht heute.

»Alles paletti, Alter?«

Sven nickte abwesend und nahm das Einschreiben entgegen. Der Absender war ein Labor aus Neustadt. Ohne weiter auf Matts zu achten, schloss er die Tür. »’n Tschüss und ’n Moin ist wohl zu viel«, hörte er Matts noch mosern, dann entfernte sich das Quietschen seines Drahtesels.

Zurück in der Küche, öffnete Sven den Umschlag. Ein

Stapel Papiere rutschte ihm entgegen. Es waren Tabellen mit irgendwelchen Werten.

»Sehr geehrte Frau Hensel«, begann das Anschreiben. Verwirrt sah er noch mal auf den Umschlag. Das Labor hatte die Papiere direkt an ihn geschickt. »Hiermit übersenden wir Ihnen die angeforderte Auswertung der Proben …«

Warum hatte Sara eine Analyse von Laborproben zu ihm nach Hause schicken lassen? Dies war eindeutig ein großes Blutbild eines Pferdes. Er stutzte beim Durchblättern und zog einen Bogen aus dem Stapel.

»PCR gemäß des internationalen Standards der ISAG.« Es folgte eine Reihe von Werten, mit denen er nichts anfangen konnte. Die Analyse endete mit der Bemerkung: »Es konnte keine Übereinstimmung festgestellt werden.«

Er suchte in den Unterlagen nach dem Namen des Pferdes, doch es gab nur einen Strichcode und eine elfstellige Identifikationsnummer.

Einem Impuls folgend, stopfte er alles zurück in den Umschlag und schob ihn hinter den Kühlschrank.

Ihm fiel nur eine Person ein, die ihm sagen konnte, was das für Laborwerte waren.

23

Tessa winkte Emily nach, die von ihrer Mutter abgeholt wurde. Inzwischen warf die Frühsommersonne lange Schatten, und die Kinder waren alle fürs Abendbrot abgeholt worden. Auch die Ehefrauen waren zu ihren Klub-Meetings verschwunden. Mit gemischten Gefühlen las Tessa nochmals den Zettel, den ihr das Mädchen in die Hand gedrückt hatte.

»Herzliche Einladung zu Emilys Geburtstagsfeier!« stand dort mit Blümchen verziert in schnörkeliger Schrift, jeder i-Punkt ein Herzchen. Morgen feierte Emily ihren elften Geburtstag. Natürlich hier auf dem Reiterhof. Auch Tessa sollte unbedingt kommen. Sie war doch jetzt eine von ihnen.

Sie steckte den Zettel in die Hosentasche. So weit war es also schon gekommen. Sie fledderte Leichen und wurde am nächsten Tag zu einem Kindergeburtstag eingeladen. Das war ihr in Berlin noch nie passiert. Wildes Landleben. Immerhin hatten die Mädchen ihre Augen und Ohren überall, und mit ihrer Hilfe konnte sie die Verdächtigen-Karten im Wintergarten nun allesamt locker ausfüllen. Die Mädchen sprühten nur so vor Anekdoten und Infos. Die waren besser als so mancher Profiinformant. Wer hatte wann wen beschimpft, war zu spät gekommen, hatte Schnupfen, Husten oder Hass auf wen. Wer stritt sich offen oder verdeckt, wer war neidisch oder hatte über die Stränge geschlagen. Wer knutschte mit wem. Die Hof-News-Zentrale behielt alles. So hatte Tessa auch erfahren, dass Sara gar nicht in Burgheide wohnte, sondern ein Apartment im Erdgeschoss des wunderschönen Backsteinwohnhauses auf dem Hof hatte.

Möglichst unauffällig wollte sie hinüberschleichen, aber sie konnte bloß humpeln. Der Gummistiefel gab ihrem Knöchel zwar etwas Halt, aber dennoch tat jeder Schritt höllisch weh. Bevor sie zu Jana nach Hause fuhr, wollte sie sich jedoch wenigstens einen Eindruck von Saras Heim verschaffen. Vielleicht konnte sie einen Blick durch die Fenster werfen.

Hoffentlich krieg ich den Stiefel noch vom Fuß, dachte sie, während sie pfeifend ums Haus hinkte. Nachher muss ich mit dem Ding noch ins Bett.

Sie schlüpfte um die Ecke. Ein Warnschild machte unmissverständlich klar: Privat, kein Zutritt. Tessa ließ sich davon nicht abschrecken.

Auf der Rückseite gab es, genau wie Emily erzählt hatte, eine Terrasse. Die Terrassentür stand offen, der Vorhang wehte heraus. War jemand in der Wohnung, um aufzuräumen, Blumen zu gießen oder Abschied zu nehmen?

Der sich bauschende Vorhang nahm ihr die Sicht. Sollte sie näher ran? Ihr fiel keine gute Erklärung ein, warum sie hinter dem Haus herumlungerte, falls jemand sie entdeckte. Aber sie konnte ja vorgeben, etwas Eis für ihren Fuß zu suchen. Das würde funktionieren.

Da rumpelte es in der Wohnung. Anscheinend öffnete jemand Türen, zog Schubladen auf, knallte Schranktüren zu.

Nun siegte die Neugier. Sie humpelte zur Terrassentür.

»Haaaaallo?«, rief sie. Und bevor sie verstand, was geschah, hörte sie die Wohnungstür. Verflucht! Jemand versuchte, nach vorne abzuhauen.

Tessa zögerte nicht. Ihr journalistischer Instinkt brach sich Bahn, und sie stürmte – mehr hüpfend als rennend – in das

Wohnzimmer. Alles war verwüstet. Beinahe wäre sie gestürzt, als sie zur Eingangstür humpelte. Sie riss sie auf. Niemand da.

Wer immer hier gewesen war, er war verschwunden. Die Tür ging zum Hof hin. Ein paar Jugendliche hatten ihre Pferde gesattelt und führten sie zum Reitweg. Der ältere Stallbursche, der mit Sven gearbeitet hatte, schob immer noch seine Schubkarre, diesmal mit Futtereimern.

Leise drückte Tessa die Haustür wieder zu und spähte einen Moment durch den Gucker. Nichts Verdächtiges rührte sich. Sie wartete, bis das Pochen in ihrem Knöchel einigermaßen erträglich war, dann sah sie sich in der Wohnung um.

Die Zweizimmerwohnung war ein einziges Chaos. Schränke und Schubladen waren durchwühlt worden, die Kissen vom Sofa geworfen, die Matratze des Betts aufgestellt, das Laken heruntergerissen. Papiere lagen über den Boden verstreut. Besonders der Schreibtisch war regelrecht auseinandergenommen worden.

Tessa hob einen der Pokale auf, die zwischen den Papieren lagen.

Erster Platz – Internationales Osterturnier Hannover.

Es war ein Datum eingraviert. Sara hatte den Pokal erst vor wenigen Wochen gewonnen.

Noch einmal ließ Tessa ihren Blick durch die verwüsteten Zimmer schweifen. Hier hatte jemand etwas gesucht, und zwar hektisch und wütend. Das war so klar, wie Pferdeäpfel stanken! Etwas, wovon er gedacht hatte, dass Sara es versteckt haben könnte. Etwas, das die Polizei nicht finden durfte?

Grübelnd stellte Tessa die Trophäe auf ein Sideboard, aus dem alle Bücher gefegt worden waren.

Auf Saras Vermächtnis, auf die Sachen, die ihr lieb und teuer gewesen waren, hatte der Einbrecher keine Rücksicht genommen. Wenn dies das Werk eines eifersüchtigen Verlobten war, dann war mit ihm nicht zu spaßen.

Tessa griff nach ihrer Kamera und machte ein paar Bilder. Dann verließ sie die Wohnung still und heimlich, so, wie sie sie betreten hatte.

Während sie über die Terrasse davonhumpelte, hatte sie das Gefühl, beobachtet zu werden. Obwohl sie sich mehrmals umdrehte, konnte sie jedoch niemanden entdecken. Hatte der Einbrecher gefunden, wonach er suchte?

24

Jana marschierte zum gläsernen Büro, das zentral auf dem Gestüt lag. Lasse Rudnik hatte sie angerufen und ihr erklärt, dass er regelmäßig Sachen für Hensel aus dem Laden abhole. Es seien immer unterschiedliche Sachen, mal weniger, mal mehr. Und er wisse meist auch gar nicht, was alles dabei sei.

»Keine Ahnung, ob da ein Helm bei war«, hatte er gesagt. »Die Verkäuferin hat das wie immer alles in einem Karton gehabt, und den hab ich auf meinen Fahrradanhänger gepackt.«

Jana ließ sich selbst ins Büro und sah sich um. »Hallo? Herr Hensel?«

Durch die gläserne Front schien die Sonne und wärmte die Räume. Das Tageslicht ließ alles sehr freundlich und gemütlich wirken. Zaghaft klopfte sie an eine Trennwand, die mit einer Fototapete kaschiert war. Sie zeigte einen Rappen, der mit wehender Mähne durch ein Grasfeld galoppierte.

»Was denn nun schon wieder?«, donnerte Hensels Stimme.

»Entschuldigung. Herr Hensel?« Jana trat um den Raumtrenner und stand direkt vor Hensel. Der saß zusammengesunken auf einem Bürostuhl mit hoher Lehne und starrte auf seinen Schreibtisch. Obwohl dort ein ziemliches Durcheinander herrschte und sein Laptop halb vergraben unter Papieren lag, galt sein Blick einem gerahmten Foto. Als Jana noch näher trat, erkannte sie, dass es ihn und seine Schwester Sara zeigte. Beide hielten sich lachend eng umschlungen, während hinter ihnen Zuschauer auf einer Tribüne Fähnchen schwenkten.

»Ach, die Ärztin schon wieder.«

»Ex-Ärztin.« Jana lächelte. »Tut mir auch leid, aber ab und an bin ich wie Schnupfen. Kommt auch immer wieder.« Sie musterte ihn. »Ein wundervolles Foto von Ihnen beiden. Sie waren ein gutes Team. Ich kannte Ihren Vater. Er war immer sehr stolz auf Sie beide.«

Als Hensel aufsah, erschrak Jana. Seine Augen waren rot geweint und blitzten voller Wut. Er biss die Zähne zusammen und fixierte sie wie ein Tier, das in die Enge gedrängt wurde.

»Ja, ja. Mag sein, dass wir mal zusammengehalten haben. Is aber lange her.« Wieder starrte er auf das Bild. »Ich hab mich blenden lassen.«

»Von Sara?« Jana konnte ihre Verwunderung nicht verbergen. Alles, was sie von Sara bisher gehört hatte, klang nach einer sehr aufrichtigen, wenn auch direkten Person.

»Von allen. Niemand hier ist ehrlich, Frau Hinrichs. Niemand.«

Jana runzelte die Stirn. »Kann ich helfen?«

Er lachte gezwungen. »Nur die Wahrheit kann wirklich helfen, sagt man das nicht so? Sie macht einem nur manchmal eine Heidenangst.« Er wischte durch die Luft, um seine düsteren Gedanken zu vertreiben. »Sie sind sicher nicht hier, um irgendwelche philosophischen Betrachtungen zu hören. Oder? Womit kann ich denn helfen?«

Es fiel Jana schwer, das Thema zu wechseln. Zu gerne hätte sie gebohrt, um welche Lügen es denn ging. »Äh, es ist wegen meiner Schwester«, log sie. »Sie hat heute ihre erste Stunde.«

»Ja, richtig. Die ist auch nicht gerade einfach, wie?«

Jana nickte nur.

»Vielleicht muss es so sein, mit Schwestern meine ich. Aber man darf nicht auf andere hören. Lassen Sie sich nie von anderen etwas über Ihre Schwester einreden.«

Stirnrunzelnd nahm Jana die Aussage zur Kenntnis, verkniff sich aber jeden Kommentar. »Ich wollte fragen, ob Sie hier Reitsachen zum Ausleihen haben?«

Hensel schüttelte den Kopf. »Nein, tut mir leid, das können wir nicht machen.«

»Kann ich dann bei Ihnen etwas bestellen? Das wird doch dann preiswerter, oder? Wenn Sie das bestellen?«

»Na ja, wir bestellen bei HoppeReiter hinten an der Kreisstraße. Wir sammeln aber die Bestellungen. Letzte Woche haben wir erst was abgeholt. Das kann dann immer so zwei bis drei Wochen dauern bis zur nächsten Sammelbestellung. Vielleicht gehen Sie einfach direkt hin. Wissen Sie, wo der Laden ist?«

»Nein, keine Ahnung.« Jana überlegte, wie sie mehr aus ihm herausbekommen konnte, ohne zu auffällig zu werden.

»Wenn sie was braucht, wir haben eine Liste aushängen.« Über seine Lippen huschte ein Lächeln. »Aber sagen Sie ihr, sie soll mich mit dem Kram bitte nicht belästigen. Die ganzen Bestellungen aufzugeben, dafür hab ich nicht auch noch Zeit.«

»Ach. Gut. Und wer macht das?«

»Die Sachen stehen dann bei Frederike, die ist jeden Tag da. Einfach Haken ran, wenn man seinen Kram geholt hat. Abrechnung macht die Buchhaltung über den Monatsbeitrag.«

Jana fluchte leise. Damit war die Spur des Helms erst einmal im Sand verlaufen.

»Was haben Sie?«

»Ach, nichts.« Jana winkte ab. Sowohl die Bestellungen als

auch die Ausgabe der Sachen wurden so lax behandelt, dass jeder, der auf dem Hof war, den Helm hätte holen können.

»Sagen Sie, Frederike, das ist doch Frederike Ahlbach, oder?«, nahm Jana das Stichwort auf. Zu ihr fehlten ihnen noch Antworten. »Die ist doch auch Profireiterin wie Sara.«

Hensel entfuhr so etwas wie ein brummeliges Seufzen. »Frederike hat umgesattelt. Sie ist unsere Spezialistin im Labor und im Büro. Schon seit Jahren.«

»Ach.« Anscheinend hatte Jana damit einen wunden Punkt getroffen, denn Hensel zog sich merklich zusammen und starrte wieder finster auf das Foto.

»Kurz vor der Olympia-Wertung hatte sie einen Reitunfall. Das ist schon eine halbe Ewigkeit her. Es lief damals so einiges schief. Die Sanis waren nicht schnell genug, die Zufahrt für den Notarzt war von irgendeinem Idioten blockiert. Um ein Haar hätte Frederike ihr Bein verloren. Nun ist es steif. Und das war's dann mit der Reiterei und der Olympiade. Das hat sie hart getroffen.«

»Das kann ich verstehen.«

»Sara hat sie das jedenfalls nie verziehen.«

»Sara? Was hatte denn Ihre Schwester damit zu tun?«

Seufzend hievte sich Hensel aus seinem Sessel und schlurfte zu einer Kaffeemaschine. Jana konnte nicht sagen, ob es ein Profigerät war, jedenfalls hatte sie ein Display und jede Menge Chrom und LEDs. Wahrscheinlich wäre Tessa vor Neid, nein, vor Sucht gestorben. »Sie auch einen?«

»Danke, ich bin Teetrinkerin.«

Er stellte ein Glas in die Maschine und ließ sich einen Latte macchiato aufbrühen. Das Gerät gurgelte und schnaubte.

»Es war damals Saras Pferd, das durchging. Billboard. Eine Wespe hatte den Hengst gestochen. Sara war nicht im Sattel. Billboard riss sich los, und seine Panik schreckte Little

Princess auf. Darauf war Frederike nicht gefasst. Sie hatte ihre Stute für eine Sekunde nicht unter Kontrolle und stürzte zu Boden.« Er schloss die Augen und schüttelte den Kopf. »Es sah übel aus.«

»Und Frederike gab Sara dafür die Schuld?«

Er nahm das Glas aus dem Automaten. »Frederike hat an dem Tag alles verloren. Sie war auf dem Weg zu den Olympischen Spielen gewesen.«

»Und dennoch hat sie für Sie und Sarah gearbeitet?«

Hensel nickte. »Sie tut mehr, als nur für das Gestüt Hensel zu arbeiten. Ohne Frederike hätte ich nur halb so viel Erfolg mit der Zucht. Sie hat die Ausbildung mit Auszeichnung gemacht. Ihre Fachkenntnisse sind Gold wert.« Er stockte.

»Verstehe. Das ist doch gut.«

Hensel sagte nichts, setzte sich in seinen Sessel und zog das Foto heran. »Sara wurde von allen geliebt. Sie hat immer nur das Richtige getan. Alles ist ihr gelungen. Alles. Nur wir, wir machen immer Fehler! Fehler! Fehler!« Er hieb auf die Tischplatte und verstummte. Stille kehrte ein, aber Jana hielt dem Schweigen stand. Sie wollte nicht gehen, weil sie sicher war, dass er noch etwas zu sagen hatte.

Hensel versank in die Betrachtung des Bildes. Unendliche Traurigkeit legte sich auf seine Gesichtszüge.

»Du hast immer nur an das Beste für alle anderen gedacht. Und jetzt? Jetzt hatte jemand davon genug … Ermordet!«

Mit zusammengepressten Lippen, damit ihr ja kein Laut entfuhr, stand Jana neben ihm.

Jetzt hatte jemand genug davon?

»Erik?«, drang jäh eine aufgeregte Stimme in die stille Trauer. Es war Tierarzt Beeke, der harsch um die Trennwand trat. »Dieser Vollidiot Rothenbrink! Hetzt der doch glatt …« Beeke brach ab und starrte eine Schrecksekunde lang Jana an.

Hensels abwehrende Geste, jetzt ja nicht weiterzusprechen, entging ihr nicht.

»Guten Tag, Herr Beeke.« Jana reichte ihm die Hand. Sein Händedruck war verschwitzt und zittrig. Der Mann war ein wenig außer Atem.

»Oh, hallo. Ich … ich will nicht stören. Ich dachte …«

Hensel stand sich räuspernd auf. »Ich denke, Frau Hinrichs, wir haben alles geklärt. Wenn Ihre Schwester etwas bestellen will, soll sie sich in die Liste eintragen.«

»Ja. Dann will ich Sie nicht weiter stören. Herzlichen Dank für die Auskunft. Ihnen beiden noch einen schönen Tag.« Sie nickte Beeke zu und verließ zügig das Büro.

25

Auch wenn die Büroräume in diesem Glaskubus untergebracht waren, half es Jana nun gar nichts. Sie konnte weder in Hensels Büro blicken, da es von Trennwänden umstellt war, noch etwas erlauschen. Nicht mal hinter der Mauerecke neben dem Eingang konnte sie sich verbergen, um auf Beeke und Hensel zu warten, denn die Ecke war schließlich durchsichtig. Grummelnd sah sie sich um. Tessa war nirgends zu entdecken. Vielleicht hatte sie ihre erste Stunde in der Reithalle. Kurz entschlossen eilte Jana zu einer der Stallungen und trat in den Schatten des Tors. Sie hoffte, dass sie von hier aus die beiden Männer beobachten konnte.

Tatsächlich musste sie gar nicht lange warten, denn schon nach wenigen Minuten kamen die zwei aus dem Büro. Sie hatten es eilig und sahen sich gehetzt nach Beobachtern um. Instinktiv duckte sich Jana tiefer in den Schatten.

Beeke und Hensel steuerten schnellen Schrittes auf den Parkplatz zu. Wollten sie etwa wegfahren?

Hektisch suchte Jana nach einem Weg, ihnen zu den Autos zu folgen, ohne aufzufallen. Sie entschied sich kurzerhand, über den Reitplatz und die Koppel zu laufen. Geduckt pirschte sie sich von Fliederbusch zu Fliederbusch. Noch war sie nicht nah genug, um das Gespräch der Männer zu belauschen. Am Parkplatz stieg jeder in seinen Wagen, dann fuhren sie gemeinsam davon.

Als Jana mit durchdrehenden Reifen startete und hinterherschoss, war sie beeindruckt von sich selbst. Ihr Atem ging zwar flach, und sie spürte alle Knochen von dem geduckten Lauf, aber das Yoga zahlte sich aus. Von wegen beige!

Sie holte Beekes Kombi ein, der Hensels Allrad-SUV folgte. Die Hauptstraße schlängelte sich durch Burgheide, und wenn sie die beiden nicht verlieren wollte, musste sie dicht aufschließen. Hoffentlich erkannte Beeke sie nicht. Doch bevor sie darüber nachdenken konnte, wie sie sich unauffälliger an ihre Fersen heften könnte, bogen die zwei zum Fief Düwelskeerls ein.

Fluchend hielt Jana einige hundert Meter weiter. Im Rückspiegel beobachtete sie, wie die Männer ausstiegen und heftig diskutierend im Lokal verschwanden.

Jana stellte ihren Wagen an der Praxis ab und eilte zu Fuß zurück zum Fief Düwelskeerls. Sie zückte ihr Handy und tat so, als würde sie telefonieren. In das Telefongespräch vertieft betrat sie das Lokal, steuerte zielstrebig auf ihren Stammplatz zu und setzte sich.

Ein Handzeichen, und Hase bereitete Tee für sie zu. Noch immer angeblich angeregt telefonierend, warf sie einen unauffälligen Blick zu Beeke und Hensel. Die zwei hatten sich ins hinterste Separee zurückgezogen und steckten die Köpfe zusammen. Beeke war außer sich. Heftig gestikulierend redete er auf Hensel ein, der den Kopf zwischen den Händen verborgen hielt.

Hase stellte Jana das Teegedeck hin. »Um diese Zeit schon hier, Frau Hinrichs«, sagte er zwinkernd.

»Na ja«, erwiderte Jana lachend, »du weißt ja, bei mir zu Hause ist es zurzeit etwas eng.«

»Die Töpferscheibe?« Hase grinste.

»Was? Wie … woher …« Verwirrt sah sie ihn an und dann

wieder zu Beeke und Hensel. Jetzt war Hensel in Rage. Eindringlich redete er auf den Tierarzt ein, dessen Miene abwehrend und zornig war.

Neugierig sah sich Hase zu den Männern um. »Was gibt's denn da?«

»Och, nichts, ich dachte bloß … Was? Wer hat dir vom Töpfern erzählt?« Jana versuchte, sich auf den Wirt des Fief Düwelskeerls zu konzentrieren. Wie immer klemmte der Block für die Bestellungen unter den Hosenträgern, die seinen prächtigen Bauch wie Fassbänder umspannten.

»Na, was glaubst du?« Noch einmal zwinkerte er und tat so, als würde er eine Locke um die Finger zwirbeln.

»Ruth natürlich.« Jana ließ den Kandis in die Tasse kullern.

»Tja, meine Stammkunden vertrauen mir eben alles an.«

Jana horchte auf und hielt Hase gerade noch am Hemd fest, als er sich zum Gehen abwandte. »Ein Wirt, der ist doch fast so was wie die Hausärztin. Unter Berufung auf die Verschwiegenheitsklausel, sozusagen, da wird uns beiden doch oft das Herz ausgeschüttet.«

»Mönsch, Jana, ich find das doch toll, dass du wieder töpferst. Meine Alte meinte schon, wir sollten das Teeservice hier dann gegen eins von deinen tauschen.«

Für eine Sekunde stockte Jana der Atem. Hatten denn alle schon Pläne für ihre noch überhaupt nicht existierenden Töpferwaren? Schön, dass niemand sie unter Druck setzte!

»Nein, ich meine, mal so ganz unter uns. Die zwei da.« Sie deutete auf Hensel und Beeke. »Sind die oft hier?«

Hase musterte Jana, dann die beiden hitzig diskutierenden Männer. »Hm.«

»Hm ja oder hm nein?«

»Hm-ich-überlege-noch.«

»Was? Ob sie oft hier sind?«

»Ob das nicht unter diese Verschwiegenheitsdings fällt, die du erwähnt hast, wenn ich dir sagen würde, dass die eigentlich erst seit zwei oder drei Wochen hierherkommen.«

»Nee, tut's nicht.«

»Denn ist ja gut.« Hase zwinkerte. »Die scheinen an irgendeinem Problem zu tüfteln. *So* aufgebracht waren sie aber bisher noch nie. Geht mich allerdings nichts an. Und dich auch nich. Deshalb sag ich dir das lieber nich.«

Jana musste lächeln. »Kannst du deinen Hintern drauf verwetten.«

Er ließ seine Hosenträger schnalzen und ging wieder zu seiner Zapfanlage.

Zufrieden lehnte sich Jana zurück und lauschte auf das Knacken des Kandis, als sie den heißen Tee daraufgoss. Erst seit zwei, drei Wochen also. Sie beobachtete die Männer über den Rand der Tasse. Welches Geheimnis habt ihr zwei, und was hatte Sara damit zu tun?

26

Etwas pikiert standen Ruth und Gustav in der Küche und beobachteten Jana, wie sie alles für ihren Skattreff zusammentrug.

»Tut mir wirklich leid«, entschuldigte sich Jana zum x-ten Mal. »Mir war gar nicht klar, wie spät es schon war.« In ihrem Eifer hatte sie die Zeit vergessen, und Ruth und Gustav hatten gut eine halbe Stunde vor dem Haus am See auf sie gewartet. Erst eine SMS hatte Jana aus dem Fief Düwelskeerls gerissen.

»Muss ja spannend gewesen sein«, murmelte Ruth. Sie trug nur eine leichte Bluse und hatte vor der Tür gefröstelt. Aber eigentlich galt ihr Groll Gustav, der nicht aufmerksam genug gewesen war, ihr seine Jacke anzubieten.

»Wenn ich nur verstanden hätte, was die beiden diskutiert haben.« Jana entkorkte den Weißwein und stellte ihn zu den Gläsern und der Flasche Bier aufs Tablett. Gustav schnappte es sich und steuerte auf den Wintergarten zu.

»Vergiss den Stift nicht«, rief er über die Schulter.

Auch wenn es ihr heimischer Skatabend war, alle drei waren heute hier, um in Sachen Sara weiterzupuzzeln.

»Hattest du Beekes Alibi schon eingetragen?«, wollte Gustav wissen, als er das Tablett auf das Tischchen schob.

»Na sicher.« Jana stellte noch ein Schüsselchen Nüsse dazu. »Aber ich glaube, wir sollten da noch mal nachhaken.«

»Glaubst du mir nicht?« Gustav sah gespielt entrüstet drein.

»Dummtüch. Die Frage ist, ob wir Beeke glauben sollten. Irgendwas stimmt nicht mit ihm und Hensel. Die beiden waren regelrecht in Panik.«

»Weil Sara tot ist?«, mutmaßte Ruth.

»Wohl eher, weil Kettel ihnen heute verkündet hat, dass Sara Opfer eines Mordes geworden ist und er ermitteln wird.«

Jana stand auf und ging zu den Notizzetteln, die im letzten Sonnenlicht des Tages wie von innen heraus an der Scheibe strahlten.

Die Haustür klackte, und Tessa kam ins Wohnzimmer gehumpelt. »Hey, Leute. Wer gewinnt?«

»Niemand.« Jana warf ihrer Schwester einen Blick zu. »Die Gummistiefel bleiben aber draußen!«

»Ja, Mami.« Tessa verdrehte die Augen. »Ich soll euch von Martin grüßen. Er bedankt sich bei uns, dass Kettel wieder da ist. Seine Frau hält ihn immer noch auf Zucker-Entzugs-Diät.«

»Du hast Martin noch mal gesprochen?«

»Hab noch kurz bei ihm vorbeigesehen und einen Geburtstagskuchen bestellt. Er hat ja jetzt den Backofen im Dauerbetrieb.« Tessa ließ sich aufs Sofa plumpsen. Behutsam zog sie den linken Stiefel ab und scheiterte beim rechten. Ihr Knöchel war tatsächlich zu stark angeschwollen. Nach ein paar Versuchen gab sie auf. Es tat einfach zu weh. »Verdammt, ich hab geahnt, dass das passiert.«

»O nein! Sag nicht, du bist vom Pferd gefallen?«

»Ich bin vom Pferd gefallen.«

»Gustav.«

Brummelnd kam Gustav zu Jana, zückte seine Brieftasche und drückte ihr ohne Worte zwanzig Euro in die Hand.

»Sekunde«, warf Tessa ein. »Ihr habt gewettet?«

Jana und Gustav nickten.

»Und du hast natürlich gesagt, ich falle runter.«

»Na ja«, druckste Jana rum. »Also ... Ich hab eben ein Händchen fürs Glücksspiel.«

»Na toll. War aber Kettels Schuld. Kannst du jetzt endlich mal helfen?«

Fürsorglich tastete Jana den Knöchel ab, so gut es durch den Gummistiefel ging.

»Und, wie ist die Diagnose?«, wollte Tessa wissen.

»Diagnose: Geflügelschere.«

Ruth brachte sie, und dann begannen sie zu dritt und mit viel Diskussion, langsam und vorsichtig den Stiefel aufzuschneiden.

»Hui, aus welchem Misthaufen bist du denn gekrochen?« Ruth wedelte sich frische Luft zu.

»Was meinst du?« Inzwischen hatte sich Tessa so an den Geruch nach Pferdemist gewöhnt, dass sie ihre Landung in den Äpfeln ganz vergessen hatte.

Gustav drückte Tessa ein Glas Weißwein in die Hand.

Endlich rutschte der Stiefel vom Knöchel. Während Gustav noch einen anerkennenden Pfiff ausstieß, war Jana schon mit Kühlpacks, Salbe und einem Verband zur Stelle. »Zeig bitte mal«, forderte sie ihre Schwester auf, die Socke abzustreifen.

Während Jana den Knöchel versorgte, berichtete Tessa von Kettel, gab den Tratsch der Mädchen zum Besten und erzählte vom Einbrecher bei Sara.

»Das Mädchen war fleißig, trotz Verwundung«, lobte Gustav und prostete ihr zu.

Lächelnd hob Tessa ebenfalls ihr Glas. »Ich bin ja auch die drei Engel. Das bringt Vorteile.«

Ruth kicherte, was ihr einen ungläubigen Blick von Jana einbrachte. »Du kennst diese Engel auch, oder?«

»Natürlich, Miss Marple. Farrah Fawcett spielt da doch mit«, neckte Ruth ihre Freundin.

Nachdem Jana die Kühlpacks in den Verband gesteckt hatte, ging sie zu Gustav, der bereits vor den Karteikarten stand und diese grübelnd betrachtete.

»Wir haben viele neue Informationen«, meinte er. »Aber was wissen wir denn nun?«

»Beeke hat zur Tatzeit Dackel geimpft. Aber er hat ein Geheimnis mit Hensel. Die beiden sind wegen der Ermittlung in Panik. Sie haben Angst, ihre Tat könnte entdeckt werden.«

»Der Mord?«, fragte Ruth und blickte wie ein Kind, das sich gruselt, in die Runde.

»Wir wissen aber auch, dass Frederike Sara regelrecht gehasst hat«, wandte Jana ein.

»Frederike hat Sara die Schuld an ihrem steifen Bein gegeben.« Ruth wies Gustav an, das aufzuschreiben. »Daran erinnert sich noch der halbe Ort. War ein kleiner Skandal damals.«

»Und Beeke war mächtig sauer, weil Sara die Verlobung aufgelöst hat«, meinte Tessa. »In den Hof-News wird er als Stalker und extrem eifersüchtig geführt. So einem brennt schnell mal die Sicherung durch.«

»Hof-News?«, fragte Gustav, und Tessa erklärte es.

»Es war kein Mord wegen einer durchgebrannten Sicherung«, grübelte Jana laut. »Der Helm wurde fast eine Woche vor dem Mord bestellt. Die Tat hat jemand von langer Hand geplant.«

»Der Einbrecher«, sagte Tessa. »Was hat der gesucht? Die Zimmer waren so verwüstet, da hat jemand regelrecht gewütet. Vielleicht doch ein gehörnter Ex-Verlobter?«

»Beeke war vorhin außer Atem, als er bei Hensel hereinplatzte. Das könnte kurz nach dem Einbruch gewesen sein«, erklärte Jana.

Stirnrunzelnd betrachteten alle die Namen auf den Karten.

In dem Display ihrer Kamera öffnete Tessa die Fotos, stand humpelnd auf und reichte sie herum. »Er hat etwas gesucht, das Sara versteckt haben muss. Zumindest scheint er davon ausgegangen zu sein, dass sie es versteckt hat.«

»Geld?«, fragte Ruth zaghaft. Offensichtlich glaubte sie selbst nicht an so eine profane Möglichkeit.

»Das wäre ein ziemlich großer Zufall, wenn ein x-beliebiger Einbrecher ausgerechnet die Wohnung eines frischen Mordopfers erwischt.« Tessa stellte ihr Weinglas zu schwungvoll auf den Tisch, und etwas schwappte heraus. »Das war sicher der Mörder. Und er hat was gesucht, das ihn belasten kann. Wetten?«

»Hat er es denn gefunden?«, wollte Jana wissen.

»Keine Ahnung. Er hat gründlich gesucht. Aber er ist abgehauen, als ich gekommen bin.«

Für einen Moment herrschte Schweigen. Jeder schien angestrengt darüber nachzugrübeln, was der Täter wohl gesucht haben mochte.

Schließlich begann Jana, die Karten zu vervollständigen.

Auf Beekes Karte notierte sie »Motiv: Eifersucht, Gelegenheit: nein«. Dann tippte sie auf die Karte mit Frederikes Namen. »Sie hat auch ein Motiv – Rache.«

»Aber warum erst jetzt?«, fragte sich Gustav. »Warum sollte sie sich nach fast zwanzig Jahren an ihrer Freundin rächen?«

»Sara hat, bevor sie nach Frankreich fuhr, mal so eben nebenbei ein Turnier gewonnen.« Tessa blickte zu Jana, die mit gezücktem Stift bei den Karten stand. »Die Mädchen haben gesagt, dass sie eigentlich gar nicht mehr Profireiterin war. Sie hat sich um die Ausbildung der Zuchtpferde gekümmert und anscheinend sehr gute Arbeit geleistet.«

»Das heißt, sie hatte Erfolg, ohne hart zu trainieren?« Ruth seufzte. »So etwas macht die beste Freundin sauer. Der einen fliegt alles zu, und die andere verliert auf ganzer Linie.«

»Dass der Mord geplant war, spricht für jemanden wie Frederike. Sie hat vielleicht jahrelang daran getüftelt.«

»Hätte denn eine Frau die Kraft, jemanden zu erschlagen?« Tessa sah Jana an, die nachdenklich auf dem Stift kaute.

»Wenn die Wut oder der Haß stark genug ist. Und Sara konnte sich nicht wehren. Sie war mit Sicherheit vom Sturz benommen.« Sie notierte »Motiv: Rache, Gelegenheit: ?« auf der Karte.

»Was ist mit Sven?«

Die drei Frauen warfen Gustav, der sich in aller Seelenruhe ein weiteres Bier eingoss, einen entsetzten Blick zu.

»Na was? Bloß weil er den Mord gemeldet hat, heißt das doch nicht, dass er es nicht war? Vielleicht will er, dass wir ihn überführen? Im Fernsehen ist das manchmal so.«

»Was guckst du für Filme?« Tessa schüttelte den Kopf. »Sven leidet am meisten unter Saras Tod, wenn ihr mich fragt. Selbst Saras Bruder kommt mir im Vergleich ziemlich ungerührt vor.« Sie schnappte sich wieder das Weinglas und nahm einen kräftigen Schluck. »Na ja, das heißt, eben war er gar nicht kalt. Er ist regelrecht übergekocht, als Kettel ihm von dem Mordverdacht erzählt hat. Und er hat deswegen Sven gefeuert.«

»Als Beeke ins Büro gestürzt kam, dachte er, Hensel sei allein. Er ist sofort verstummt, als er mich gesehen hat.« Jana runzelte die Stirn und versuchte, sich zu erinnern. »Er hat etwas gesagt wie … Dieser Dummkopf Rothenbrink! Hetzt der doch glatt …«

Es klingelte an der Tür, und sofort sprang Tessa auf. »Yes! Mein Kaffee!«, rief sie und dachte natürlich nicht an ihren

Knöchel. »Au!« Unter Fluchen humpelte und hüpfte sie zur Eingangstür. »Mist, verflucht noch mal!«

»Kaffee?«, fragten Gustav und Ruth gleichzeitig, doch Jana winkte genervt ab.

Als Tessa wieder im Wohnzimmer erschien, hatte sie einen Brief in der Hand und extrem schlechte Laune. Fluchend zerriss sie das Schreiben, warf es in den Küchenmüll und verschwand humpelnd nach oben auf ihr Zimmer.

»Guckt mich nicht so fragend an«, sagte Jana zu ihren Freunden. »Sie ist nur meine kleine Schwester. Ich bin nicht ihre Mutti. Keine Ahnung, was das schon wieder soll.« Sie huschte in die Küche und fischte die Brieffetzen aus dem Mülleimer.

»Das kannst du nicht machen!« Entsetzt kam Ruth zu ihr. »Du darfst den Brief nicht lesen!«, zischte sie.

»Er liegt im Müll. Er liegt nicht in ihrer Nachttischschublade.« Jana legte die Fetzen auf den Tresen, strich sie glatt und puzzelte sie wieder zusammen.

Neugierig sah Gustav, der mit seinem Bier in der Hand hinterhergekommen war, über Janas Schulter.

»Er kommt von einem Anwalt. Er fordert 21 254 Euro von ihr.« Fassungslos las Jana das Schreiben.

»Weshalb?«, fragte Ruth neugierig.

»Hier steht ... Moment ... Sie hat das Motorrad entwendet.«

Überrascht setzte Gustav das Bier ab. »Sie hat was?«

»Tessa hat das Motorrad *gestohlen?*« Ungläubig schob Ruth Jana beiseite, um selbst in den Brief zu gucken.

Mit Tesafilm klebte Jana das Papier wieder zusammen und ließ es in ihrer Handtasche verschwinden.

»Dieses Mädchen«, stellte Gustav fest, »steckt anscheinend in gehörigen Schwierigkeiten.«

27

»Willst du dein Ei gar nicht?« Jana legte das *Burgheider Stadtblatt* beiseite. Einer musste das Schweigen brechen, das nun schon seit einer halben Stunde über dem Frühstückstisch hing.

»Du hast es *gekauft*«, stellte Tessa schmatzend fest, als wäre das die Erklärung, warum sie ihr Frühstücksei links liegen ließ.

»Sicher hab ich's gekauft. Die Hühner legen ja keine Eier mehr. Und ich dachte, dir wäre ein Frühstücksei wichtig.«

»Ist es auch.« Endlich nahm Tessa das Fernglas von den Augen. Anscheinend interessierte sie sich neuerdings für die Fauna am See. »Weil das morgendliche Ei von *meinen* Hühnern kommt. Wenn ich ein gekauftes Ei essen will, bräuchte ich ja keine Hühner.« Sie biss noch einmal von ihrem Schokocremetoast ab und hob erneut das Fernglas vor die Augen. »Aber dein Hahn stresst sie ja so, dass sie gar keine Kraft mehr haben. Dann verzichte ich lieber auf mein Ei.«

Jana spitzte die Lippen. »Gut, verstehe. Ich kümmere mich um Peter Parker, versprochen. Können wir jetzt trotzdem wie Erwachsene reden?«

»Über was? Ich mach mich gleich auf den Weg zum Reiterhof. Mal sehen, was ich über Frederike rausfinde.«

»Ich meine nicht die Schnüffelei.« Jana nahm den Tee vom Stövchen und goss sich ein. »Ich würde gern von Schwester zu Schwester mit dir reden.«

Keine Antwort. Tessa blickte weiterhin gebannt zum Fenster hinaus auf den See. Langsam schwenkte sie das Ufer ab.

»Wie ist das zum Beispiel jetzt mit deiner Arbeit?«, fragte Jana.

Tessa zuckte mit der Schulter.

»Hast du Geld auf der hohen Kante?«

Immerhin überraschte Tessa die Frage so sehr, dass sie das Fernglas absetzte.

»Wieso? Warum willst du das wissen? Geht dich das was an?«

»Weil du hier wohnst, deswegen. Und weil ich mein Haus nicht an Wuff und Wau verlieren will, diesen Tierschutzverein. Deswegen geht's mich was an.«

»Mach dir mal keine Sorgen.«

Jana nippte kopfschüttelnd am Tee. »Wir sind Schwestern. Und wir sollten Freundinnen sein«, begann sie. »Ich denke, wir sollten uns alles sagen, also wenn mal was nicht gut läuft und ...«

Plötzlich sprang Tessa auf. »Yeee-aaah!«, schrie sie und presste sich das Fernglas an die Augen. »Ja! Jaaaa!«

Als Jana angestrengt den Wald musterte, entdeckte sie den gelben Punkt, der sich ihnen gemächlich näherte. Es war Matts, der Postbote. Er stemmte sich in die Pedale seines Fahrrads und eierte mit einem Paket auf dem Gepäckträger den unbefestigten Weg zu ihnen herauf.

Hektisch stopfte sich Tessa den Rest des Toasts quer in den Mund und wischte sich die verschmierten Finger an einer Serviette ab. »Is klar. Wir reden später.« Und schon war sie auf einem Bein zur Haustür gehüpft.

Wenig später stellte Matts sein Rad ab. »Moin«, begrüßte er Tessa und tippte sich an seine bunte Häkelmütze. Dann knotete er das Paket ab und reichte es der freudestrahlenden

Tessa, die damit in den Flur humpelte, jedoch gleich darauf abrupt stehen blieb.

»Sekunde, das ist für Jana?«

Matts tippte sich erneut an die Mütze. »Dr. Hinrichs, jo.« Er holte aus einer Häkeltasche eine Quittiermaschine und hielt sie Tessa hin. »Hier mal unterzeichnen.«

»Wo ist sie?«, fragte Tessa fassungslos und drückte den Apparat beiseite.

»Wer?«

»Meine Maschine. Meine Kaffeemaschine! Mein Vollautomat!«

Jana nahm von Matts zwei Briefe entgegen und quittierte das Paket, während Tessa barfuß ums Fahrrad tapste, als könnte sich da noch etwas verstecken. Sie sah sogar unter der Magnolie nach und blickte den Weg zum Wald zurück. »Wo hast du mein Paket gelassen!«

Matts steckte die Quittiermaschine zurück. »Der Anhänger hat 'nen Platten.«

»Was? WAS!? Das war 'ne Expressbestellung. Die ist abzuliefern. Heute.«

Matts hob die Hände gen Himmel. »Höhere Gewalt. 'tschuldigung. Ich musste mich entscheiden.«

»Das is jetzt nicht dein Ernst!«

»Gepäckträger heißt ein Paket. Maximum.« Matts verlor nie die Contenance, selbst wenn es in ihm brodelte und die Wut brannte wie jamaikanischer Rum. Er klopfte Tessa nett auf die Schulter und schlurfte zurück zu seinem Drahtesel. »Wenn Helge mir heute den Schlüssel bringt, mach ich den Hänger noch fertig. Dann kann ich dir deine Lieferung morgen bringen.«

»Helge?« Fassungslos sah sie zu, wie Matts sein Fahrrad wendete und gemächlich aufstieg. »Mein Schicksal liegt in den Händen von einem Helge?«

»Helge hat gute Hände. Und meistens ist auch Verlass auf ihn.«

»Meistens? Matts! Ich brauche das Paket! Mein Leben hängt davon ab. Bitte!«

Lachend lehnte sich Jana in den Türrahmen. »Das hättest du jetzt besser nicht gesagt.«

»Aber Kaffee kann Leben retten. Echt, Jana.«

Tatsächlich stockte Matts mitten in der Bewegung und stieg prompt wieder ab. »Dein Leben hängt nicht von einer Maschine ab, die Wirtschaftsunternehmen erfunden haben, um ihren Profit zu maximieren«, begann er, und seine Stimme verfiel in einen Singsang, wie Tessa ihn von Predigern kannte. »Dein Leben wird nicht gerettet von Dingen. Dinge machen dich nicht glücklich! Du solltest dich von diesen Zwängen befreien. Lehne alles Dingliche ab.« Und plötzlich stand er direkt vor ihr.

»Ist das nicht irgendwie … kontraproduktiv? So für einen Postboten«, sagte Tessa kleinlaut.

»Hier.« Matts tippte auf ihre Brust, besser gesagt dorthin, wo ihr Herz gerade die Durchschlagskraft eines Maschinengewehrs hatte. »Hier ist das, was dir den Weg zeigt. Und es zeigt dir nicht den Weg zu Koffein oder den Weg zum Seelenheil durch Kaufrausch. Nein, es zeigt dir den Weg zu deinen Ursprüngen. Das ist, was zählt. Jo. Das ist, was du brauchst. Dinge verderben Menschen. Jo.«

»Jo«, meinte Jana.

»Jo«, meinte Matts.

»Jo«, sagte Tessa und konnte sich eine Spitze nicht verkneifen. »Freiheit allen Kaffeepflückern.« Sie reckte die Faust wie Che Guevara.

Matts erdolchte sie mit einem Blick. Stumm fixierte er sie. »Machst dich lustig, hm?«, brummte er. »Soso.«

Tessa schluckte, so hart schaute er sie an, doch als sie zurückzurudern versuchte, unterbrach er sie. »Ich hab schon verstanden.«

Und mit diesen Worten schlurfte er zurück zu seinem Rad, stieg auf und fuhr gemütlich davon. Tessa meinte ein »kapitalistische Stadtschickse« zu hören. Perplex sah sie ihm nach.

»Das hast du jetzt total vergeigt.« Jana drückte sich die Hand vor den Mund, um nicht laut loszulachen.

»Schickt der jetzt etwa mein Paket zurück?« Panisch sah Tessa zu ihrer Schwester.

Die kam kichernd zu ihr und klopfte ihr aufmunternd auf die Schulter. »Wird schon werden.«

»He!«, schrie Tessa ihm nach. »Ich will mein Paket! Haaaaalloooo?«

Matts wollte sie nicht hören, und bald hatte ihn der Wald geschluckt. Trotzdem verharrte Tessa noch eine ganze Weile beim Magnolienbaum und sah ihm nach.

»Tee gefällig?«, rief Jana aus der Küche. Doch Tessa streifte sich bereits fluchend den Motorradstiefel über ihren gestauchten Knöchel.

»Wo willst du hin?«

»Zum Hof. Zu meinem Klub! Wenn ich schon keinen Kaffee kriege, dann will ich jedenfalls einen Mörder kriegen.«

»Fahr zu Fabian! Tessa, du musst den Knöchel ansehen lassen.«

Tessa winkte ab, griff ihren Motorradschlüssel und biss die Zähne zusammen. »Meine Entscheidung.« Wütend humpelte sie zur Tür hinaus und warf sie so donnernd ins Schloss, dass die Mosaikglasscheibe zitterte.

Jana hörte, wie sie die Indian startete und losfuhr. Mit einem Seufzer ging sie zurück in die Küche und begann, das Frühstücksgeschirr abzuräumen. Tessas flapsiger Umgang mit allem machte sie rasend. Sie bemühte sich redlich, nicht immer wie die besserwisserische Glucke aufzutreten, aber bei dieser Göre aus Berlin fiel es ihr unendlich schwer. Schließlich ließ sie entgegen ihrer Art den Abwasch liegen und ging aus dem Haus.

Sie schmiss die Handtasche so schwungvoll auf den Beifahrersitz, dass der Brief über die geklaute Indian herausschlitterte.

28

Hallo, Tessa.« Ruth sah von ihrem Computer auf und rollte mit dem Stuhl an den Empfangstresen der Arztpraxis. »Hat dich Jana also doch überredet?«

Mies gelaunt lehnte sich Tessa an den Tresen und brachte nur ein unverständliches Knurren heraus. Es waren auf keinen Fall Janas gluckenhafte Worte gewesen, die sie zu Fabian Kerner in die Praxis gebracht hatten. Nachdem der Kickstart der Indian ihr teuflische Schmerzen bereitet hatte, musste sie wohl oder übel ihre Pläne ändern. Der blöde Knöchel tat einfach zu sehr weh, und sie hatte Angst, dass es schlimmer werden könnte.

Nachdem sich Tessa bloß zu einer Floskel hinreißen ließ, fuhr Ruth professionell fort: »Du musst leider noch Platz nehmen. Ist grad einiges los. Aber ich schau mal, vielleicht hat Fabian auch was gegen Morgenmuff.« Lächelnd trug sie etwas in den Computer ein. Dann schob sie Tessa das Anmeldeformular über den Tresen. »Setz dich noch kurz ins Wartezimmer und füll das aus. Ich ruf dich dann.«

Wenig später betrat Tessa mit der Kladde das Wartezimmer. »Tach auch«, murmelte sie und wurde argwöhnisch von den anderen Patienten gemustert. »Moin mein ich.«

»Moin«, erwiderten alle, und Tessa setzte sich. Mit ihrer Anwesenheit hatte sie den Altersdurchschnitt erheblich gesenkt. Beinahe kam sie sich wie ein Hypochonder vor, mit ihrem geradezu jugendlichen, nicht mal vierzig Jahre alten Körper einen Arzt zu konsultieren. Also vergrub sie sich hinter ihren Haaren und begann, das Formular auszufüllen. Name, Geburtsdatum, Adresse.

Adresse …

Adresse?

Der Kugelschreiber verharrte. Sie starrte auf die Zeile und wusste einen Moment nicht, was sie eintragen sollte.

Adresse? Wo in Gottes Namen war sie zu Hause? Ihr Ex-Freund sollte sich mal schön mit anderen vergnügen, in das Haus würde sie keinen Schritt setzen, obwohl sie dort noch gemeldet war. Ihr ganzes Hab und Gut war irgendwo zwischen Berlin und Hamburg verschüttgegangen, und die Villa am See …? War sie hier zu Hause? In Burgheide? Bei einer Schwester, die sie erst ein paar Monate kannte?

Adresse …

Schließlich überwand sie sich und schrieb c/o Jana Hinrichs ins Formular. Es war geradezu befreiend, denn kaum hatte sie es aufgeschrieben, huschte ein Lächeln über ihre Lippen. Der Morgenmuff war ein wenig verflogen.

Ein paar Minuten später fischte Tessa doch tatsächlich aus einem Zeitschriftenstapel eine alte Ausgabe von *LandChic.* Amüsiert las sie ihren Artikel über ein Spargelfest, als Ruth die Tür des Wartezimmers öffnete und sie aufrief. Sie folgte ihr humpelnd in eines der Behandlungszimmer und kletterte auf die Liege.

»Fabian ist gleich da.«

»Danke.«

»Oh, Stimme wiedergefunden?« Ruth zwinkerte ihr zu und ließ sie allein.

Tessa sah sich um. Die Liege hatte schon bessere Tage gesehen. Die Wände leuchteten in einem frischen Weiß. Und im klassischen schwedischen Bücherregal reihten sich dicke Nachschlagewerke.

»Wunderschönen guten Morgen.« Janas Nachfolger, der smarte Dr. Fabian Kerner, kam herein. »Tessa, was führt dich her? Freut mich, dass du noch bei uns im schönen Burgheide bist«, versuchte Fabian, Tessa aus der Reserve zu locken. Er zog sich seinen rollbaren Hocker heran und setzte sich vor sie. »Ruth hat gesagt, du hattest ein Problem mit einem Pferd?«

»Eher mit der Höhe.«

Fabian erwiderte ihr Lächeln und öffnete behutsam Tessas Stiefel.

»Erst Probleme mit der Höhe und dann mit dem Boden. Ich hab's nicht geschafft, ihn zu verfehlen.«

»Aha. Klingt schmerzhaft, aber solang du noch zum Scherzen aufgelegt bist ...« Seine blaugrauen Augen zwinkerten ihr zu.

Flirtet er etwa mit dir, überlegte Tessa. Und während sie noch grübelte, zog er den Stiefel mit einem Ruck ab.

»Autsch!«

»Aha, es tut also weh.«

»Ja hallo!«

»Tessa, Tessa, Tessa, da wärst du mal besser gestern schon gekommen.«

Tessa zuckte mit den Schultern. »Nimm's nich persönlich, aber zurzeit bekomme ich Magenschmerzen von Ärzten.«

Fabian lächelte, soweit sie das unter seinem Vollbart erkennen konnte. »Das Symptom kenn ich. Bei deinem Fuß sieht es nach einer Überdehnung aus. Du solltest ihn schonen. Keine Kickstarts mehr.«

»Woher ...?«

»Geraten.«

Sie lachte. »Nicht schlecht.«

»Ich schreib dir eine Salbe gegen die Schwellung auf und meine Lieblingsserie als Marathon.«

»Komaglotzen? Ich soll Sofaliegen?«

»Exakt richtige Diagnose.« Er lächelte wieder in seinen Vollbart, während er etwas in den Rechner an seinem Schreibtisch eingab. »Das kann deine Schwester so gar nicht leiden, was?«

»Du kennst sie doch. Wenn ich bei der auch nur drei Stunden auf dem muffeligen Sofa chille, gehen die Tiraden los.«

Lachend zog er ein Rezept aus dem Drucker und reichte es ihr. »Ich habe zwei Jahre mit Jana hier gearbeitet. Vielleicht lässt du dich doch von ihr ein bisschen pflegen. Jana ist eine Eins-a-Ärztin.«

»Weiß ich doch«, sagte sie. »Aber ich glaub, sie hat keinen DVD-Player.«

Er nahm aus einem Schränkchen Verbandsmaterial, plazierte ihren Fuß auf seinem Knie und trug eine Salbe auf.

Tessa seufzte. »Ständig habe ich das Gefühl, ich muss tun, was sie sagt. Aber es ist eigentlich egal, ob und wie ich es tue, das Gefühl bleibt, nicht gut genug zu sein.«

Überrascht sah Fabian auf. »Meinst du? Quatsch.«

Jetzt sah Tessa ihn ebenfalls überrascht an. »Geht dir das bei Jana nicht so? Egal, was ich tue oder eben nicht tue, ich habe immer Magenkrämpfe dabei. Sie gibt mir ständig das Gefühl, dass ich falsch bin. Also hier nicht hergehöre, nicht in ihr Leben passe, ein Fehler ihres ach so perfekten Vaters bin.« Fabian klebte das Ende des Verbands fest, während Tessa weiterredete. »Das Gefühl, ich verdiene dieses wunderbare Leben mit ihr in diesem Seehaus und an diesem idyllischen Ort gar nicht.« Verblüfft stellte sie fest, dass er ihr zurück in den Stiefel half.

»Vielleicht solltet ihr einfach zusammen einen DVD-Player kaufen, eine schöne Portion Eis dazu, und dann mal gemeinsam einen Abend verbringen. So, wie *du* gern chillst. Vielleicht muss sie mal mehr von deinem Leben kennenlernen.«

Tessa seufzte. Die Idee war eigentlich ganz gut. Janas guter Wein und ein netter Film, statt zum hundertsten Mal Billie Holiday zu hören. Sie zog die Lederjacke an und ließ sich von der Liege rutschen. »Vielen Dank, Fabian. Ich denke, so ein Abend ist mit Jana wohl nicht drin.«

Fabian stieß sich mit seinem Rollhocker ab und glitt sanft zwischen Tessa und die Tür des Untersuchungszimmers.

»Frau Eichhorn«, sagte er ernst und sah ihr fest in die Augen, »ich habe zwar nicht Psychologie studiert, aber ich hab mir eine gewisse Menschenkenntnis angeeignet. Nichts, was du da Jana unterstellst, stimmt.«

»Vielleicht ist sie als Ärztin anders als privat.«

Lächelnd versperrte er ihr weiterhin den Ausgang. »Quatsch. Zum einen kenne ich Jana auch privat gut. Zum anderen ist Burgheide nicht gerade groß. Hier hat kein Geheimnis lange Bestand. Und des Weiteren besuche ich regelmäßig die Skatrunde im Fief Düwelskeerls.«

»Du machst was?« Entsetzt sah sie den eigentlich sehr jungen Arzt an. Was brachte ihn in drei Teufels Namen in die fünf Teufelskerle, mitten unter die Rentner?

Fabian gab den Weg frei. »Ich will dir nicht zu nahe treten, aber versuch's mal.«

Er zwinkerte ihr flirtend zu, und sie musste lachen.

29

Mit Schwung parkte Jana ihren Wagen in der schmalen Parklücke direkt vor Bertholds Kanzlei. Sie quetschte sich aus dem Auto, angelte ihre Handtasche vom Sitz und nahm ihre Jacke. In einer der hinteren Ecken ihres Schranks hatte sie eine roséfarbene gefunden. Von wegen beige.

Im Gehen schlüpfte sie in die Jacke und rannte dabei direkt in irgendeinen Passanten. Eine Entschuldigung murmelnd blickte sie auf und erstarrte. Es war leider nicht irgendein Passant. Dieser Mann reichte ihr gerade mal bis zur Nasenspitze, trug ein gestärktes Hemd und roch auffällig nach Schokolade.

»Ach«, sagte Oberhauptkommissar Kettel. Vielmehr spuckte er Jana diese Begrüßung abfällig vor die Füße.

Und so antwortete sie ihm ebenfalls mit einem missbilligenden »Ach«.

»Die Frau Hinrichs.«

»Der Herr Kettel.«

»Oberhauptkommissar. Sie halten sich wohl für schlauer als die Polizei, wie?«

Jana öffnete den Mund, um etwas zu entgegnen, ließ es dann jedoch bleiben. »Pardon?«

»Wegen Ihnen sitz ich hier wieder mitten in diesem Nest, im Nirgendwo, umgeben von Kuhexkrementen«, motzte Kettel weiter.

»Stimmt«, sagte Jana. »Irgendjemand in Ihrer Dienststelle

muss Sie ebenso mögen wie wir.« Kettel machte schließlich kein Geheimnis aus seiner Aversion gegen jegliches, was mit Landarbeit, Tieren und Natur zu tun hatte. Doch nun war wieder ausgerechnet er diesem Fall auf dem stinkenden Land zugeteilt worden.

Er starrte sie aus seinen grünen Augen an.

»Herr Kettel, es tut mir wirklich sehr leid, doch ich kann Ihnen versichern, dass ich nichts mit dem Ableben von Sara Hensel zu tun habe.«

»Aber mit ihrer Exhumierung! Haben Sie eigentlich eine Ahnung, was Sie damit den Hinterbliebenen antun? Ich möchte nicht in Ihrer Haut stecken, wenn wir die Leiche obduziert haben und nichts finden, das auf Mord hinweist.«

Wut kroch in Jana hoch, und sie spitzte die Lippen. »Lieber Herr Kettel ...«

»Für Sie immer noch Herr Oberhauptkommissar!« Wie ein Spatz plusterte er sich wichtigtuerisch auf.

Jana dachte nicht daran, ihm diesen Gefallen zu tun. »Wenn ich die Polizei nicht für dumm halten soll, wird Ihnen anhand der Sachlage nichts anderes übrigbleiben, als zu erkennen, dass die Anzeige berechtigt ist. Sara Hensel ist ermordet worden. Und Sie sollten froh sein, dass es aufmerksame Bürger gibt, die Ihnen bei der Aufdeckung solch abscheulicher Verbrechen helfen.«

Kettel dampfte regelrecht aus den Ohren. Mit einer Handbewegung rief er seinen Assistenten herbei. Wie aus dem Nichts parkte plötzlich ein schwarzer Wagen neben ihnen, und Sprockhövel stieg aus.

»Laden Sie diese Frau zu einem Verhör«, befahl Kettel ihm. »Sie ist in den Mord verstrickt.« Seine grünen Augen blitzten Jana boshaft an.

Für einen kurzen Moment erschrak Jana. Hatte er etwa vor,

sie fälschlich zu belasten? »Meine Aussage liegt schon bei Martin. Ich habe nichts hinzuzufügen.«

Zähneknirschend trat Kettel an Jana heran. »Ich hab's schon Ihrer Schwester gesagt«, zischte er. »Wenn ich Sie beim Schnüffeln erwische, dann dürfen Sie gerne unsere komfortablen Zellen ausprobieren.«

»Paragraph 164 StPO«, führte Sprockhövel an.

»Sehr richtig, Sprockhövel, sehr richtig.«

Jana genoss es, den Kommissar um gut einen halben Kopf zu überragen, und lächelte deshalb gelassen auf ihn hinab, was ihn noch wütender machte. »Herr Kettel, ich gehe nur meiner Bürgerpflicht nach, die Polizei von einem Verbrechen in Kenntnis zu setzen, das mir bekannt gemacht wurde.«

»Ertappe ich Sie, Frau Hinrichs, Sie oder Ihre Schwester oder Ihren ... Ihren Rentnerklub, nehm ich Sie in Gewahrsam.« Er zog die Beifahrertür auf und wies mit einem scharfen Kopfnicken Sprockhövel an, wieder in den Wagen zu steigen. »Ermittlungen sind kein Zuckerschlecken!«

»Apropos, falls Sie Ihre Frau sehen: Da ist noch etwas an Ihrer Nasenspitze. Ich nehme an, es ist Schokosahne, oder in welche von Martins Kreationen haben Sie heute Ihre Nase gesteckt?« Damit verabschiedete sie sich und ging die Stufen zu Bertholds Kanzlei hinauf.

Jana klopfte an die schwere Tür von Bertholds Büro und wartete auf sein »Herein«.

Wie immer thronte der Notar in seinem Chefsessel hinter dem riesigen Schreibtisch, beschützt vom heiligen Georg. Einem übergroßen, bunten Glasbild, das seine farbenfrohen Schatten auf die antiken Möbel, die Aktenschränke sowie Berthold selbst warf.

»Guten Morgen, Jana!« Der Notar kam um den Tisch, um ihr die Hand zu schütteln. Es verblüffte Jana immer wieder, wie er mit seinen stattlichen dreiundachtzig Jahren noch so agil sein konnte. Und das trotz seines kugelrunden Bauchs, der unter seinem Sakko und dem stets gebügelten Hemd hervorragte. »Was führt dich zu mir, Kindchen? Probleme mit dem Haus? Will Tessa etwa ausziehen?«

»Falsch. Und richtig. Es geht um Tessa.«

Er hob warnend seinen von Gicht knotigen Zeigefinger. »Jana, Jana, benehmt euch. Ihr verliert sonst beide euer Erbe. Das ist euch doch klar? Ein Jahr gemeinsam im Haus ist die Spielregel.«

Mit einem Seufzer nahm Jana auf einem der Stühle vor dem Schreibtisch Platz. »Ja, schöne Spielregel, die Joona sich da ausgedacht hat.« Sie kramte den Brief hervor. »Tessa benimmt sich wie ein trotziges Kleinkind. Den hier, den hat sie gestern erhalten und gleich weggeworfen.«

Berthold hob die Augenbrauen und musterte den Brief, den Jana vor ihn auf den Tisch schob. Jedoch machte er keinerlei Anstalten, ihn zu lesen.

»Ich möchte dich bitten, mir eine Einschätzung dazu abzugeben, Berthold. Und vielleicht einen Tipp, wie ich ihr helfen kann.«

»Kindchen«, begann er Jana zu tadeln, »ich gehe doch recht in der Annahme, dass du dieses Schriftstück aus dem …«

»Hausmüll! Natürlich hab ich ihn aus dem Müll. Und nein, sie weiß davon nichts.«

»Na dann.«

»Was?«

»Wie bitte.«

»Was?«

»›Wie bitte‹ heißt das.«

»Herrgott, Berthold. Wie bitte? Du gibst ihn mir einfach zurück?«

»Jana, Kindchen, du hast nicht die Befugnis. Und du hast das Briefgeheimnis gebrochen. Ich denke, es wäre nicht ratsam, wenn ich …«

»Dat is doch Dummtüüch. Wir kennen uns sechzig Jahre! Und mein Mülleimer hat definitiv eine Briefgeheimnis-Vernichtungsmechanik.«

»Was?«

»›Wie bitte‹ heißt das! Komm schon, Berthold. Es geht um Tessa. Meine Schwester!«

Berthold seufzte aus tiefster Seele, dann fasste er sich ein Herz und zog den Brief zu sich, setzte seine Lesebrille auf, musterte jedoch erst einmal über den Rand seine Klientin. »Formaljuristisch erlischt das Briefgeheimnis nicht durch die Tatsache …«

»Jetzt spring mal über deinen Schatten!«

»Andererseits, Frau Eichhorns Meinung zu dem Schreiben ist ja mehr als deutlich zu erkennen.« Er nahm das geklebte Blatt und las. »Das ist eine stattliche Summe.«

Jana nickte. »Ich kann mir nicht vorstellen, dass sie das Geld hat. Und«, fügte sie an, »ich kann mir auch nicht vorstellen, dass sie das Motorrad gestohlen hat.«

»Wer ist denn der Herr, der diesen Vorwurf erhebt?«

Jana zuckte mit den Schultern. »Ich schätze, ihr Ex-Freund. Er hat sie betrogen.«

»Woher weißt du das?«

»Ex-Freunde, die solche Forderungen aufsetzen lassen, tun so was.«

»Aha.«

»Empirisch über Jahrzehnte in der Praxis bewiesen. Sie ist nun schon fast zwei Monate hier, und ich hab sie weder mit einem Freund telefonieren hören, noch hat jemand angerufen oder ist zu Besuch gekommen, oder …«

Berthold stoppte sie mit einer Handbewegung. »Verstanden, Miss Marple. Etwas viel Ex in dem Leben einer so jungen Frau.«

Das »Miss Marple« ignorierte Jana, doch mit seiner Aussage hatte er recht. Gab es bei Tessa irgendetwas in ihrem Leben von Bestand?

»Dann wollen wir doch mal sehen, ob wir das klären können.« Lächelnd griff Berthold zum Telefon. Es war das einzig moderne Gerät, das er in seinem antiquarischen Büro duldete. Anscheinend hatten ihn Annehmlichkeiten wie Wahlwiederholung und Freisprechen überzeugt. »Warum rufst du nicht an? *Du* bist doch unsere Detektivin«, sagte er verschmitzt und gab eine Nummer ein. »Mir ist zu Ohren gekommen, dass dieser liebenswerte Oberhauptkommissar Kettel wieder bei uns zu Gast ist. Und das aufgrund deiner Neugierde. Es ist durchaus erfreulich, dass du dich einer sinnvollen Aufgabe zuwendest, wenn du Polizei spielst. Aber, Jana Hinrichs, Verstorbene ausgraben lassen! Das geht zu weit, findest du nicht?« Er schüttelte den Kopf. »Wenn das Joona wüsste.«

Jana schnappte nach Luft und wollte etwas erwidern, doch Berthold schnitt ihr abermals das Wort ab. Am anderen Ende der Leitung hatte sich jemand gemeldet, und Berthold trug in einem ziemlich theatralischen Ton sein Anliegen vor. Es klang eher wie Shakespeare als nach einem Notar. Er wartete eine Minute, bis sein Gegenüber seinen Monolog hatte sacken lassen, und bekam dann die gewünschte Auskunft. Zufrieden legte er den Hörer auf.

»Das Motorrad ist auf Tessa zugelassen. Damit liegt also keine widerrechtliche Entwendung vor. Punkt eins.« Er studierte noch einmal den Brief. »Karsten Miszinszki«, murmelte er. »Ich meine, das ist die Adresse, unter der wir schließlich Tessa ermittelt haben.«

»Also tatsächlich ihr vermutlicher Ex-Freund, der jetzt das Motorrad zurückhaben will.«

Er nickte. »Was nicht zu retten, lass dem falschen Glück, und gib Geduld für Kränkung ihm zurück. Zum Raube lächeln, heißt den Dieb bestehlen, doch selbst beraubst du dich durch nutzlos Quälen«, rezitierte er aus *Othello.* Die Finger wippend aneinandergeschmiegt, lehnte er sich schließlich zurück. »Es ist davon auszugehen, dass hier eine Art Rosenkrieg stattfindet. Doch ich denke, wir werden diesen mit einem angemessenen Antwortschreiben beenden können.«

»Du bist der Beste.«

Er nickte großzügig.

»Meldest du dich, wenn du Antwort hast?«

Berthold stand auf. »Kindchen, es steht sowieso ein Besuch bei euch an. Mir obliegt die angenehme Aufgabe, euch regelmäßig aufzusuchen, um festzustellen, ob die testamentarischen Auflagen befolgt werden. Diese Stichproben erfolgen selbstredend ohne vorherige Ankündigung«, sagte er und grinste lausbubenhaft.

Jana stockte. »Du kommst uns kontrollieren?«

Er öffnete die Tür für sie. »Steht im Testament. Ich muss sicher sein, dass ihr, Tessa und du, auch tatsächlich zusammenwohnt.«

»Ach, lass dir Zeit«, entgegnete Jana. »Wir haben viel zu tun.«

Der alte Notar kicherte. »Jawohl, Miss Marple.«

30

Keck steckte Tessa den Kopf zur Tür rein. Sie hatte gar nicht erst geklopft und auf ein Herein gewartet. »Hallo? Jemand da?«, fragte sie, obwohl sie vor wenigen Minuten beobachtet hatte, wie Frederike Ahlbach über den Hof zu ihrem Büro gegangen war. Auf ihren Gehstock gestützt, war sie an den Stallungen vorbei zu einem Nebengebäude des Glasbüros gehumpelt. Hier hatte sie ihr Büro und dahinter ein Labor. Dort stand sie jetzt, von Neonlicht beleuchtet, vor einer Ablage mit Mikroskopen und Reagenzgläsern. Die streng dreinblickende Frau trug einen Kittel und musterte überrascht Tessa aus ihren stark geschminkten Augen. »Für die Anmeldung der Reitkurse müssen Sie nach vorne, gleich nebenan. Ins Büro von Herrn Hensel. Hier ist das Labor.«

»Danke, ich weiß.« Tessa lehnte sich in den Durchgang, der den Büroraum mit dem Labor verband. Ihr war beim Betreten von Frederikes Reich sofort aufgefallen, dass der Schreibtisch nahezu leer war. Viel Arbeit hatte sie anscheinend nicht, denn es gab weder Notizzettel noch Ablagen voller Blätter oder Dokumentenberge. Nicht mal einen Abdruck einer Kaffeetasse konnte sie neben dem Laptop ausmachen. In dem angrenzenden Labor war es ebenso ordentlich, auch wenn hier wesentlich mehr Utensilien ihren Platz hatten. Nichts sah nach überbrodelnder Arbeit aus.

Unwillkürlich musste Tessa an ihren Berliner Büroverschlag

denken, an all die Artikelausdrucke, Muster, Fotoproofs und Werbeschreiben, die wie Wellen einer unbezwingbaren Flut stetig über ihren Schreibtisch gerollt waren. Hätte ihr Tisch derart aufgeräumt ausgesehen, Georg hätte sie wegen Arbeitsverweigerung gefeuert.

»Womit kann ich Ihnen helfen, wenn Sie nicht wegen eines Kurses hier sind?«

Grinsend hielt Tessa zwei Becher der Lorke hoch, die sie dank Dennis aus dem Aufenthaltraum gezogen hatte und von der sie inständig hoffte, nicht allzu viel trinken zu müssen. In Gedanken kreuzte sie sich dick an, bei Matts vorbeizusehen und sich das Paket persönlich geben zu lassen, platter Anhänger hin oder her. Bald gibt's Moccacino auf der Terrasse, frohlockte sie im Geiste und antwortete Frederike: »Na ja, ich war nur ... Also ich war auf der Suche nach Sven.«

»Der arbeitet hier nicht mehr«, entgegnete Frederike kühl, plazierte irgendwelche Röhrchen in eine Halterung und steckte sie in eine kleine Kühlbox.

Enttäuscht ließ Tessa die Becher sinken. »Oh, warum das denn?« Anscheinend völlig niedergeschmettert, ließ sie sich auf den Stuhl neben dem Bürotisch sinken. »Wir haben uns so gut verstanden.«

»Hören Sie, ich ...« Reichlich genervt kam Frederike aus dem Labor zu ihrem unwillkommenen Gast. »Sie sind ...?«

»Tessa.« Sofort reckte Tessa ihr die Hand hin, die Frederike nur zögernd ergriff.

»Frederike Ahlbach. Kann ich Ihnen vielleicht weiterhelfen?«

»Mögen Sie Kaffee?« Lächelnd hielt Tessa ihr den zweiten Becher hin.

Nach einem kurzen Abwägen nahm Frederike ihr die Brühe ab. »Danke schön.«

»Gern geschehen.«

»Ich kenne Sie. Sie waren auf Saras Beerdigung.«

Tessa nahm einen Schluck von ihrem Kaffee. Zum Glück war er noch heiß, was seinen Geschmack jedoch bloß graduell verbesserte. »Ja, und ich nehme jetzt Reitstunden. Bei Dennis.« Sie zwinkerte grinsend.

Frederike musste schmunzeln. »Ja, der liebe Dennis. Ich finde, er sollte viel mehr im Rahmen seiner Ausbildung als Therapeut für tiergestützte Therapie arbeiten. Aber nun ja. Hensels haben eine andere Ausrichtung des Gestüts als ihr Vater.«

Für einige Sekunden versuchte Tessa zu begreifen, was Frederike ihr gerade gesagt hatte. »Therapeut für tiergestützte Therapie?«

»Ja. Bei psychologisch …« Sie brach ab. »Ich meine, tut mir leid. Aber er ist wirklich gut. Vertrauen Sie ihm.«

Bildete Tessa es sich nur ein, oder dachte diese Frederike tatsächlich, sie nähme Therapiestunden bei Dennis?

Warum meinten eigentlich alle hier, sie müsste in Kur oder so was? Sie war versucht nachzuhaken, schluckte aber alles hinunter und setzte ein Lächeln auf. »Sara und Erik Hensel haben den Schwerpunkt auf die Zucht verlagert, richtig?«

»Erik. Er ist der Visionär der beiden. Er glaubt fest daran, dass hier die neuen Olympiasieger heranwachsen.«

»Und, schafft er es?«

»Nun ja.« Frederike strich fast liebevoll über ihren Laptop. »Wir haben ein paar hervorragende Fohlen im Stall.«

Tessa nippte an ihrem Kaffee und konzentrierte sich auf ihr Verhör. »Reicht denn ein guter Stammbaum allein?«

»Nein. Neben dem Exterieur muss das Interieur natürlich auch stimmen, und das Pferd muss eine einwandfreie Ausbildung haben.«

»So wie das Pferd, das Sara neulich ausgeliefert hat.«

Frederikes Miene erstarrte für einen Augenblick, dann nickte sie stumm.

»Die Pferdemädchen, mit denen ich im Reitkurs bin, haben mir erzählt, dass Sara sehr talentiert war.«

Unmerklich versteifte sich Frederike. »Natürlich. Sicher war sie das.«

Tessa taxierte die Frau in ihrem blütenreinen Kittel. »Ich stell mir das wirklich cool vor. Die beiden, ich meine Erik und Sara, die leben ja quasi ihren Traum, oder?«

»Nun, inzwischen wohl nur noch einer von beiden, nicht?«

Entsetzt sah Tessa Frederike an.

Die merkte, dass sie zu weit gegangen war. »Entschuldigung. Das sollte nicht herzlos klingen. Doch …« Zu Tessas Überraschung beugte sich Frederike zu ihr herüber und flüsterte: »Ein Kommissar war hier. Sie werden Sara exhumieren. Es besteht der Verdacht, dass sie umgebracht wurde. Stellen Sie sich das mal vor! Wie schrecklich.«

»Mord?«, flüsterte Tessa ebenso entsetzt zurück.

Frederike nickte.

»Aber … aber …« Immer noch völlig überrumpelt von dieser schockierenden Neuigkeit, rutschte Tessa mit dem Stuhl näher zu Frederike heran, die sich inzwischen auf den Schreibtischstuhl vor dem Laptop niedergelassen hatte. »Aber … wer könnte das denn getan haben. Alle hatten Sara doch gern.«

Für einen kurzen Augenblick huschte ein Ausdruck von kalter Härte über Frederikes Gesicht, dann zuckte sie mit den Schultern. »Die Polizei wird es wohl herausfinden. Es gibt sicher genügend Verdächtige.«

»Ehrlich?«, hauchte Tessa.

Wieder beugte sich Frederike vertrauensvoll zu ihr. »Die Kripo wird sicher bald hinter den Streit mit Erik kommen.«

»Sara hat mit ihrem Bruder gestritten?«

Frederike nickte.

»Na ja, was soll's, oder? Ich meine, Geschwister streiten doch ständig, oder?«

»Tja, aber nicht so! Nicht *so!*« Frederike nippte am Kaffee. »Ich weiß nicht genau, worum es ging. Es ist vielleicht jetzt eine Woche her. Aber es ging wohl um die Zukunft des Hofes.«

»Sie meinen, Erik hat Sara umgebracht, um seine Pläne mit dem Hof umsetzen zu können?«

»Ich sage gar nichts.«

Perplex starrte Tessa ins Leere.

»Es tut mir leid, dass Sven nicht mehr hier ist«, wechselte Frederike das Thema. »Sie sollten sich aber auch jemand anderen suchen. Sven trauert um Sara.«

»Ich dachte, sie war mit dem Tierarzt verlobt?«

Ein Lächeln umspielte plötzlich Frederikes Lippen. »Das war sie. Ich schätze, sie hat ihr Glück zu sehr herausgefordert.« Das amüsierte Funkeln in ihrem sonst so harten Blick jagte Tessa einen Schauer über den Rücken. »Es tut mir leid, ich würde gerne weiter mit Ihnen plaudern, aber das Sperma wird warm«, verabschiedete sich Frederike und ging zurück in das Labor.

31

Was zum Teufel hatte diese Frau ihr da eigentlich gerade erzählt? Dass sie Erik Hensel für den Mörder seiner eigenen Schwester hielt?

Tessa lehnte am Stamm einer der Blutpflaumen und war ganz in Gedanken versunken, als ein älterer Mann sie ansprach.

»Geht es Ihnen gut, junge Frau?« Es war der Mann mit der Schubkarre, den sie schon öfter gesehen hatte. Besorgt tätschelte er Tessa den Arm.

»Oh, danke, alles gut.«

»Kommen Sie, setzen Sie sich in den Schatten.« Er zog sie zu einem Schuppen, in dem Geräte wie Mistforken, Schaufeln und Schubkarren untergebracht waren. Auffordernd klopfte er auf den Deckel eines Fasses. »Hier.«

Artig setzte sich Tessa. »Es geht mir gut. Es war nur die stickige Luft im Labor.«

Er lachte. »Sie meinen Frederike.«

Amüsiert sah Tessa ihn an. Er war bestimmt über siebzig, doch er wirkte ziemlich durchtrainiert. Seine Haut glänzte wie Leder, gegerbt von Wind und Wetter. »Sie arbeiten schon lange auf dem Hof?«

Er setzte sich neben sie auf seine Schubkarre. »Ich hab seinerzeit bei Christian, dem Vater von Sara und Erik, angefangen. Wir waren gut befreundet.« Sein Blick schweifte über den Hof. »Es hat sich viel verändert seit damals. Ich will es nicht werten. Es ist anders, aber deshalb nicht unbedingt schlechter.«

»Aber?«

In seinen blassen Augen blitzte es belustigt. »Sie sind ein schlaues Kind. Und ich finde es gut, was Sie machen.«

Tessa tat überrascht. »Ach, was mache ich denn?«

»Sie schnüffeln.« Ein leises Lachen drang aus seiner Kehle, so wissend und gutherzig wie bei weisen Königen im Märchen. »Diesem unsympathischen Kommissar wird auch keiner die Wahrheit sagen. Besser, Sie suchen sie.«

Ein breites Grinsen flog über Tessas Lippen. Sie mochte den Mann auf Anhieb. Doch dann verstand sie, was er ihr gerade zu sagen versuchte. Mit einem Mal war ihr Mund ganz trocken. »Sekunde mal, haben Sie etwa was gesehen? Waren Sie Zeuge?«

Wieder das Lachen. »Ich?« Der Alte wiegte den Kopf hin und her. »Die Wahrheit ist, dass Frederike nur wegen Sara hier arbeitet.«

Verblüfft sah Tessa ihn an. Sie musste sich beherrschen, um ihn nicht mit offenem Mund anzustarren. »Die beiden Frauen hatten ein Verhältnis?«

Kichernd winkte er ab. »Nein. Oder doch? Hass ist ein starkes Band. Und Frederike hasst ihre beste Freundin von einst. Sie ist hier, um der ewig schmerzende Dorn in ihrem Fleisch zu sein, sie an ihre Unachtsamkeit von damals jeden Tag von neuem zu erinnern.« Er nestelte ein Döschen mit Mintdragees aus seiner Hosentasche und bot Tessa sie an, bevor er sich selbst eines nahm.

»Frederike hat sie umgebracht?«

Abwehrend hob der Mann die Hände. »Gott behüte! Das habe ich nicht gesagt. Aber sie manipuliert Erik. Wann immer

Sara eine Idee, einen Wunsch für das Gestüt hatte, der Erfolg versprach, hat Frederike Gift in Eriks Ohr geflüstert.«

»Sie hat Zwietracht zwischen den Geschwistern gesät?«

»Ja, hat sie. Letztendlich ist sie die treibende Kraft hinter dem Zuchtbetrieb. Und Erik ist ihre Marionette.« Traurig blickte der Mann zum Büro und zum Nebengebäude des Labors. »In den letzten Jahren gab es nur noch Zank zwischen Bruder und Schwester. Wo vorher blindes Vertrauen und Partnerschaft herrschten, hat Frederike Misstrauen und Neid gesät.« Er seufzte. »Wenn Geschwister sich nicht vertrauen, sich einander nicht anvertrauen können ...« Er schüttelte den Kopf. »Schrecklich ist das.«

Unwillkürlich bekam Tessa einen Kloß im Hals. Der Mann hatte recht. Es war ziemlich schrecklich, seiner eigenen Schwester nicht die Wahrheit anvertrauen zu können.

»Und worum ging es bei dem großen Streit zwischen Erik und Sara?«

»Welcher große Streit?« Er sah überrascht aus.

»Frederike meinte eben, dass die beiden kurz vor Saras Unfall eine sehr heftige Auseinandersetzung hatten.«

»Davon habe ich nichts mitbekommen. Aber ich habe schon bemerkt, dass Erik etwas mit sich herumträgt. Dem macht irgendetwas gehörig zu schaffen.«

»Ein dunkles Geheimnis?«

Der Mann nickte.

»Es hat mit Beeke zu tun.«

»Ja, diese Geheimniskrämerei der zwei ist mir auch aufgefallen. Was genau die beiden verschweigen, weiß ich allerdings nicht.«

Tessa schwieg.

Der Mann seufzte und spielte gedankenverloren mit dem Döschen, das er noch immer in der Hand hielt. »Sara und

Erik waren von klein auf ein Team. Nachdem Sara bei der Olympiade war, hätten sie den Hof zu wahrlich Großem führen können. Na ja, es ist gut, dass Christian das nicht mehr miterlebt.«

»Wieso, der Hof läuft doch? Und Frederike meint, dass hier bald Olympiasieger heranwachsen.«

Bekümmert schüttelte der Mann den Kopf und lachte bitter. »Die Zucht? Die Idee hat Frederike Erik vor sechs, sieben Jahren eingeflüstert. Doch jetzt, ohne Saras Anteil an der Ausbildung … Egal, wie erfolgreich Frederike bei der Auswahl und der Zucht ist.«

»Verstehe.«

Er klopfte sich an die Brust. »Ohne Herz kann nichts Wundervolles heranwachsen. Das hat Frederike nie verstanden. Sie hat ihr Herz aufgegeben.«

Schweigend sah Tessa ihn an. In ihrem Kopf wirbelte es. Sie brauchte jetzt dringend einen richtigen, echten Kaffee. Zeit für den Postboten!

32

Nachdem Tessa sich bei dem Mann, der sich schließlich noch als Wilhelm Neddermann vorstellte, bedankt hatte, war sie auf dem schnellsten Weg zum Postamt gefahren. Und sie hatte nicht schlecht gestaunt. Es war ein Schweinestall, wortwörtlich.

Das Postamt von Burgheide war vor Jahrzehnten in einen umgebauten Schweinestall eingezogen. Der Klinkerbau lag etwas zurückgesetzt an einer romantisch geschlängelten Straße, die vom Marktplatz abzweigte.

Das Gebäude, unter dessen löchriger Regenrinne einige Dutzend Schwalben lautstark ein und aus flogen, war einst Teil einer großen Hofanlage. Jedoch war diese von Generation zu Generation verkleinert worden, und nun gehörte Matts der alte Stall, den er als Poststelle und Wohnhaus eingerichtet hatte.

Sie klopfte an die Stalltür, aber niemand meldete sich. Die Tür war wie so oft in Burgheide bloß angelehnt. Obwohl es in diesem Fall auch keinen Unterschied gemacht hätte, da es nur eine einfache Holztür war. Allein die sieben Anstriche, die sich in verschiedenen Stadien der Verwesung befanden, hielten das Holz zusammen.

Tessa zögerte, aber der Gedanke an Cream Cleaner, 17er-Einlass, Tassenwärmer, isolierten Milchbehälter, dreifache Mahl- und Brühvorgänge ließ ihr keine Wahl.

Um durch die niedrige Tür zu passen, musste sie sich bücken. Die Stube, ein anderes Wort fiel Tessa nicht ein, erinnerte noch an den alten Stall. Die Klinker waren mit Kalk verputzt, der Boden mit großen Pflastersteinen ausgelegt. Der Tresen – Marke Eigenbau – aus unbehandeltem Holz wies keinen einzigen rechten Winkel auf. Von der niedrigen Decke baumelten Kräuter zum Trocknen, und ein Lichtschlauch schlängelte sich entlang. Es roch aufdringlich nach Räucherstäbchen.

»Hallo?« Auf dem Tresen stand eine Handglocke. Tessa bimmelte, wurde jedoch abermals enttäuscht.

Hinter dem Tresen war ein Durchlass, der bloß mit einem Perlenvorhang verhängt war. Vermutlich der Lagerraum für die Pakete.

Tessa kaute auf ihrer Lippe. Sollte sie hinter den Tresen schlüpfen und nach ihrem Paket suchen? Es war schließlich ihres. Allerdings war das ein wenig dreister, wenn nicht tödlich illegal, als das Haus einfach so zu betreten. Andererseits hatte sie wahrscheinlich jetzt schon eine Straftat begangen.

Noch einmal bimmelte sie. Nichts regte sich. Schließlich hielt sie es nicht mehr aus, zog sich auf den Tresen, setzte sich drauf und wollte gerade die Beine darüberschwingen, als sich jemand hinter ihr räusperte. Erschrocken fuhr sie herum.

»Was tust du hier?«, entfuhr es ihr.

»Was tust du hier, Frau Eichhorn.« Hinter ihr hatte nicht Matts, sondern Martin den Raum betreten. Er blinzelte sie ungläubig an, und diesmal war es Tessa, die tomatenrot anlief.

»Ich … ähm … also … Ich vermisse ein Paket.«

»Du sitzt auf dem Tresen von Matts.«

»Nein. Wirklich?« Langsam zog sie die Beine wieder zurück und ließ sie über den Rand baumeln.

»Dann musst du auf Matts warten. Draußen. Er ist nicht da.«

»Ich weiß. Deshalb dachte ich, ich könnte hier warten.«

»Auf dem Tresen.«

»Er sah gemütlich aus.«

»Frau Eichhorn …«

»Martin?«

»Ich bin Polizist.«

»Ja, das weiß ich doch.« Sie lachte ertappt. »Du bist ein Spitzenpolizist und ein noch viel besserer Konditor! Was mich zur Frage bringt: Wie geht es Tinker-Bell?« Sie sprang vom Tresen und schrie vor Schmerz. Ihren Knöchel hatte sie ganz vergessen. Taumelnd fiel sie Martin entgegen, der sie geistesgegenwärtig auffing.

»Tessa, was ist denn …« Sie so in den Armen, lief er nun ebenfalls rot an. Er war sich nicht sicher, ob er sie loslassen oder den Moment auskosten sollte. Er entschied sich für Letzteres.

Tessa blickte zu ihm auf und jammerte, dass sie vom Pferd gefallen sei. »Deswegen ja auch der Tresen. Ich dachte, ich setz mich hin. Ich kann den Fuß nicht belasten, weißt du?«

Er ließ sie behutsam los und kratzte sich unter seiner Uniformmütze. »Ach so, sag das doch gleich. Kann man ja auf dumme Ideen kommen. Dachte, du wolltest hier was klauen.«

»Nein, das kann man so nicht sagen.«

»Knöchel hin oder her, Tessa, ich muss dich bitten, das Postamt unverzüglich zu verlassen.«

»Kann ich dann vielleicht auf einen Kaffee …?«

»Nein!« Ungeduldig wartete er, bis Tessa zum Ausgang gehumpelt war.

»Wieso? Bist du sauer auf mich?«

»Nein, aber die Cupcakes warten auf mich.«

Mit großen Augen sah sie Martin an. »Oh, Cupcakes. Bitte nur einen Teigkrümel und einen kleinen Kaffee. Soooo klein?«

»Nein.« Er schob sie raus. »Außerdem warte ich auch auf Matts. Er wollte mir Erdbeeren von seiner Oma holen.«

»Erdbeer-Cupcakes?«, hauchte Tessa.

Sie merkte, wie er seinen Mut zusammennahm, sich zu ihr beugte und ebenfalls hauchte: »Erdbeer-Cupcakes für Herrn Oberhaupttyrann-Möchtegern-Kommissar Kettel.«

»Oh.«

»Großes Oh. Eine echte Verschwendung. Aber Kettel wird wenigstens eine Spur erträglicher, wenn er eine Dosis Zucker bekommt. Ich frage mich, wie seine Frau das aushält. Warum tut sie sich das nur an und hält ihn auf Süßkram-Entzug? Ist doch klar, dass er sich seine Droge anderswo beschafft.« Martin schüttelte den Kopf. »Und wenn ich ihn schon mit seinem Stoff versorge, dann will ich wenigstens meinen Spaß dabei.« Er hielt ihr die Haustür auf. »Pass auf: Wenn du und Jana mir Kettel bis übermorgen vom Hals schafft, back ich sie glatt noch mal.«

»Die Erdbeer-Cupcakes?« Tessa hatte sich schon wieder auf ihre Indian gesetzt und sah Martin hoffnungsvoll an.

»Die Erdbeer-Cupcakes mit Schokolade!« Er öffnete seinen Polizeiwagen und stieg ein, dann bedeutete er ihr, sie solle vorfahren.

Tessa ließ die Indian diesmal mit dem Starter an und fuhr vom Hof. Im Rückspiegel sah sie, wie er äußerst umsichtig ausparkte und ihr im Schritttempo durch Burgheide folgte.

Jana war nicht daheim, als Tessa zehn Minuten später das Haus am See erreichte.

Erstaunlicherweise stand das Frühstücksgeschirr noch auf dem Tresen. Kopfschüttelnd schob Tessa es zusammen. Anscheinend hatte es ihre Schwester eilig gehabt. Fast musste sie schmunzeln bei der Vorstellung, dass Jana zu ihrem Wagen gerannt war. Jana rannte nie. Sie war bedächtig und wohlüberlegt. So das totale Gegenteil von ihr selbst. Waren Geschwister immer so gegensätzlich?

Sie humpelte in die Küche und durchwühlte den Kühlschrank. Nach einigem Suchen fand sie ein Stück Käse, schnitt die Rinde ab und knabberte halbherzig daran. Ein schöner cremiger Milchkaffee hätte ihr jetzt besser getan. Sie setzte sich auf einen der Hocker am Küchentresen und zückte ihr Handy. Noch immer sah sie fast viertelstündlich in ihre Mails, doch der Posteingang war neuerdings meistens leer. Man hatte ihre Redaktionsadresse inzwischen gelöscht.

Tessa Eichhorn war gelöscht.

Keine Mails, keine SMS. Sie wurde nicht gebraucht und auch nicht vermisst.

Am Käse knabbernd, scrollte sie ihre Kontakte bis zu ihrem Ex-Chef Georg durch. Die letzte SMS stammte aus der Woche, als sie hierhergekommen war. Seitdem herrschte Funkstille. Er hatte sicher schrecklich viel zu tun. Musste mit der umstrukturierten, unterbesetzten, bloß von Nulpen und Blubberköppen bevölkerten Redaktion die nächsten Titel erstellen.

Ohne Tessa.

Ihr Blick wanderte zu den Fotos auf dem Kaminsims. All die fröhlichen, netten Bilder. Und der ziemlich unvorteilhafte Schnappschuss von ihr. Vielleicht hatte Fabian recht, und sie verstand Jana völlig falsch. Sie betrachtete den Schnappschuss. War das Foto eine Willkommen-in-der-Familie-Schwesterherz-Geste?

Kurz entschlossen schnappte sie sich eine Flasche Wein, schließlich war es schon Nachmittag, und erklomm unter Schmerzen und mit viel Mühe die schmale Stiege zum Dachboden.

Zögernd klappte sie den Deckel einer Holztruhe auf, die sie vor einigen Wochen zusammen mit Jana heraufgetragen hatte. Die alte Truhe hatte in ihrem jetzigen Zimmer gestanden und beinhaltete ein Sammelsurium von Erinnerungsstücken der Familie Hinrichs.

Tessa zog ein vergilbtes Fotoalbum daraus hervor. Das Leder des Einbands war rissig, die Ecken speckig von den vielen Fingern, die es immer wieder aufgeschlagen hatten.

Sie wusste einfach zu wenig über Jana und Joona.

Das Album zeigte die Chronik einer glücklichen Familie, Bilder von Jana als Kleinkind, ihrer Mutter und ihrem Vater Joona. Sie zeigten die drei bei der Blaubeerernte, beim Baden im See, an Weihnachten, mit Humorhütchen an Silvester, immer lachend und vergnügt.

Gefangen von den Bildern, tastete Tessas Hand nach der Weinflasche. Auch wenn Janas Teesucht sie wirklich nervte, von Wein verstand ihre Schwester etwas.

Genüsslich spürte sie dem Geschmack von Honig und Birnen nach und blätterte weiter durch das Album.

Ein Bild zeigte ihren Vater, der strahlend einen großen Fisch emporhielt. Mit dem Finger fuhr sie sein Lachen nach. Sie hätten sich sicher gut verstanden, wenn sie voneinander gewusst hätten. Janas und Joonas Lachen ähnelten sich. Warum konnte sie nicht endlich auf Jana zugehen? Wie eine Schwester.

»Wenn Geschwister sich einander nicht anvertrauen können …« Wilhelms Satz klang noch in ihr nach. Was, wenn Geschwister sich nicht vertrauen? Vertraute sie Jana? Warum konnte sie ihr nicht einfach die Wahrheit sagen? War sie wie Frederike? Neidisch auf Janas perfektes Leben? Dann hatte Fabian Kerner recht. Sie war tatsächlich wütend auf sich selbst, dass sie ihr Leben bisher so versemmelt hatte.

Sie nahm einen weiteren Schluck und betrachtete ein Foto von Jana, das sie bei irgendeinem Familienfest zeigte. Sie war vielleicht vierzehn und trug ein Kleid. Sie war hübsch.

Habe ich wirklich mein Leben an die Wand gefahren? Und selbst wenn, warum ergreife ich nicht einfach das, was sich mir hier bietet? Warum wage ich nicht den Neuanfang? Ich war doch schon immer in die Idylle des Landlebens vernarrt. Und Burgheide ist – bis auf die Leichen – eigentlich wirklich idyllisch.

Sie stand auf und sah aus dem Fenster. Das Sonnenlicht glitzerte auf dem See. Als sie das Fenster aufstieß, floss ihr die sonnenwarme Luft entgegen. Sie schmeckte nach kühlem Wasser, nach frischem Grün und nach Flieder. Die Vögel priesen die Sonne, und das geschäftige Summen der Bienen und Hummeln dröhnte bis zu ihr herauf.

Erdbeer-Cupcakes mit Zartbitterschokolade und Erdbeersahne

Zutaten für den Teig:

175 g weiche Butter
230 g Zucker
1 Ei (M)
Mark von 1 Vanilleschote
150 g Mehl
1 TL Backpulver
Salz
85 ml Milch
150 g Erdbeeren
50 g fein gehackte Zartbitterschokolade

Zutaten für die Erdbeersahne:

3 große Erdbeeren
1 Päckchen Sahnesteif
2 EL Zucker
Mark von 1 Vanilleschote
250 ml Sahne
außerdem: Erdbeeren und Raspelschokolade als Deko

Zubereitung:

Schritt 1: Den Ofen auf 180 Grad Ober-/Unterhitze vorheizen. Ein Muffinblech mit 12 Förmchen auslegen. Erdbeeren putzen und in kleine Würfel schneiden.

Schritt 2: Butter und Zucker cremig schlagen, bis sich die Masse hellgelb färbt. Ei und Vanillemark dazugeben. Mehl, Backpulver und eine Prise Salz mischen und abwechselnd mit der Milch unterrühren. Erdbeeren und Schokolade unterheben. In die Förmchen verteilen und ca. 25 Minuten backen. Herausnehmen und abkühlen lassen.

Schritt 3: Für die Creme die 3 Erdbeeren in sehr kleine Würfel schneiden. Sahnesteif und Zucker vermischen. Das Mark einer Vanilleschote herauskratzen.

Schritt 4: Die Sahne in einem hohen, kalten Gefäß aufschlagen. Die Sahnesteif-Zucker-Mischung und das Vanillemark unterrühren. In einen Spritzbeutel mit Sterntülle (16 mm) füllen und auf die ausgekühlten Cupcakes auftragen. Mit Erdbeeren und geraspelter Schokolade verzieren.

33

Tessa?« Janas Stimme drang zu ihr auf den Dachboden. Hastig wischte sich Tessa die kleine Träne aus dem Augenwinkel, die sich dort hineingezwängt hatte, und legte das Album zurück in die Truhe.

»Komme!«, brüllte sie nach unten, ergriff die Flasche und wollte schon zur Treppe, als sie dann doch lieber den Wein hinter eine der Kisten stellte. Auf eine weitere Standpauke von Jana konnte sie gut verzichten.

»Wo warst du?« Ganz außer Atem stoppte Tessa auf der untersten Treppenstufe zum Wohnzimmer.

»Ich? Besorgungen machen.« Jacke und Schal sauber auf einen Kleiderbügel drapiert, hängte sie die Sachen an die Garderobe. »Und, warst du bei Fabian? Wie geht es deinem Knöchel?« Sie nahm den vollen Einkaufskorb und schleppte ihn in die Küche.

»Alles okay. Hab so 'ne Salbe bekommen.« Im Vorbeigehen ließ Tessa ihre Jacke, die sie beim Hereinkommen einfach zum Sofa hingeworfen hatte, unauffällig darunter verschwinden. »Ist dir Matts begegnet?«

»Du warst doch hier. Hast du denn nicht in den Briefkasten gesehen?« Jana packte ihren schweren Korb auf den Küchentresen und begann, ihre Einkäufe einzuräumen.

»Da hätte meine Kaffeemaschine kaum reingepasst.« Ihr Unmut darüber war Tessa deutlich anzusehen.

»Na, er wird wohl noch kommen.«

Tessa hatte sich auf das Sofa gelegt, die Beine über der Lehne. »Will ich für ihn hoffen. Sag mal, hast du ’nen DVD-Player?«

»Nein.«

»Blue-ray?«

»Wie bitte?«

»Netflix, Amazon, Watchever? Streaming-Irgendwas? Nein? … Vergiss es.«

Jana sah sie stirnrunzelnd an, nickte dann jedoch. »Gut, hab’s vergessen. Tee?«

Tessa seufzte. Hatte Jana jemals an einer ihrer eigenen Entscheidungen gezweifelt? Es fiel ihr schwer, sich vorzustellen, dass ihre Schwester irgendeinmal etwas getan hatte, das ihr danach leidtat.

»Hast du schon zu Mittag gegessen?«, wollte Jana wissen.

»Nö.« Tessa setzte sich auf. »Weißt du, Jana, ich hab mir, als ich klein war, manchmal vorgestellt, ich hätte ’ne Schwester.«

Langsam stellte Jana die Teetassen auf dem Tablett ab und sah zu ihr.

»Da war ich aber immer die Große. Die, die wusste, wie der Hase läuft. Die auf die kleine Schwester aufpasst.« Sie zupfte an der Geburtstagseinladung, die aus ihrer Hosentasche ragte. »Jetzt bin ich erwachsen, und eigentlich muss niemand mehr auf mich aufpassen. Ich mein, hey, ich bin so irgendwie über dreißig, da steht man doch fest im Leben, hat seinen Platz. Da weiß man, wer man ist und so.«

»Du hast deinen Platz«, sagte Jana.

Eine Weile sahen sich die beiden Schwestern an. Und Tessa überkam eine Welle von Wärme, und beinahe wäre ihr eine erlösende Träne entkommen.

»Wenn du willst, hast du hier deinen Platz, Tessa. Wir können auch einen DVD-Player besorgen.«

Jana warf Tessa eine Box zu. Es waren ein paar DVDs.

»Was zum … Woher?« Überrascht las Tessa den Titel: »*Hart of Dixie.* Die Ärztin, die aufs Land zieht?«

»Fabian sagte, er verschreibt dir diese Serie. Das und ein paar Tage Ruhe. Also mach's dir gemütlich auf dem Sofa.«

Erstaunt sah Tessa Jana an. »Ich darf hier gammeln?«

»Auskurieren ist nicht gammeln«, korrigierte Jana sie streng.

Es klingelte an der Haustür. Die beiden riefen gleichzeitig: »Ist offen!«

»Kuchenlieferung!«

»Martin!« Tessa hüpfte ihm entgegen. »Du hast dran gedacht!«

»Aber sicher, Frau Eichhorn.« Martin trug eine Transportbox für Kuchen und lächelte. »Es war ein hartes Stück Arbeit.«

Tessa stupste ihn kumpelhaft an. »Ach komm, du backst doch so 'n Kuchen mit links.«

Lachend schob er die Box auf den Küchentresen. »Mag sein. Aber Kettel ist schneller im Aufessen als ich im Backen. Um ein Haar hätte er sich auch an deinem Kuchen vergriffen.«

»Aber du hattest die Erdbeer-Cupcakes in petto und hast ihn damit abgelenkt!«

»Es ist kaum auszuhalten. Er sitzt im Hof wie eine dicke Made und futtert und beleidigt den Ort und mich und euch und alles.«

Tessa verdrehte die Augen. »Wir müssen ihn loswerden!«

»Ja, ein Mordkomplott«, stellte Jana schelmisch fest.

Sofort hob Martin abwehrend die Hände. »Das hab ich jetzt nicht gehört!«

Jana lachte. »Ich dachte auch eher daran, dass wir eines

aufdecken. Dann muss er wieder abziehen. Tee?« Ohne seine Antwort abzuwarten, stellte Jana ein weiteres Gedeck auf das Tablett und trug alles zum Sofa.

»Das ist nett. Tee kann ich jetzt gut vertragen.« Er nahm seine Dienstmütze ab und setzte sich an die äußerste Sofakante.

Neugierig spähte Tessa unter die Kuchenhaube. Der Kuchen war mit Rosen geschmückt und duftete verführerisch nach jeder Menge Schokolade und noch irgendwas anderem. Genau richtig für die Pferdemädchen. Selig lächelnd ging sie zu Jana und Martin.

Jana hatte inzwischen jedem eine Tasse hingestellt und den Kandis verteilt.

»Also«, begann Martin und räusperte sich, »ich bin nicht nur wegen Tessas Kuchen hier. Ich wollte euch auch die neuesten Entwicklungen im Fall Sara Hensel mitteilen.«

Auf die Karten im Wintergarten deutend, erklärte Jana, dass sie auch schon einiges rausgefunden hätten, jedoch noch nicht wüssten, wer der Täter sei.

»Irgendwie haben alle ein Motiv«, nuschelte Tessa und kaute auf ihrem Kandisstück, das sie wieder aus der Tasse gefischt hatte.

»Und die meisten auch die Gelegenheit«, ergänzte Jana.

Martin schwenkte seinen Tee und nahm einen Schluck. »Während Kettel drei Schoko-Tartes, fünf Bleche Cranberry-Cookies und die Erdbeer-Cupcakes verspeist hat, hat sein Team die Tatwaffe ermittelt.«

»Der Mann ist eine Plage.« Tessa vergrub sich wie ein schmollender Teenager hinter einem Sofakissen. »Also ich meine, weil er all die Leckereien beschlagnahmt. Darf er das? Ist das nicht Mundraub?«

»Was war die Tatwaffe?«, hakte Jana nach.

»Eben kam das Fax aus Nienburg rein.« Er überreichte Jana ein Blatt mit anatomischen Zeichnungen und handschriftlichen Bemerkungen.

»Hast du das Kettel schon gezeigt?«, fragte Tessa, doch sie wusste die Antwort bereits und reagierte auf Martins spitzbübisches Lächeln mit einem zufriedenen Grinsen. »Sehr gut. Ich denke, in diesem Fall kommt es auch nicht auf ein paar Minuten an.«

Währenddessen kramte Jana aus ihrer Handtasche ihre Lesebrille und studierte den Autopsiebericht. »Tod durch Einwirkung eines stumpfen Gegenstands«, las sie vor. »Das kann alles sein, auch ein Stein.«

Martin nickte und reichte ihr ein zweites Blatt. Fotos der Wunde und eines sonderbaren Gegenstands waren darauf abgebildet.

»Was ist das?« Tessa reckte den Hals.

»Eine Nasenbremse«, erklärte Martin.

»Eine was?«

»Es ist zwar umstritten, aber dennoch eine sehr gängige Methode, ängstliche Pferde im Zaum zu halten. Sie wird bei der Hufpflege eingesetzt, wenn die Pferde beißen. Es stellt sie ruhig.« Jana reichte Tessa das Blatt mit der Abbildung. »Tierärzte haben so ein Gerät in ihrem Koffer. Manchmal ist eine Untersuchung nur damit möglich. Joona hat sie auch benutzt.«

»Tierärzte.« Tessa sah Jana fragend an. »Aber Beeke hat ein Alibi.«

»Hat er nicht«, warf Martin ein. »Ich hab das mit den Welpen überprüft. Nach Aussage der Familie Immichen ist Beeke schon um kurz nach acht gefahren. Der Todeszeitpunkt konnte nicht genau bestimmt werden.«

»Wenn man jedoch einberechnet, dass Sara ihren morgendlichen Ritt immer sehr pünktlich begann«, sagte Tessa, die sich in ihrer Rolle als Ermittlern richtig wohl fühlte, »wird sie so gegen acht Uhr vierzig an der Unfallstelle gewesen sein.«

Seufzend ging Jana in den Wintergarten zu den Karten. »Wenn Beeke also über die Felder gefahren ist, hätte er es geschafft, rechtzeitig an der Apfelplantage zu sein.«

Martin nickte. »Sein Motiv ist mehr als eindeutig. Seine Braut hat ihn verlassen. Nach Zeugenaussagen ist er ein sehr eifersüchtiger und leicht aufbrausender Mensch. Seine Ex hat sogar ein Näherungsverbot gegen ihn erwirkt.«

Tessa stieß einen Pfiff aus. »Der Beeke hat 'ne Ex?«

»Na gut.« Jana klebte die Karte mit Beekes Namen ganz nach oben, direkt neben Saras. »Er hat das Motiv, er hat die Gelegenheit und Zugang zur Tatwaffe.«

Tessa schnappte sich ein weiteres Stück Kandis. »Wahrscheinlich wird Kettel die Tatwaffe aber nicht finden.«

Martin schüttelte den Kopf. »Richtig.«

»Beeke hat sie entsorgt. Er wäre ja sonst auch ziemlich blöd. Zusammen mit Saras Helm.« Gedankenverloren kaute Tessa auf dem Zucker herum, während Martin erleichtert ausatmete. »Wie sind sie darauf gekommen? Ich meine, die Forensiker? Nasenbremse, das ist doch ziemlich ungewöhnlich.«

»Nicht auf einem Pferdehof. Und es ist«, Martin räusperte sich, als er noch mal einen Blick auf die Fotografien der Wunde warf, »es ist ein ziemlich außergewöhnlicher Abdruck.«

Dankend lehnte Tessa ab, als er ihr die Bilder hinhielt. Sie erinnerte sich nur zu gut an ihre Leichenschau. Auch wenn Flachskamp sie mit irgendeiner Paste verschmiert hatte, würde ihr Saras Gesicht mit der Wunde noch ein bisschen in Erinnerung bleiben.

Martin steckte die Blätter wieder ein. »Ich hoffe, sie finden die Waffe schnell und können Beeke verhaften.«

»Beeke also«, murmelte Jana und warf Tessa einen zweifelnden Blick zu. »Eine solch geplante Handlung ist sehr untypisch für einen aufbrausenden Menschen«, wiederholte sie Ruths Worte.

Martin war schon aufgestanden, und Tessa erwischte ihn gerade noch am Ärmel. »Warte mal, Martin. Ich, also wir denken, dass Beeke es nicht …« Doch weiter kam sie nicht, denn ihr Handy klingelte. »'tschuldigung«, nuschelte sie und nahm ab. »Wer? Hallo?« Es knackste und rauschte in der Leitung. »Sven? Wo? … Hallo? Wo bist du?«, schrie Tessa ins Handy, nur um es sich gleich darauf armlang vom Ohr wegzuhalten, da es so laut knackte. Schließlich schien sich die Verbindung zu verbessern. »Hey, jetzt hör ich dich.« Sie drückte auf Lautsprecher.

»Frau Eichhorn.« Er klang gehetzt. »Sara. Sie hat es an mich schicken lassen!«

»Was? Was hat sie an dich schicken lassen?«

»Die Werte. Ich wusste nicht, was …« Es rauschte wieder. »Ich hab im Computer nachgesehen. Es war alles falsch.« Rauschen. »Es tut mir leid. Sie müssen unbedingt die Unterlagen der Polizei …«

»Sven?« Tessa schüttelte das Handy, aber die Verbindung blieb schlecht.

»Unfassbar … dass so … dahinter … Sara …« Rauschen. Das Belegtzeichen tutete.

»Sven?« Tessa drückte auf Wahlwiederholung.

»Der Teilnehmer ist derzeit nicht zu erreichen«, informierte sie eine nette Frauenstimme.

Voller Sorge sah sie Jana und Martin an.

»War das Sven Rothenbrink? Der den Mord gemeldet hat?«, fragte Martin.

Tessa nickte.

»Und was genau wollte er dir sagen?«

»Sara hat ihm Unterlagen geschickt.« Tessas Augen weiteten sich vor Schreck. »Der Einbrecher! Das hat er gesucht! Diese Unterlagen. Doch Sara wusste, dass sie wichtig sind und gefährlich für sie und hat sie deshalb zu Sven geschickt.«

»Moment.« Martin drückte Tessa, die aufgesprungen war, aufs Sofa zurück. Als ihm jedoch bewusst wurde, dass er sie soeben angefasst hatte, begann er wieder zu stottern und wurde rot.

»Versuch noch mal, ihn zu erreichen«, befahl Jana ihr. Sie sah ebenso blass aus, wie Tessa sich fühlte. Doch das Handy spuckte wieder nur die Ansagesprecherin aus.

»Sven ist in Gefahr!« Beide Schwestern hatten gleichzeitig den einzig schlüssigen Gedanken ausgesprochen.

»Du musst ihn suchen. Was immer in diesen Unterlagen steht, es ist der Grund, warum Sara ermordet wurde. Und wenn Sven nun diese Unterlagen hat, wird er der Nächste sein.«

»Aber Beeke …«, versuchte Martin hoffnungslos einzuwenden.

»Es ging nicht um Eifersucht. Hier geht es um etwas anderes.«

34

Martins Kuchenbox unter den Arm geklemmt, eilte Tessa zum Klubtreff der Mädchen. Sie war nervös und sah sich immer wieder um. In ihrem Magen rumorte es, und ihre Hände waren schwitzig. Sven ging ihr nicht aus dem Kopf. Was stand in den Unterlagen, die Sara ihm hatte zukommen lassen?

Tessa und Jana waren sich sicher, dass der Einbrecher bei Sara genau diese Papiere gesucht hatte. Sara musste es geahnt haben und hatte sie an Sven adressiert. Nur, wo steckte Sven? Und in welchem Computer befand sich die Antwort? In Beekes? In Hensels?

Hoffentlich konnte Jana etwas herausfinden. Sie waren gemeinsam zum Gestüt gerast, heftig diskutierend, wie und wo sie nach Sven suchen sollten. Alle paar Minuten hatte Tessa bei Martin angerufen, der Kettel in Kenntnis gesetzt hatte und weiterhin versuchte, Sven zu erreichen.

Mit Jana war sie übereingekommen, dass sie bei Hensel nach Sven fragen und sich sofort melden sollte, wenn sie etwas erfuhr.

Zum x-ten Mal prüfte Tessa, ob ihr Smartphone auch nicht stummgeschaltet war, bevor sie zum Klubhaus abbog.

Lässig auf ihren Heuballen fläzend, Limo aus rosa Pappbechern schlürfend und über Jungs lästernd, stimmten die Mädchen ein jubelndes »Hallo« an.

Tessa drückte sich durch die Heliumherzballons. »Sorry, Mädels, bin etwas spät, aber ich hab Kuchen dabei!«

»Super.« Sofort nahm Emily ihr die Box aus der Hand. Eine Schokoladenduftwolke ließ allen das Wasser im Mund zusammenlaufen. Mit einem Taschenmesser zerschnitt das Geburtstagskind den saftigen Kuchen, den Martin liebevoll mit Rosen verziert hatte, und verteilte die Stücke auf Pappteller.

»Wir haben dich beim Reiten vermisst.« Leonie schob sich ein mächtiges Kuchenstück in den Mund.

Tessa kletterte auf einen Heuballen und zog sich ihren Pappteller heran. »Ja, ich weiß, ich … Na ja, es gab da was Wichtiges.«

Die Mädchen nickten wissend, als ob diese Worte alles erklärten.

»Männer?«, fragte Emily, und alle giggelten.

»Sozusagen«, murmelte Tessa.

»Und, hast du jetzt dein Problem gelöst?«, erkundigte sich Emily und biss herzhaft in Martins Kuchen. »Wow«, nuschelte sie und warf den anderen Mädchen einen begeisterten Blick zu. »Der is ja voll lecker.«

»Mein Problem? Nein, nicht wirklich.« Gedankenverloren schaute Tessa über den Hof, doch weder Hensel noch Frederike waren zu sehen. Ob Jana schon im Büro war? »Aber ich hoffe, bald. Und was hast du geschenkt bekommen?«, lenkte sie sich und die Mädchen von ihrem Geheimnis ab.

»Meine Eltern haben endlich ein neues Handy rausgerückt«, antwortete Emily. »Aber mich interessiert mehr, ob du dich mit Dennis getroffen hast.«

Tessa lachte und legte das Kuchenstück, von dem sie eben abbeißen wollte, wieder auf ihren Teller. »Nein, kannst unbesorgt sein. Du hast dein Revier ja abgesteckt.«

»Und dieser Kommissar? Hat der dich wieder geärgert?«

»Ja, kann man sagen. Aber was anderes, ihr kennt euch doch super aus, so mit Pferden und allem Drum und Dran. Wisst ihr, was eine Nasenbremse ist?«

Mit so heftigen Reaktionen der Mädchen hatte Tessa nicht gerechnet. Alle redeten aufgebracht durcheinander. »Voll fies«, »brutal« und »reine Folter« riefen sie. Leonie wandte jedoch ein, dass Ali Baba nur mit Nasenbremse beim Hufschmied stillhalte. Sofort brandete eine emotionale Diskussion auf.

»He, he, Mädels, alles gut«, versuchte Tessa, wieder Frieden zu stiften. »Ich hab's kapiert. Aber sie wird auch hier auf dem Hof verwendet?«

Leonie nickte. »Klar, wenn der Hufschmied kommt.«

»Der hat dann eine dabei?«

»Nee, die is hier vom Hof.«

Wieder ließ Tessa das Kuchenstück sinken, bevor sie abgebissen hatte. »Vom Hof?«

»Na klar«, nuschelte Emily und nahm sich ein weiteres Stück Kuchen. »Die is in der Saddelkamma.«

»Was? Wo?«

»Saddel… Sattelkammer.«

Wenn es hier eine frei zugängliche Nasenbremse gab, musste die Tatwaffe nicht zwingend von Beeke sein. »Kann ich mir die mal ansehen?«

Sofort waren die Mädchen auf den Beinen. Emily giggelte und strauchelte beim Aufstehen. Sophie und Amelie kringelten sich ebenfalls vor Lachen, als sie sich gegenseitig aus den Heusesseln zogen.

»Komm, wir seigen dir, wo das Ding is.« Leonie winkte, man möge ihr folgen.

Fragend sah Tessa den Mädchen hinterher, denn Leonie

bekam Schluckauf und schwankte hicksend den anderen nach, als wären sie auf einem Kreuzfahrtschiff bei Windstärke neun. Die Mädels hatten doch nicht etwa was in ihre Limo ... Prüfend schnappte sie sich einen der halb vollen Pappbecher, roch und nippte. Alles gut.

Ihr Blick fiel auf Martins Kuchen, besser gesagt auf die leere Kuchenbox, in der nur noch Krümel lagen.

»O nein ...« Schlimmes ahnend roch sie an ihrem eigenen Stück. Schokolade und noch irgendetwas anderes. Vorsichtig kostete sie. »Jesus!«, entfuhr es ihr. Sahne-Whiskey, eindeutig, und zwar ordentlich. Martin hatte den fertigen Teig damit getränkt. Und die Mädchen hatten den kompletten Kuchen in null Komma nix weggeputzt! Sie hatte vier Minderjährige abgefüllt!

»Was nu? Kommst du nu?«, rief's von draußen.

Tessa schloss die Augen und hoffte inständig, dass es niemandem auffallen würde.

Die Hoffnung verpuffte bereits auf halbem Weg zu den Stallungen. Während sie den vier in Schlangenlinien laufenden Mädchen folgte, sahen ihnen verwundert erste Reiter nach.

Tessa tat, als hätte sie mit den Kindern nichts zu tun, und schlug pfeifend eine andere Richtung ein. Irgendwie schafften es die Mädchen in die Sattelkammer.

»Wo wars du denn?«, wollte Emily wissen, als Tessa eine Minute später hinzukam. Bevor Tessa etwas erwiderte, stolperte Leonie über einen Wassereimer. Gott sei Dank war er leer, und sie tat sich nicht weh. Ein Pferd erschrak und scheute. Emily versuchte, ihre Freundin mit einem scharfen Blick abzumahnen, doch sie brach dabei in Gekicher aus.

Tessa verdrehte die Augen. Du doofe Kuh! Warum um Himmels willen hast du Martin nicht gesagt, dass es für einen

Kindergeburtstag ist! Wenn Kettel mitbekommt, dass durch meine Schuld vier Mädchen besoffen waren, buchtet der mich glatt ein. Und Martin auch. Nein, Martin nicht, verbesserte sie sich. Den brauchte er ja als seinen Zuckerdealer.

Die Mädchen führten Tessa an Saras Spind vorbei, vor dem Blumensträuße niedergelegt waren, direkt zu einem Wandschrank. Tessa öffnete ihn. Führstricke, Striegel und Kardätschen, Lederpflege und Hufkratzer lagerten darin. Emily durchwühlte den Wust, fand jedoch nicht das Gesuchte.

»Is der Hufschmied heute da?«, fragte sie.

Die drei anderen zuckten mit den Schultern, was Amelie gehörig aus dem Gleichgewicht brachte.

»Schon gut.« Tessa wusste, dass sie die Nasenbremse nicht finden würden.

»Muss hier doch sein.« Emily wühlte weiter. »Voll fies, das Ding.«

»Lass gut sein, Emily.«

Jeder hätte Sara damit erschlagen können. So kamen sie keinen Schritt weiter. Hoffentlich hatte Jana etwas erfahren. Und hoffentlich hatte Martin Sven gefunden. Nervös wischte sich Tessa die Hände an der Jeans trocken und versuchte, die Mädchen wieder zum Ausgang zu schieben.

»Hey«, rief Sophie da begeistert, »woll'n wir Tessa 's Fohl'n zeig'n?«

Ein einstimmiges »So süüüüüß!« begrüßte den Vorschlag, und die vier beschwipsten Mädchen nahmen Tessa in Schlepp. Sie überquerten den Hof im Zickzack und standen kurz darauf vor einem der Zuchtställe.

»Dürfen wir denn einfach so da rein?« Zweifelnd schaute sich Tessa auf dem Hof um. An dem Schiebetor zum Stall wies ein Schild darauf hin, dass hier nur Personal des Hofs Zutritt hatte.

»Isch hab Geburdsdag!«, nuschelte Emily, als wäre das Erlaubnis genug.

In ehrfürchtiger Stille sammelten sich dann alle an einer der Boxen. Die Einzäunung war brusthoch, weswegen die Mädchen auf Eimer und Heuballen stiegen. Für Tessa war es kein Problem, über die Holzwand zu sehen, aber ihre größte Sorge war, dass die Mädchen wie die Dominosteine von den Eimern purzeln könnten und damit eine Stampede im Stall auslösen würden.

»Da, schau mal! Das ist Tulip«, hauchte Emily ehrfürchtig.

In der Box stand ein Pferd. Es beäugte seine Gäste gelangweilt.

»Nein, dahinten!«

In einer Ecke, zusammengerollt, lag ein Fohlen unter einer Wärmelampe. Besorgt musterte Tessa das junge Tier. Es sah dürr aus. »Ist Tulip krank?«

»Is traurig. Voll. Seine Mami is doch tot.«

Verwirrt sah Tessa Leonie an. »Wieso? Die Mama steht doch da oder wie?«

»Nein, Sunflower ist gestorben. Das is Morningpride. Sie is Tulips Amme. Morningpride hat nämlich ihr Fohlen Golden Sunrise verloren. Es ist einen Tag nach Tulip geboren worden. Aber es hat nicht gelebt.«

»Oh. Was ist denn passiert? Ich dachte, die Zucht läuft prima. Warum sterben denn so viele?«

Leonie begann, Tessa über die Unwägbarkeiten des Lebens aufzuklären und dass eben manchmal eine Stute bei der Geburt ihres Fohlens starb oder ein Fohlen die Anstrengungen der Geburt nicht überlebte. Anscheinend war es für Pferde ein enormes Risiko, schwanger zu sein und ein Fohlen zur Welt zu bringen.

»Konnte Beeke nicht helfen?« Tessa tat dieses zerbrechlich scheinende Wesen sehr leid.

»Beeke war ga nich da, als Tulip zur Welt kam. Nur Herr Hensel.« Emily grinste selbstzufrieden. »Und bei Golden Sunrise konnte Beeke nichts mehr tun.«

Fast hätte Tessa lachen müssen, wie die vier beduselten Mädchen sie verklärt lächelnd ansahen. Sie musste sie schleunigst zum Klubhaus zurückbringen, bevor der Alkohol sie hier einschlafen ließ.

»Was treibt ihr bei Tulip! Wie oft habe ich euch schon gesagt, dass ihr die Tiere in Frieden lassen sollt! Er braucht Ruhe!«

Erschrocken fuhren die Mädchen herum. Beinahe wäre Emily vom Blecheimer gestürzt, klammerte sich aber zum Glück an der Bretterwand fest. »Ham Sie mich erschreggt«, nuschelte sie vorwurfsvoll. »Ich hab Geburdsdach.«

»Los, verschwindet.« Mit einer wütenden Handbewegung wollte Beeke die Kinder davonscheuchen.

»Wir haben doch nur geguggt«, maulte Emily.

»Wir waren wirklich ganz leise, Herr Beeke«, sagte Tessa. »Die Mädchen wollten mir das Fohlen kurz zeigen. Geht es Tulip gut? Es sieht so dürr aus.«

Beeke schob sich durch die Mädchen zur Box. Er sah mitgenommen aus. Dunkle Ringe unter seinen Augen verrieten, dass er kaum geschlafen hatte. »Es nimmt nicht genug Nahrung auf. Ich mache mir in der Tat Sorgen.«

»Aber es hat doch eine Amme?«

»Ja, aber das ist für so ein junges Tier natürlich ein Schock, wenn die Mutter stirbt.« Beeke musterte Tessa. »Waren Sie nicht auf Saras Beerdigung?«

Zögernd nickte Tessa und versuchte, die erstaunten Blicke der Mädchen zu ignorieren.

»Wer sind Sie?«, hakte Beeke drohend nach. Die senkrechte Falte zwischen seinen Augen grub sich tiefer.

»Tessa Eichhorn.« Sie streckte ihm die Hand hin, doch er wandte sich ab und ging zu dem Fohlen in die Box. Neugierig roch die Stute an ihm, schnaubte leise und ließ ihn zu ihrem Zögling.

»Ach ja, die neue Freundin von Sven Rothenbrink. Und der Kommissar Kettel mag Sie ja auch ganz besonders!«

Jetzt standen den Mädchen die Münder offen. Tessa warf ihnen ein entschuldigendes Lächeln zu. »Sie sind gut informiert, Herr Beeke.«

»Wir sind hier eine Familie. So oder so«, setzte er nach und hatte dabei einen Kloß im Hals. »Jetzt machen Sie nicht noch mehr Ärger. Bitte verschwinden Sie.«

»Sie war Ihre Verlobte. Wollen Sie nicht wissen, was passiert ist?«

Ärgerlich sah Beeke auf. Er hatte die Temperatur des Fohlens gemessen und es abgehört. Sein Blick glitt zu den Mädchen, die sich an die Trennwand klammerten und atemlos dem Gespräch folgten. »Es ist hier schon zu viel passiert. Ich muss mich um die beiden hier kümmern.«

»Zu viel passiert? Wie meinen Sie das?«

Beeke winkte ab und nickte zum Pferd, das zu Tulip herüberflehmte. »Glück im Unglück, dass Morningpride ihr Fohlen verloren hat. Ich hoffe, sie kann dem kleinen Racker helfen. Mit ihrer Biestmilch hat sie ihm auf jeden Fall schon mal das Leben gerettet.«

Schweigend beobachtete Tessa die routinierten Handgriffe des Arztes.

»Wer hat Dienst?«, fragte er die Mädchen, doch die zuckten nur mit den Schultern.

»Sven ist nicht da«, wagte Leonie zu flüstern.

Fluchend warf Beeke sein Stethoskop in die Arzttasche und klappte sie zu. »Ist Herr Hensel im Büro? Er muss umgehend Ersatz haben. Oder diesen …« Er verkniff sich, was auch immer er sagen wollte, und stampfte, wütend vor sich hin schimpfend, aus der Box. »Raus hier, sofort! Los, alle raus jetzt! Tulip braucht Ruhe!« Sein Ton war so scharf, dass die Mädchen eiligst den Rückzug antraten.

Nur Tessa blieb und musterte den Mann. »War die Polizei schon bei Ihnen?«, fragte sie.

»Was wollen Sie denn noch. Ich habe die Liebe meines Lebens doppelt verloren. Zuerst lässt sie die Verlobung platzen, und dann … dann …« Er kam einen Schritt auf Tessa zu. Seine Augen funkelten vor Wut. »Ich rate Ihnen dringend, sich einen anderen Job zu suchen. Hören Sie auf, hier herumzuschnüffeln. Was, wenn Sie recht haben?«

Worauf wollte er hinaus?

Beeke lächelte ziemlich unterkühlt. »Wenn einer von uns hier tatsächlich mordet? Schon mal überlegt?« Damit ließ er Tessa stehen und ging aus dem Stall.

Für einen Moment war Tessa wie gelähmt. Ihr Herz stand beinahe still, und sie spürte einen Schauer ihren Rücken hinaufkriechen.

Hatte Beeke ihr gerade gedroht?

Baileys-Schokokuchen mit Whiskey

Zutaten:

5 Eier (M)
150 g Zucker
1 Päckchen Vanillezucker
250 ml Baileys (Zimmertemperatur)
300 g Mehl
1 Päckchen Backpulver
2 EL Kakaopulver
250 ml Sonnenblumenöl
4 cl Whiskey
außerdem: Puderzucker oder Schokoladenglasur zum Verzieren

Zubereitung:

Schritt 1: Den Backofen auf 150 Grad Ober-/Unterhitze vorheizen. Eine Kastenform fetten und mit Mehl ausstäuben.

Schritt 2: Die Eier zusammen mit dem Zucker und dem Vanillezucker in der Schüssel der Küchenmaschine auf hoher Stufe schaumig aufschlagen. Dann auf mittlere Stufe zurückschalten und nach und nach den Baileys-Sahnelikör dazugießen.

Schritt 3: Das Mehl mit Backpulver und Kakaopulver mischen und abwechselnd mit dem Öl unter die Eimasse rühren. Etwa 2 Minuten auf niedriger Stufe weiterrühren.

Schritt 4: Den Teig in die vorbereitete Form geben und 70–80 Minuten backen. Dann einen Stäbchentest machen und den Kuchen aus dem Ofen holen.

Schritt 5: Den noch heißen Kuchen mit einem Holzspieß mehrmals einstechen und den Whiskey über den Kuchen träufeln. Dann komplett auf einem Kuchengitter abkühlen lassen. Den erkalteten Kuchen aus der Form lösen und mit Puderzucker oder einer Schokoladenglasur verzieren.

35

Jana betrat den Glaskubus, in dem sich die Büros befanden. Forsch klopfte sie an die Fototapetentrennwand, wartete aber nicht, sondern begab sich sofort zu Hensels Schreibtisch. Niemand war da. Sie rief nach ihm, erhielt aber keine Antwort. Noch einmal vergewisserte sie sich, dass das angrenzende WC frei war und wirklich keiner sie beobachten konnte, dann schlich sie zum Schreibtisch zurück.

Darauf herrschte immer noch ein ziemliches Durcheinander, hauptsächlich ungeöffnete Post. Die meisten Briefe mit schwarzem Rand. Kondolenzkarten. Mit pochendem Herzen und Rauschen in den Ohren begann sie, alles durchzusehen. Immer wieder hielt sie inne und horchte, weil sie dachte, Schritte gehört zu haben. Das Herz schlug ihr bis zum Hals, aber der Adrenalinkick tat gut, so unverschämt gut.

Sie ging einen Stapel mit Rechnungen durch, fand jedoch nichts Interessantes. Schon wollte sie gehen, als sie gegen den Mülleimer stieß, den jemand mitten in den Weg gestellt hatte. Er quoll von Taschentüchern über. Darunter steckte ein Fliederzweiglein. Es wirkte frisch.

Neugierig nahm Jana es heraus. Der Zweig war abgerissen worden. Kopfschüttelnd warf sie ihn zurück und schob den Eimer wieder unter den Tisch. Wer um alles in der Welt war so geschmacklos, Erik Hensel Flieder mitzubringen? Oder hatte er ihn selbst abgerissen?

Abermals betrachtete sie den Schreibtisch. Den Laptop hatte Hensel anscheinend bei sich, jedenfalls fehlte er unter dem Berg Post.

Jana zögerte. Zum Glück war Hensels Arbeitsplatz nicht von außen einsehbar. Denn nun war sie beim Schnüffeln schon so weit gegangen, da konnte sie auch … Sie zog eine Schublade auf. Darin lag ein Aktenordner, der mit einem elfstelligen Zahlencode beschriftet war.

Gerade wollte sie ihn hervorziehen, als sie etwas hörte. Schnell trat sie vom Schreibtisch zurück und lugte um die Ecke.

Eine Tür klappte. Jemand war nebenan im Labor. Wahrscheinlich Frederike. War sie schon die ganze Zeit da gewesen?

Jana traute sich nicht, weiter herumzustöbern, sondern schloss die Schublade und zupfte ihre Jacke zurecht. Nachdem sie sich vergewissert hatte, dass alles an seinem Platz lag, ging sie zum Labor hinüber.

»Frau Ahlbach?« Jana klopfte nicht an, sie öffnete einfach die Tür und ging hinein. Die klinische Sauberkeit des Raums verblüffte sie. Nur ein Laptop auf einem beinahe leeren Schreibtisch.

Aus einem Nebenzimmer, das abgedunkelt war, sprang Frederike heraus. Gehetzt blickte sie Jana an.

»Zutritt nur für Laborpersonal.«

»Oh, ich …«

Anscheinend hatte Frederike eben ihren Laborkittel übergezogen und knöpfte ihn fahrig zu. »Kann ich Ihnen helfen? Was wollen Sie?«

»Entschuldigen Sie, ich wollte nicht stören.«

Frederike strich sich eine Haarsträhne hinters Ohr und musterte Jana mit leerem Blick.

»Alles in Ordnung bei Ihnen?«, wollte Jana wissen.

»Wird schon. Ich bin etwas im Stress. Worum geht es, sagten Sie?« Sie setzte sich an den Schreibtisch, wobei sie ihr steifes Bein ausgestreckt hielt. Mit einem Knopfdruck startete sie ihren Laptop.

»Ich warte auf meine Schwester. Sie reitet hier. Und ich wollte …«

»Ach, Sie sind Frau Hinrichs!« Überraschenderweise lächelte Frederike Jana erfreut an. Geschickt stand sie auf und reichte ihr die Hand. »Ihr Vater war großartig.«

»Sie kannten Joona?«

»Er hat mir sehr geholfen. Ohne ihn wäre ich jetzt nicht hier.« Sie zeigte auf das Labor hinter sich.

Jana meinte sich zu erinnern, dass ihr Vater einmal ein Mädchen aus Burgheide als Volontärin hatte.

»Er hat mich sehr gefördert, nachdem ich«, sie zeigte auf ihr steifes Bein, »den Unfall hatte. Ich brauchte eine neue Perspektive. Und Ihr Vater, der hat mein Talent erkannt.«

Jana war überrumpelt von Frederikes Begeisterung. Anscheinend hatte Joona dieser Frau tatsächlich mehr geholfen, als ihr nur einen Praktikumsplatz anzubieten. Sie hatte davon nichts mitbekommen. Wieso auch, sie hatte damals schon ihre eigene Praxis.

»Sehen Sie.« Frederike drehte ihr den Monitor hin und öffnete einige Tabellen. »Ich habe ein eigenes Screening-System entwickelt, das alle Stuten optimal einstuft. Und eine Parameterabfrage bietet mir dann kompatible Samen an.«

Die Tabellen auf dem Monitor mit all den Abkürzungen sagten ihr zwar wenig, aber ihr war klar, dass in dieser jungen Frau mehr steckte, als sie auf den ersten Blick vermutet hatte. »Das heißt, eigentlich sind Sie hier der Kapitän«, stellte Jana durchaus anerkennend fest.

Frederike blitzte Jana amüsiert an. »Na, sagen wir, der

Steuermann. Erik sagt, wo er hinwill. Ich finde den Weg und steure uns sicher dorthin.« Sie öffnete einige Dokumente und erklärte Jana, welche Arbeiten neben der Erbgutanalyse und Auswahl der Tiere noch zu erledigen waren. Frederike war vorbildlich strukturiert. Jana hatte immer große Stücke auf Ruths Fähigkeiten als Praxis-Managerin, wie sich ihre Freundin ab und an betitelte, gehalten, doch Frederikes Organisation war ziemlich beeindruckend.

»Ich hoffe, ihm ist klar, welches Juwel er mit Ihnen hat.«

Für einen kurzen Moment schien Frederike aus dem Konzept. So, wie Jana ihren Chef einschätzte, lobte er seine Mitarbeiter eher selten.

»Nun ja«, räuspernd drehte Frederike den Laptop zurück. »Ich weiß nicht, was nun wird. Die Erbanlagen können noch so gut sein ... Aber wenn das Pferd bei der Ausbildung verdorben wird, war alles umsonst.«

»Sara war ebenfalls herausragend in ihrem Job, nicht?«

Frederike nickte zustimmend. »Natürlich. Sie ... sie war ... wie sagt man?«

»Brillant.«

»Ja, genau. Wenn Sie mich bitte entschuldigen.« Plötzlich hatte sie es wieder eilig und verschwand im Nebenraum. »Ein paar Proben warten auf mich«, hörte Jana sie sagen.

»Ja, natürlich. Nur noch eine Frage: Haben Sie zufällig Sven gesehen? Sven Rothenbrink?«

Etwas schepperte. Als Frederike durch die Tür lugte, hatte sie eine leere Petrischale mit einem gehörigen Sprung in der Hand.

»Das passiert mir sonst nie«, murmelte sie. »Es ist einfach alles so schrecklich.« Zitternd lehnte sie im Türrahmen, steckte dann die Schale in die Tasche ihres Kittels und strich ihn routiniert glatt. »Sven?« Sie grübelte. »Nein, hab ich nicht.

Aber der arbeitet hier nicht mehr.« Sie nahm wieder vor dem Rechner Platz und öffnete weitere Tabellen.

»Ich weiß. Ich dachte nur. Na ja, vielleicht hat ihn ja doch jemand gesehen.«

»Gestern Abend, ja. Er war«, sie rollte verächtlich die Augen, »betrunken. Als ob das helfen würde. Ich habe ihm einen Auflauf vorbeigebracht. Was man eben so tut. Sie wissen schon.« Seufzend ließ sie den Drucker einige der Tabellen ausspucken. »Ihn hat es ziemlich erwischt. Er war ja auch bis über beide Ohren in Sara verliebt.«

»Aber die war eigentlich vergeben.«

»Sie wissen doch: Wo die Liebe hinfällt.« Ihre Stimme klang bitter und fast höhnisch. Für Liebe war wohl in ihrem klinisch durchstrukturierten Leben wenig Platz. »Ich muss mich jetzt um meine Proben kümmern. Vielleicht finden Sie Sven in der Landmark. Es heißt, er und Sara hatten dort ein paar romantische Plätzchen. Sara liebte Flieder.«

In diesem Moment polterte Beeke ins Labor. Er schwitzte, und bei seinem tomatenroten Gesicht diagnostizierte Jana sofort arterielle Hypertonie. »Wo ist Sven?«, keuchte er.

»Herrgott«, entfuhr es Frederike, »dreht sich die Welt nur um diesen Stallburschen? Erik hat ihn rausgeworfen, das weißt du doch!«

»Und wer kümmert sich um das Fohlen?« Beeke atmete hektisch. »Es braucht eine permanente Überwachung, sonst war all dein tolles Austüfteln umsonst. Euer Olympiasieger wird die nächsten Tage nicht überleben! Wo ist Erik?« Sich die Haare raufend, schnaufend und brummelnd stapfte Beeke rüber in Hensels Büro.

»Verdammt noch mal! Entschuldigen Sie.« Frederike schob Jana regelrecht zur Tür hinaus und eilte Beeke nach. »Ein Notfall, wie es scheint.«

Jana lehnte an der Beifahrertür ihres Landrovers und wartete auf ihre Schwester, die, verfolgt von der Geburtstagsgesellschaft, zu ihr eilte. Offenbar hatte sie die Mädchen gut unterhalten, denn die kicherten und rempelten sich aus Spaß und ohne Unterlass.

»Und Schwesterchen? Was gewonnen beim Topfschlagen?«, fragte Jana grinsend.

Tessa verdrehte die Augen. »Katastrophe! Katastrophe! Katastrophe!«

»Wieso denn? Die sind doch gut drauf.« Jana winkte den vier Mädchen freundlich zu, die sich jetzt irgendwie anzuschleichen versuchten. Viele Verstecke gab es hier allerdings nicht, was sie jedoch absolut nicht zu stören schien. »Jedenfalls sind sie Fans von dir.«

»Sie sind süchtig«, murmelte Tessa und vergrub kurz das Gesicht in den Händen. »Können wir nicht einfach los? Ich kann ja winken.«

»Hey!«, brüllte Emily, obwohl sie inzwischen auf drei Schritt an Jana und Tessa herangekommen waren. »Jetzt kennen wir dein Geheimnis!«

Belustigt beobachtete Jana, wie die Mädchen sich nebeneinander aufbauten, jedoch immer wieder wie Schilf im Wind aneinanderstießen.

»Ja, schön. Könnt ihr mir ja morgen sagen. War auf jeden Fall ein toller Geburtstag.«

»Du schnüwelst«, platzte es aus Amelie heraus. »Deshalb is der Polsi… Polisd… Polisisd so sauer auf dich.«

»Na, das war ja eine wilde Geburtstagsfeier.« Lachend öffnete Jana die Beifahrertür, um Tessa einsteigen zu lassen. »Habt ihr gespielt, dass ihr Alkohol trinkt?«

Der verständnislose Blick der Kinder und die Tatsache, dass Tessa ihre Stirn gegen den Wagen dotzte, ließ Jana verstummen. Entgeistert blickte sie zwischen den Mädchen und Tessa hin und her. »Düwel noch ma …!«

Da stolperte Emily plötzlich aus der Gruppe heraus, hielt sich am Kotflügel fest und erbrach neben Tessa.

»Shhiiiiit!« Mit einem beherzten Sprung nach hinten konnte diese sich vor dem Gröbsten retten. »Ich war's nicht!« Abwehrend hob sie die Hände und sah ihre Schwester flehend an. »Ich hab nur gesagt, dass ich 'nen Geburtstagskuchen brauche. Kann ich riechen, dass Martin den in einem Liter Whiskey ertränkt?«

Jana wusste nicht recht, ob sie lachen oder weinen sollte. Inzwischen sah auch das blonde Mädchen ziemlich grün im Gesicht aus.

»Wenn du Glück hast, erschießen dich die Eltern einfach, wenn nicht, dann vierteilen sie dich vorher«, sagte sie trocken und kramte im Handschuhfach nach Taschentüchern, die sie Tessa reichte. Diese wischte so gut es ging ihre Boots ab. Jana verteilte weitere Tücher an die Kinder.

»Es tut mir echt leid«, stammelte Tessa. »Ich wusste nicht, dass in dem Kuchen Alkohol war.«

»Soll das heißen, wir sind betrunken?« Das Entsetzen darüber war in Leonies Gesicht geschrieben.

Verlegen lächelte Tessa.

»O Mann!« Emily rappelte sich auf. »Das war das erste und letzte Mal, das schwöre ich. Das ist ja voll eklig.« Sie musterte Tessa. »Du kannst nich reiten und nich backen, aber du bis 'ne Dedekdiwin. Das is cool.« Sie grinste übers ganze Gesicht.

»Danke«, brachte Tessa heraus. »Ich … ich versicher euch, in einer Stunde oder fünf geht's euch besser.«

Janas Handy klingelte. Sie ging ran, vertröstete aber kurz den Anrufer. Nachdem sie aus ihrem Wagen allerlei Nützliches – Feuchttücher, Kaugummis und einige Flaschen

Wasser – gezaubert hatte, meinte Emily schließlich versöhnlich: »Wennu noch mal 'ne Info brauchst, frag uns.«

Erleichtert nickte Tessa. »Okay, danke, mach ich. Tut mir leid, Emily, dass ich dir die Feier vermiest hab.«

Emily lachte. »Vermiest? Quatsch. Wenn ich erzähl, dass ich mich auf meinem Gebuhrdsdach mit Kuchen betrunken hab ... Voll cool.«

Grinsend gab Tessa ein Daumen-hoch-Zeichen, die am liebsten im Erdboden verschwunden wäre.

36

War das Martin?«, fragte Tessa, kaum dass Jana den Wagen gestartet hatte.

»Ja. Wir sollen uns keine Sorgen machen. Er lässt Sven überall suchen. Alle helfen mit. Selbst Kettel hat ein paar Mann abkommandiert, und Frederike hat ihn ja gestern Abend noch gesehen.«

»Weiß nicht. Ein ungutes Gefühl hab ich schon. Hast du was rausgefunden? Konntest du die Computer checken?«

»Hensels Laptop war nicht da.«

»Deswegen ist es ja auch ein Laptop«, seufzte Tessa. »Hm, hat Sven ihn?«

»Keine Ahnung. Ich hab mit Frederike gesprochen. Die ist wirklich eine Spezialistin. Sie organisiert den Bereich Zucht quasi im Alleingang«, schwärmte Jana. Die Arbeitsweise und die Leidenschaft, die die junge Frau für das Zuchtprogramm zeigte, hatten sie beeindruckt. »Sie hat da ihr ganz eigenes System entwickelt.«

»Wilhelm Neddermann meinte dazu nur, der Hof würde jetzt, ohne Saras Ausbildung der Tiere, schlecht dastehen. Eine gute DNA allein macht keinen Gewinner.«

»Ja, das ist Frederike bewusst.« Sie steuerte den Wagen auf die Landstraße zurück nach Burgheide.

»Was hat sie zum Thema Sven noch gesagt?«

»Er sei gestern Abend betrunken gewesen. Aber dann

platzte Beeke rein. Und der war extrem auf hundertachtzig mit seinem Blutdruck.«

Tessa hob die Hand und erklärte, dass es wohl an ihr gelegen habe, weil sie sich mit den Mädchen das Fohlen angesehen habe. »Tulip geht es nicht gut. Seine Mutter ist bei der Geburt gestorben.«

»Sven war wohl für die Pflege zuständig, doch der ist nun gefeuert. Beeke war außer sich. Ich muss sagen, es hat mich beeindruckt. Das Wohl des Tiers war ihm wichtiger als seine private Wut auf Sven.«

»Ja, alles nur gute Menschen auf dem Hof.«

»Was ist? Du schaust so komisch.«

»Ich bin mir nicht sicher, aber ich hatte das Gefühl, dass Beeke mir gedroht hat.«

»Echt?«

Tessa nickte schwach. »Lass uns endlich Sven finden!«

»Frederike meint, er trauert.«

»Wer trauert, macht doch nicht solche Anrufe.«

Abrupt bremste Jana auf der Landstraße, so dass Tessa in den Gurt geschleudert wurde.

»Was um … Himmel, Jana, willst du uns umbringen?«

Doch Jana hatte schon den Rückwärtsgang eingelegt und kurvte in einem Affenzahn die Landstraße zurück.

»Bist du lebensmüde?« Tessa krallte sich an Sitz und Armaturenbrett.

»Jetzt mal ruhig«, befahl Jana und gab noch mehr Gas. »Sobald ein Waldweg auftaucht, wende ich.«

»Da taucht erst mal ein Lastwagen …« Tessa brach ab, weil der 7000-Tonner mit lautem Gehupe hinter ihnen ausscherte und an ihnen mit gefühlter Lichtgeschwindigkeit haarscharf entlangdonnerte. Er ließ den Landrover wackeln.

»Hat wohl nicht mehr alle!«, brummte Jana.

»*Du* hast nicht mehr alle!«

»Pass auf: Wir sind uns sicher, dass die Unterlagen, die Sara zu Sven geschickt hat, der Schlüssel sind. Richtig?«

Tessa nickte total verschüchtert und schaute hektisch nach hinten auf die Straße, wo der nächste Wagen auftauchte. »Da vorne, da ist eine Abzweigung. Beeil dich!«

»Also richtig. Und wir gehen mal davon aus«, fuhr Jana seelenruhig fort, »dass Sven dies auch klargeworden ist.« Gekonnt schleuderte Jana in die Einmündung, gab sogleich wieder Gas und schoß in Richtung Reiterhof die Straße hinauf. »Vielleicht ist er schlau und versteckt sich.«

Tessa sank in ihrem Sitz zusammen und atmete auf. »Das will ich hoffen, Schwesterchen. Alles andere wäre … Nein, er versteckt sich«, sagte sie entschlossen.

»Vielleicht hat er die Unterlagen bei sich?« Jana sah Tessa herausfordernd an.

»Okay«, murmelte die, »Sven finden, Unterlagen finden. Bei beidem haben wir keine Ahnung, wo wir anfangen sollen.«

»Wie wär's mit seiner Wohnung?«

37

Svens Apartment gehörte zu einer Ansammlung von Häusern, die fast ausschließlich von Mitarbeitern des Pferdehofs bewohnt wurden. Sie lag hinter einer Schonung, außer Sichtweite des Betriebs, aber von der Siedlung konnte man in wenigen Minuten mit dem Rad den Hof erreichen.

»Ich hoffe, er hat sich besser um die Pferde gekümmert«, murmelte Tessa und stupste das welke Blatt einer Topfpflanze an, die neben völlig vertrockneten Blumen in Svens Flur stand.

»Mit einer Haarklammer … Mit *meiner* Haarklammer …« Fassungslos stand Jana in der Eingangstür und starrte ihre Schwester an, die ohne Skrupel eingetreten war.

»Na was? Hattest du keine Hobbys als Kind?«

»Sicher, aber bestimmt nicht Türenaufbrechen.«

»Aufbrechen? Aufbrechen geht anders. Das war 'n chirurgischer Eingriff.«

Kopfschüttelnd sah Jana sich in dem Apartment um – Küche, Bad, Schlafzimmer. Viel Luxus bot es nicht. Wer hier wohnte, verbrachte wahrscheinlich die meiste Zeit des Tages anderswo.

Mit dem Fuß schob Tessa getragene Wäsche, die vor dem Schlafzimmer auf dem Boden lag, zusammen. »Was sperrt ihr auch hier auf dem Land eure Türen nicht ab.«

Jana wechselte lieber das Thema. Es war sinnlos, jetzt mit

ihrer Schwester über ihre schlechten Angewohnheiten zu diskutieren. »Sieht es hier so aus, als wäre er geflüchtet?« Missbilligend betrachtete sie die Essensverpackungen in der Spüle. Anscheinend hatte sich Sven die letzten Tage ausschließlich von Pizza und Fast Food ernährt. So sparte er sich den Abwasch, doch der Müllberg war enorm. Ein Blick in den Kühlschrank offenbarte eine gähnende Leere. Noch nicht mal ein Stück Butter. Zum Einkaufen war er scheint's auch nicht gekommen.

Mit einem großen Schritt über die Wäsche hatte Tessa sich in das Schlafzimmer vorgewagt. »Geflüchtet vor seinem Leben in dieser Wäschekammer des Schreckens? Vielleicht.«

Jana hatte es sich einfacher vorgestellt, hier eine Antwort zu finden. Von Sven hatte sie einen ordentlichen Eindruck gehabt, dass er verantwortungsvoll und organisiert war. Das hier sah anders aus. Ziellos durchwühlte sie die Küchenschubladen.

»Ich glaube, Saras Tod hat ihn völlig aus der Bahn geworfen.« Ratlos ließ Tessa ihren Blick über die Wäsche und die Fast-Food-Reste gleiten. »Keine Ahnung, was wir jetzt machen. Ich sehe hier nichts, das uns etwas über ihn, ein mögliches Versteck oder gar über die Unterlagen verraten könnte. Er scheint auch keinen Computer zu besitzen.«

Inzwischen war Jana zum Küchentisch gegangen. Unter diversen leeren Pizzaschachteln lugte etwas hervor. Mit spitzen Fingern zog sie es heraus. Es war ein Briefumschlag. Angewidert schnipste Jana eine Pilzscheibe weg. Der Saft und geschmolzener Käse hatten den Aufdruck auf dem Umschlag verwischt. »Lies mal vor.« Sie reichte ihn Tessa, die naserümpfend wegsah. »Nimm schon und sag mir, wer den geschickt hat.«

»Der stinkt. Ist das Tomatensoße da an der Seite?«

»Stell dich nicht so an. Lies vor.«

Tessa verrenkte sich fast bei dem Versuch, den Stempel zu entziffern. »Labor.«

»Labor?«

»Yep.«

»Und weiter?«

Sie zuckte mit den Schultern. »Keine Ahnung. Vielleicht was mit A? Kann auch ein V sein.« Sie drehte Janas Arm so, dass mehr Licht auf den Umschlag fiel. »Der Poststempel. Das war vor zwei Tagen.«

»Hm. Hat Sven nicht was von Werten gesagt?«

»Ja, du hast recht. Laborwerte?«

Unzufrieden ließ Jana den Umschlag zurückfallen. »Aber er ist leer. Anscheinend hat er alles mitgenommen.«

»Aber er wollte doch, dass wir es der Polizei geben. Wo sind die Unterlagen denn?« Tessa seufzte tief, und es war ihr anzuhören, dass sie sich schwertat, es auszusprechen. »Sieht so aus, als bräuchten wir eine Runde Tee.«

»Ich weiß was Besseres.«

Nur wenig später saß Tessa mit einer Limonade in der Sonne. Sie hatte es sich auf einem Findling gemütlich gemacht, der unter einer uralten Linde im Hof des Burgheider Bauern Gutsch lag.

Interessiert beobachtete sie ihre Schwester, wie sie versuchte, Lady Sif zu Natasha in die Kiste zu stecken. Doch immer wenn Jana den Deckel öffnete, um Lady Sif hineinzusetzen, pickte schon das andere Huhn mit langem Hals heraus.

Tessa beschloss trotz ihres schlimmen Fußes, ihrer Schwester zu helfen.

»Ich drück Natasha runter, und du stopfst die Lady rein.« Inzwischen hatte Tessa einiges Geschick entwickelt, Hühner zu packen. Gemeinsam war es ein Leichtes, die zwei Hennen in die löchrige Pappschachtel zu setzen.

»Ein Letztes noch«, keuchte Jana und sah sich um. Auf dem Hof scharrten zwei Dutzend Hühner. Frau Gutsch hatte ihnen drei davon verkauft. Sie durften sie sich aussuchen. Anscheinend vertraute sie den beiden Schwestern, dass sie wirklich nur drei mitnahmen, denn sie war wieder im Haus verschwunden, nachdem sie das Geld von Jana bekommen hatte.

»Das da drüben.« Tessa zeigte auf ein braunes Prachtexemplar, das abseits der anderen im Gras scharrte. Es war vor dem Zaun beschäftigt. »Strategisch günstig.«

Jana stimmte zu. Sie pirschte sich von links an, während Tessa sich von rechts näherte. Mit ein paar Blicken verständigten sich die Schwestern, und es gelang ihnen schon beim ersten Versuch, das Huhn einzukesseln und zu schnappen.

»Du heißt Billie«, verkündete Tessa dem Huhn, das verstört in Janas Arm saß. »Ich hoffe, du kannst singen!«

Jana lächelte. »Dann ist Billie wohl meins?«

»Es ist dir gewidmet, sozusagen. Was wären die Abende im Wintergarten ohne deine geliebte Billie Holiday.«

Jana lachte, und ohne große Mühe bugsierten sie Billie zu den anderen in die Kiste.

»Ich finde«, meinte Tessa und hatte sich ihre Limo geholt, »wir arbeiten eigentlich als Team ganz gut zusammen.«

Nachdenklich nickte Jana. »Wir sind Schwestern. Es wäre doch schlimm, wenn nicht.«

Während Tessa ihrer Schwester zum Landrover folgte, horchte sie auf ihr Bauchgefühl. Zu ihrem Erstaunen fühlte sie sich rundum zufrieden, ja sogar glücklich. Ihr Blick schweifte über die Häuser von Burgheide, die im Sonnenlicht mit ihren Klinkerfassaden so fröhlich aussahen. Bunte Wäsche wehte in einigen Gärten im Wind, Kinder hatten in

Obstbäume bunte Fahnen geknotet, und von irgendwoher drang das gleichmäßige Geräusch eines Rasenmähers. Idyllisch. Es fühlte sich noch immer eher nach Ferien an.

Konnte man an einem Ort wohnen, an dem sich jeder Tag wie Urlaub anfühlte? Und wenn ja, musste das nicht das größte Glück sein?

Jana startete bereits den Wagen, als Tessa hineinkletterte. »Dass du mir diesmal aber sanft um die Kurven fährst. Und vorwärts. Sonst wird unseren drei Damen noch schlecht.« Sie tätschelte die Hühnerkiste, aus der es verhalten gackerte.

Und tatsächlich, entgegen ihrer sonstigen Gewohnheit steuerte Jana den Wagen äußerst geruhsam durch die Straßen Burgheides. Aber nicht, wie Tessa feststellte, weil sie besondere Rücksicht auf sie und ihre Hühner nahm, sondern weil sie tief in Gedanken versunken war.

»Es kann nur etwas mit den Pferden zu tun haben«, sagte Jana unvermittelt.

»Was? Der Brief mit den Unterlagen?«

Jana nickte. »Warum lässt Sara den Brief vom Labor zu Sven schicken?«

»Weil sie nicht will, dass jemand anders ihn sieht. Jemand vom Hof.«

»Genau. Und wer könnte ihre Post sehen?«

»Sie wohnt alleine«, stellte Tessa ratlos fest. »Ich hab's! Dieser Matts!«

»Stimmt.« Jana lachte. »Aber ich denke eher, dass sie Angst hatte, die Unterlagen könnten unserem Einbrecher in die Hände fallen.«

»Ja, das klingt gut. Sie lässt sie aus Angst an Sven schicken, weil sie Sorge hat, jemand, der bei ihr zu Besuch ist, könnte sie finden. Beeke, ihr Verlobter?«

Einen Moment lang schwiegen sie beide.

»Dann wären wir also wieder bei ihm als Täter«, sagte Tessa.

»Nein.«

Verwundert sah Tessa zu Jana.

»Nein. Wenn Beeke etwas getan hat, das den Hof in Schwierigkeiten bringt oder ein Pferd oder was auch immer, warum ging Sara dann nicht zu ihrem Bruder, zu Erik?«

»Stimmt, der leitet den Hof schließlich. Sekunde mal. Wenn Beeke Dreck am Stecken hat, und Sara hatte Angst vor ihm, ging aber nicht zu ihrem Bruder, wo die beiden doch so dicke sind, dann …«

»… dann steckt Beeke vielleicht mit Hensel unter einer Decke!«

Tessa machte große Augen. »Du hast doch gesehen, wie sie im Fief Düwelskeerls zusammensaßen. Du hast selbst gesagt, dass die ein Geheimnis haben.«

»Und Sara hat es herausgefunden.«

»Und da haben sie …« Tessa wurde übel. »Der eigene Bruder und der Verlobte?« Sie starrte Jana an. Die beiden dachten das Gleiche: Hier war etwas Unfassbares geschehen.

»Und wir haben keine Beweise«, seufzte Jana. »Nichts in der Hand.«

38

Als die beiden Schwestern etwas später auf den Parkplatz an der Polizeistation einbogen, überzog bereits Abendröte den Himmel über Burgheide. Ihnen kamen der SUV von Kettel und zwei weitere Dienstfahrzeuge entgegen. Sowohl der Kommissar als auch die Spurensicherung und ein Streifenwagen fuhren gemächlich in den Abend davon.

»Saß da jemand auf der Rückbank?« Nachdenklich sah Jana dem Streifenwagen nach.

»Fragen wir Martin.« Tessa hüpfte die Stufen zur Polizeiwache rauf. Das Auftreten schmerzte noch immer. Nach Martin rufend, betrat sie das winzige Revier.

»Tut mir leid, deine Kaffeefee Tinker-Bell ist immer noch verkalkt«, rief er aus der Dienstküche.

»Kaffee! Da sagst du was!« Mit ihrem strahlendsten Lächeln humpelte sie zwischen den Schreibtischen hindurch in die Küche. »Genau deshalb bin ich hier, Martin. Also auch hier.«

Der Backofen stand offen und verströmte wohlige Wärme, durchdrungen von herrlichem Duft. Die Küche der Polizeistation sah aus, als hätte dort eine Bombe eingeschlagen. Mehl und Kakaopulver, Siebe, Rührschüsseln und Schneebesen waren auf der Arbeitsfläche verteilt, und die Spüle quoll von Backformen und Schüsseln über. Sichtlich erschöpft hing Martin auf einem Schreibtischstuhl, den er vor den Ofen gerollt hatte.

»Noch was übrig?«, fragte Tessa neugierig und steckte ihre Nase in eine der Rührschüsseln. Es roch verführerisch nach weißer Schokolade.

»Der Kommissar hat alles beschlagnahmt, könnte man sagen.«

»Apropos beschlagnahmt!« Sie testete mit dem Finger die Reste des Frostings, das in der Rührschüssel klebte. »Ich möchte, dass du mit mir das Postamt stürmst und mein Paket beschlagnahmst.«

Verwirrt sah Martin sie an.

»Ehrlich. Der Kerl, dieser Matts, hat mir meine Maschine geklaut. Das Ding hat 'ne Trackingnummer. Die Nadel pinnt voll in seinem Haus! Ich *weiß*, dass er meine Maschine hat, und er rückt sie nicht raus. Also«, sie klatschte in die Hände, »peng. Du und ich, wir rücken vor. Rein, Paket schnappen, raus. Ganz simpel.«

»Ganz simpel? Also so geht das nicht, Frau Eichhorn. Du kannst nicht einen Polizisten zum … zum … Einbruch anstiften.«

»Einbruch, Einbruch, aber es ist doch kein Einbruch, wenn ein Polizist einbricht.« Hoffnungsvoll blinzelte sie ihm zuckersüß zu.

»Nein, tut mir leid.« Martin stopfte Rührlöffel und Schneebesen in die Spüle.

Tessa fixierte ihn. »Dann tut es mir auch leid, dass wegen einem Whiskey-Schoko-Kuchen vier Geburtstagskinder fast den grausamen Tod einer Alkoholvergiftung gestorben wären.«

Verständnislos starrte er Tessa an.

»Kein Witz. Du hast die Pferdemädchen von Hof Hensel ins Delirium geschickt.«

»Oh, mein Gott! Warum hast du nichts gesagt?«

Tessa schüttelte den Einwand mit einem Schulterzucken ab. »Also ich schweig ja wie ein Grab, vor allem wenn ich dazu einen schönen Kaffee schlürfen kann. Aus meiner … ähm … nigelnagelneuen Maschine.«

Seufzend rieb sich Martin unter der Polizeimütze. »In Gottes Namen«, fasste er sich schließlich ein Herz und wurde von einer juchzenden Tessa beinahe zu Boden gerissen.

In diesem Augenblick kam Jana herein. »Oh, stör ich?«

Leicht pikiert sammelten sich die beiden.

»Wer war das?«, fragte Jana, woraufhin Martin aufsprang und sofort begann, das dreckige Backgeschirr einzusammeln. »Entschuldigung, mein Fehler.«

Jana winkte ab. »Doch nicht dein Backchaos. Kettel! Wer war das bei Kettel im Streifenwagen?«

Martin klickte die Rührbesen aus dem Handgerät und ließ sie in eine Schüssel gleiten. »Was meinst du?«

»Na hinten«, warf Tessa ein. »Im Streifenwagen. Da saß wer.«

Vorsichtig nickte Martin. »Ich weiß. Es ist zwar kaum zu glauben, aber Kettel oder vielmehr sein Team hat den Fall gelöst.«

»Nein!«, riefen Tessa und Jana wie aus einem Mund. Mit hochgezogenen Augenbrauen sahen sie ihn an.

»Na«, nuschelte Tessa und schleckte etwas Frosting von ihrem Finger, »da sind wir jetzt aber mal gespannt.«

»Beeke«, sagte Martin, und es war ihm anzusehen, dass er ein Stoßgebet gen Himmel schickte, dass die Sache auch für die Frauen damit erledigt war.

Aber die beiden nickten nicht. Im Gegenteil, sie schüttelten energisch die Köpfe, und Tessa ließ ein »Tss-tss-tss« verlauten.

»Ach kommt schon!« Frustriert schmiss Martin die Rührschüssel in die Spüle. »Kettel hat Beeke den ganzen Nachmittag hier auf dem Revier in die Mangel genommen. Gestanden hat Beeke nicht, aber die Beweislage ist wohl erdrückend.«

»Beeke ist nicht der Täter. Nicht der alleinige jedenfalls. Er hat mit Erik Hensel gemeinsame Sache gemacht.«

Martins Haltung straffte sich. Er nahm all seinen Mut zusammen. »Wir schätzen euren Enthusiasmus und euren Einsatz für Recht und Ordnung in Burgheide sehr. Jedoch kann auch die Polizei ordentlich arbeiten, und in diesem Fall wurde ein Tatverdächtiger ermittelt. Bitte verlasst die Station. Eure Hilfe wird nicht mehr benötigt.«

Mit zusammengekniffenen Augen musterte Tessa Martin. »Sekunde mal, Kettel und ordentliche Arbeit?«

»Eben. Das ist doch Dummtüch, Martin. Welche Beweise liegen denn gegen Beeke vor?«, wollte Jana von ihm wissen. »Beeke kennt sicherlich den Grund, warum Sara sterben musste. Er deckt aber nur den wahren Täter. Er hat sie nicht erschlagen.«

»Ich bitte euch! Der Fall ist aufgeklärt. Kettel ist weg.« Mit einer hilflosen Geste schob er die beiden Frauen aus der Küche. »Wenn ihr so freundlich wärt ...«

»Martin! Quadder nich oawer dän Pattweg! Kettel hat mal wieder den einfachen Weg gewählt. Der gehörnte Ex, der sowieso ein Eifersuchts- und Kontrollproblem hat, und die Tatwaffe, die zu seinem Arbeitsgerät gehört. Noch Fragen?«

»Nein, keine Fragen. Kettel ist weg.«

»Ja, daher weht der Wind. Schon klar«, warf Tessa ein. »Aber mit ihm sind nicht alle Fragen verschwunden.«

Wieder fluchte Jana. »Der Brief vom Labor ist der Schlüssel! Sara hat ihn an Sven geschickt, weil sie niemand anderem vertrauen konnte, weder ihrem Ex-Verlobten noch ...« Sie machte eine bedeutungsvolle Pause. »Noch ihrem *Bruder.*«

Martin kniff die Augen zusammen und sah Jana unschlüssig an. Immerhin hatte er die beiden schon knapp vor die Eingangstür bugsiert.

»Hat Erik Hensel ein Alibi?«, versuchte Jana, Martin zu überzeugen.

»Er war im Büro«, murmelte Martin.

»Aha. Allein, nicht wahr? Hensel hatte Zugang zur Tatwaffe, und er konnte den Helm ordern und aus der Lieferung nehmen, ohne aufzufallen.«

»Und wo ist Sven? Warum sucht Kettel nicht nach ihm?«, fragte Tessa.

Martin öffnete die Tür. »Bitte klärt das doch alles direkt mit Kettel.«

Jana ließ sich nicht beirren. »Sara und ihr Bruder hatten eine Woche vor ihrem Tod einen heftigen Streit. Es ging um den Hof, vermutlich um den Zuchtbetrieb. Hensel hat irgendwas angestellt. Sara hat es herausgefunden. Und Beeke hängt als Mitwisser mit drin, aber nicht als Mörder.«

Tessa, die inzwischen hinter ihre Schwester gehumpelt war, beobachtete, wie es in Martin arbeitete.

»Erik Hensel hat seine Schwester erschlagen!«, wiederholte Jana entschieden.

Martins Gesichtsfarbe wechselte von leichenblass zu puterrot und wieder zu aschfahl. »Nein«, sagte er schließlich.

»Wie nein?« Unsicher sah Tessa ihn an. »Beeke nein oder Hensel nein?«

»Ein allgemeines Nein! Was glaubt ihr eigentlich, wie schrecklich es ist, diesen unausstehlichen Tyrannen hierzuhaben! Es war kaum auszuhalten. Ich werde auf keinen Fall Kettel wegen eurer Phantastereien zurückholen. Niemals!« Und damit schmiss er den Schwestern die Tür vor der Nase zu.

39

Es war ein Frühsommermorgen wie aus dem Bilderbuch. Tau benetzte das Gras. Ein Kohlweißling ließ sich von der herrlichen Luft zu einer Blüte treiben. Das Tschitschibä der Meisen hallte von überall her.

Voller Freude hatte Tessa Jana frische Eier präsentiert, und sie hatten zusammen auf der Terrasse gefrühstückt.

Trotz des phantastischen Morgens hingen düstere Wolken über Jana. Sie hatte in der Nacht kaum ein Auge zugetan, war durch das Haus getapst und hatte alle Hausmittel durchprobiert. Nach ausgiebiger Yoga-Entspannung und mit Baldrian und Honigmilch abgefüllt war sie ins Bett zurückgekehrt, hatte jedoch immer noch keine Ruhe gefunden.

»Beeke wird seinen Kopf retten wollen. Er wird Kettel sicher die Wahrheit sagen«, überlegte Jana laut.

»Kommt drauf an.« Tessa tippte auf ihrem Laptop und checkte den Status des Pakets. Die Tracking-ID ortete es noch immer im *Verteiler Burgheide.* Matts!

Mit einem Klirren setzte Jana die Teetasse wieder ab und sah Tessa an. »Was meinst du damit?«

»Na ja, was immer das Geheimnis zwischen Hensel und Beeke ist, solange Kettel es nicht auf dem Schirm hat, wird Beeke es nicht preisgeben, denke ich.« Tessa klickte auf den Menüpunkt GPS, und eine Landkarte öffnete sich. Eine rote Stecknadel zeigte den Aufenthaltsort ihrer *Express*lieferung.

»Meiner Einschätzung nach ist er nämlich schlau genug, darauf zu bauen, dass die Anklage keinen Bestand hat, denn letztendlich hat Kettel nichts in der Hand. Er hat keine Tatwaffe.«

»Stimmt. Und das Motiv Jähzorn und Eifersucht ist bei einer so akribischen und gut durchgeplanten Tat fragwürdig.«

»Ja. Beeke wird abwarten und die Aussage so lange verweigern, bis es tatsächlich ernst wird.« Tessa zoomte die Karte heran und stellte mit einem Grunzen fest, dass die Stecknadel immer noch in Matts' Schweinestall steckte.

Eine Weile sagte Jana nichts, starrte nur ihre Schwester an. Dann murmelte sie irgendetwas auf Platt, das Tessa nicht verstand. »Wir müssen Sven finden«, sagte sie schließlich und trank ihren Tee. »Wir müssen endlich Sven finden. Warum meldet er sich nicht?«

Es klingelte. Sofort sprang Tessa auf, riss dabei fast den Tisch um und stolperte mehr als dass sie hüpfte zur Tür.

»Wo ist es!« Tessa hatte die Eingangstür aufgerissen und war barfuß hinaus auf die Einfahrt gerannt. Die Kieselsteine pikten, und sie konnte nur ein Bein belasten. Das hinderte sie jedoch in keiner Weise daran, den Postboten mit ihren Blicken zu erdolchen.

Mit einem steinernen Lächeln deutete Matts auf seinen nicht vorhandenen Fahrradanhänger.

Er hatte ihn absichtlich nicht repariert, da war sich Tessa sicher. »Das … das kann ja wohl nicht wahr sein!«

»Höhere Gewalt, würde ich meinen.« Matts drängte sich an Tessa vorbei und überreichte Jana ein Einschreiben. Ordentlich ließ er sich den Empfang quittieren. Obwohl Tessa Wutwölckchen aus Nase und Ohren quollen, ignorierte er sie geflissentlich.

»Viva la Revolución!«, intonierte Matts, schwang sich auf seinen klapprigen Drahtesel und fuhr los.

»Wir sehen uns noch!« Tessa schnitt ihm eine Fratze, woraufhin er ihr die Zunge herausstreckte. In bester Schulkindmanier bedachten sich die beiden mit den skurrilsten Gesichtsverzerrungen, bis Matts mit seinem Fahrrad im Wald verschwunden war.

»Er darf das nicht. Jana! Tu doch was!« Verzweifelt schmiss Tessa einen Kieselstein in die Richtung, in die Matts verschwunden war.

»Du bekommst schon noch dein Paket«, erwiderte Jana ganz in Gedanken, denn sie musterte den Brief. Stirnrunzelnd hob sie das Schreiben dichter an die Augen. Sie hatte anscheinend keinen Kopf für Tessas Späße. »Herrgott noch mal!« Endlich hatte sie ohne ihre Brille die ersten Sätze des Schreibens entziffert. Hastig schnappte sie sich die Autoschlüssel und packte Tessa am Arm.

»Halt, Moment! Jana! Wohin willst du? Ich … Hey, meine Schuhe!« Doch Jana war schon zum Landrover gelaufen.

Diesmal hielt sich Jana an keine Geschwindigkeitsbegrenzung. Mit quietschenden Reifen parkte sie neben dem Cabrio von Fabian.

»Was wollen wir in deiner Praxis?« Barfuß stolperte Tessa hinter ihr her.

»Jana!«, begrüßte Ruth ihre Ex-Chefin überrascht. »Tessa? Alles in Ordnung?«

»Ich brauche Fabian. Sofort. Besprechungsraum 2.«

»Aber …« Ruths Einwand verhallte ungehört, denn schon war Jana mit ihrer Schwester im Zimmer verschwunden.

»Was zum Henker!«, stieß Tessa ärgerlich aus. Der Linoleumboden der Praxis fühlte sich kalt an. Sie rieb sich die Füße an der Jeans warm. Wenigstens trug sie rechts den Verband.

Besprechungsraum 2 war anscheinend der Pausenraum der Praxis, denn neben Tisch und Stühlen gurgelte hier eine in die Jahre gekommene Filterkaffeemaschine zufrieden vor sich hin.

»Wo finde ich Tassen?« Sofort waren die kalten Füße vergessen.

Jana deutete zur Spüle. »Aber abwaschen.« Sie breitete das Einschreiben auf dem Tisch aus. Es waren mehrere Briefbogen mit Tabellen und ein Anschreiben. Der Brief war an Sara Hensel adressiert.

Zufrieden, dass diese Entführung doch noch ihr Gutes hatte, schnappte sich Tessa eine der Tassen. »Hey, die ist von dir.« Wie um Jana zu beweisen, dass sie einst tatsächlich Tassen getöpfert hatte, hielt Tessa ihr den Boden unter die Nase, in den Janas schwungvolles Signet eingekratzt war. »Warum machst du so was eigentlich nicht mehr?«

»Kein Ofen«, murmelte Jana.

»Kein Ofen? Das ist alles? Kann man die nicht mieten oder so?«

Ungeduldig sah Jana auf die Uhr, während Tessa voller Vorfreude zur Kaffeemaschine ging. Sie stockte. Sie sah einmal hin, sie sah zweimal hin. »Oh, mein Gott, was ist das denn? Das muss auf meinen Blog.« Sie zückte ihr Handy und schoss ein paar Beweisfotos.

Den Kaffee konnte sie vergessen. Die Kaffeemaschine gurgelte zwar, aber Fabian hatte Spaghetti in die Kanne gesteckt und machte sich Nudeln mit dem Ding.

Endlich ging die Tür auf, und Dr. Fabian Kerner kam herein. »Was gibt es, Jana? Tessa. Alles okay mit dem Knöchel?«

»Deine Kaffeemaschine geht fremd«, erwiderte Tessa trocken.

»Ich hatte so eine Lust auf Nudeln. Sind die schon fertig?«

Tessa schüttelte den Kopf. »Ist ja auch erst zehn Uhr.«

Jana winkte ab, bevor Tessa weitersprechen konnte. »Ich brauche deine Fachkenntnis.« Sie hielt Fabian den Brief hin.

Stirnrunzelnd studierte er ihn. »Das sind Blutwerte eines Pferdes. Ich bin Humanmediziner.«

»Ich auch. Aber guck doch mal.« Sie tippte auf die zwei Bogen mit den Tabellen. Jemand hatte mit krakeliger Handschrift etwas daneben notiert und das Ergebnis der Analyse mehrfach unterstrichen. ›Keine Übereinstimmung.‹ Sie hielt die Papiere nebeneinander, damit Fabian besser vergleichen konnte.

»Was sind das für Analysen?« Fabian studierte die Abkürzungen, dann schien ihm klarzuwerden, was er vor sich hatte. »Ja, stimmt, keine Übereinstimmung.« Fragend sah er Jana an. »Und was jetzt? Sorgerechtsklage?«

»Wohl eher Mordanklage.«

»Das ist ein Vaterschaftstest für Pferde?« Neugierig nahm Tessa ihm die Blätter aus der Hand und sah sich die Tabellen an. Natürlich sagten ihr all die Abkürzungen nichts, doch eines war offensichtlich. Sara hatte zwei Pferde testen lassen. Anscheinend hätten sie verwandt sein müssen, doch sie waren es nicht.

Es klopfte, und kurz darauf steckte Ruth den Kopf ins Zimmer. »Entschuldigung. Fabian? Martin hat angerufen. Du sollst bitte schnellstens zum Ahnberg kommen.«

»Ahnberg? Wo ist das denn?«

Während Fabian aus dem Zimmer eilte, hielt Ruth ihm bereits den Notarztkoffer hin.

Jana folgte den beiden. »Ich weiß, wo das ist«, sagte sie. »Ich bring dich hin.«

Tessa hatte sich die Seiten geschnappt und humpelte hinterher. »Du klingst so besorgt. Was ist denn los?«

»Jana, alles in Ordnung?«, fragte auch Ruth, während sie zu viert am Empfang vorbeieilten.

»Ich fürchte, nicht«, murmelte Jana. »Der Ahnberg grenzt an die Weiden der Hensels.«

»Ist das schlimm?« Verwirrt sah Fabian die drei Frauen an, die allesamt plötzlich aschfahl wurden.

»Vermutlich.«

40

So ähnlich muss sich das anfühlen, wenn man abkratzt, dachte Tessa. Die Welt verschwindet. Alles wird taub und unscharf. Und dann ist man weg. Tot.

Nur vage konnte sie jenseits des dicken Vorhangs aus Tränen Bewegungen wahrnehmen. Wie versteinert stand sie da. Das feuchte Gras tränkte ihren Verband. Spitze Steine pikten in ihre Füße. Nichts konnte sie erreichen, kein Schreien, kein Rempeln, weder die Wärme der Sonne noch der herrliche Duft des Flieders. Zwischen ihr und der Welt lag eine unüberwindbare Kluft.

Jemand legte den Arm um sie und drückte sie an sich. Endlich wich die Steifheit aus ihr, aber sie verlor die Kraft und sackte zusammen. Gott sei Dank hielt Jana sie fest.

»Es tut mir so leid«, flüsterte Jana an ihr Ohr. Ihre Stimme war brüchig. Doch Tessa konnte nicht antworten. Alles in ihr schmerzte.

»Besser, ihr geht jetzt.« Es war Martins Stimme, leise und betroffen. »Kettel wird gleich da sein. Vielleicht ist es besser, ihr trefft euch nicht.«

Tessa merkte, wie Jana sie mit sich zog, doch sie sträubte sich, wand sich aus dem stützenden Griff und sah sich noch einmal zu Sven um.

Er saß im Gras, den Rücken an den üppig blühenden Fliederbusch gelehnt, die Beine von sich gestreckt, die Augen geschlossen, das Gesicht der wärmenden Sonne zugewandt.

Die dunkle Spur, die das Blut aus der Schusswunde über Schläfe und Wange gezogen hatte, war längst getrocknet, seine Haut fahl. Der Revolver in seiner Hand kalt.

Hase hatte für sie eine Ausnahme gemacht. Deshalb saßen sie alleine im Schankraum des Fief Düwelskeerls. Fabian hatte einen Schnaps vor sich stehen. Schon den dritten. Doch entgegen Janas ärztlicher Prognose verbesserte sich sein Zustand nicht. Noch immer war er kreidebleich, kalter Schweiß stand auf seiner Stirn, und er atmete kaum.

»Er ist tot«, wiederholte er wie ein Mantra. Seitdem er die Leiche erblickt hatte, war kein anderer Satz mehr über seine Lippen gekommen. Wenn es etwas gab, das Dr. med. Fabian Kerner nicht ausstehen konnte, dann waren es Leichen.

Martin hatte ihn zurück in Janas Landrover bugsiert, während Jana Fabians Job übernommen und eine erste oberflächliche Leichenschau vorgenommen hatte.

Nach Janas Einschätzung hatte sich Sven schon am gestrigen Nachmittag erschossen. Wahrscheinlich kurz nachdem er Tessa angerufen hatte. Mit Tessas Handy hatte Jana Fotos vom Fundort sowie vom Abschiedsbrief gemacht und scrollte sie nun durch. Neben ihr dampfte der Tee, in dem der Kandis gemütlich knackte.

Tessa hing im Separee auf ihrer Bank und starrte ins Leere. Ihre Augen war rot vom Weinen. Der Milchkaffee, den Hase ihr extra zubereitet hatte, stand seit zehn Minuten unberührt vor ihr.

»Er ist mit dem Computer geschrieben«, stellte Jana fest und schob Tessa das Handy hin. »In Svens Wohnung gibt es keinen Computer.«

Endlich löste Tessa ihren Blick aus der Unendlichkeit und sah ihre Schwester an. »Es ist auch unwahrscheinlich. Statistisch gesehen werden siebenundneunzig Prozent aller Abschiedsbriefe handschriftlich verfasst, oft in einem stark emotionalen Moment. Diese Emotionen werden durch die Benutzung von Tastatur und Computer gemindert. Allein bei Menschen, deren tägliches Leben mit der Nutzung eines Computers eng verbunden ist, wird der Brief digital verfasst. Sven war ein analoger Mensch. Niemals hätte er so etwas Persönliches eine Maschine drucken lassen.«

»Hier steht, er erträgt den Verlust von Sara nicht mehr. Es tue ihm leid, was er ihr angetan habe.«

Ungläubig zog Tessa das Handy zu sich und zoomte den Brief heran, um besser lesen zu können. »Er schreibt, dass er sie ermordet hat?«

Jana nickte und nippte vom Tee.

»Er is tot«, stellte Fabian wiederum fest. Seine Aussprache war schon leicht in Mitleidenschaft gezogen worden durch Hases siebzigprozentigen selbst gebrannten Schnaps.

Jana tätschelte ihrem jungen Nachfolger die Hand. »Ist jetzt gut, Fabian. Die Leiche ist weg.« Sie schob ihm das volle Schnapsglas hin, und er kippte es in einem Zug hinunter.

Das Klonk des leeren Glases auf der Tischplatte war anscheinend für Hase Signal genug, fünfzehn Sekunden später einen neuen hinzustellen. »Wohl bekomm's«, murmelte er und warf Jana einen besorgten Blick zu. »Wird er wieder?«

Gegen ihren Willen huschte Tessa ein amüsiertes Lächeln über die Lippen. Dass der Burgheider Dorfarzt panische Angst vor Toten hatte, war einfach zu herrlich. Und er war wirklich tapfer. Immerhin war er jahrelang mit einer Pathologin liiert gewesen. Er hatte den Geruch der Leichen bis ins Bett ertragen und ständig irgendwelche Fachmagazine und blutigen Expertisen in der Wohnung dulden müssen. Doch seine Angst vor Toten war geblieben. Die Verlobte hingegen nicht.

»Also?«, wandte sich Jana an ihre Schwester, nachdem Hase hinter dem Tresen verschwunden war.

»Ich sage, Saras Mörder hat Sven erschossen, weil Sven sowohl Motiv als auch Täter erkannt hat. Der Mörder hält sich für sehr schlau, nun Sven auch noch gleich den Mord an Sara anzuhängen. Wenn der Plan aufgeht, hat er seine Ruhe und zwei Fliegen mit einer Klappe geschlagen.« Gedankenverloren tippte Tessa mit dem Finger den Milchschaum auf ihrem Kaffee platt. Sie hatte noch nicht mal probiert.

»Mit Kettel als Kommissar kann der Plan sogar aufgehen«, seufzte Jana.

»Beeke muss er wieder freilassen, auch wenn ihm dessen Alibi nicht gefallen wird.«

Tessa lächelte dünn. »Wir haben ihn beide nachmittags auf dem Hof gesehen.«

Jana nickte. »Und dann hat ihn Kettel selbst in Gewahrsam genommen. Bessere Zeugen kann sich Beeke nicht wünschen. Er scheidet als Täter aus.«

»Erik Hensel also.« Tessa legte den Brief des Labors auf den Tisch. »Hensel, der die Fohlen vertauscht hat.«

Jana hob fragend die Augenbrauen. »Wieso Fohlen? Ich dachte, er hätte eine Zuchtstute gefälscht oder so.«

»Die Pferdemädchen«, erklärte Tessa, »die haben mir doch das Fohlen gezeigt, Tulip, und gesagt, dass seine Mutter Sunflower gestorben sei. Morningpride sei nun Amme von Tulip, denn einen Tag nach Tulips Geburt habe Morningpride selbst eine Totgeburt gehabt.«

»Ich verstehe nicht ...«

»Tulip ist das Kind von ganz berühmten Eltern. Olympiasieger. Er hat beste Voraussetzungen, ein Star zu werden.«

Immer noch verstand Jana nicht, worauf Tessa hinauswollte.

»Ich glaube, Sunflower *und* Tulip sind bei der Geburt

gestorben, und Morningpride zieht ihr eigenes Fohlen auf. Sie haben ihm aber die Papiere von Tulip gegeben. Hensel hat sie vertauscht. Nur er und Beeke waren dabei. Das ist ihr Geheimnis.«

Nachdenklich schwenkte Jana ihren Tee. »Und Sara kommt hinter den Betrug, lässt die Abstammung des Fohlens prüfen und konfrontiert ihren Bruder damit.«

»Sie droht, den Schwindel auffliegen zu lassen. Da schlägt er zu.«

»Deswegen mauschelt er auch mit Beeke. Der kommt als Amtstierarzt an alle möglichen Papiere. Außerdem war er bei der Totgeburt dabei. Er hat Hensel geholfen, den Betrug durchzuführen.«

In diesem Moment rumste es. Fabian Kerner, seines Zeichens nekrophober Landarzt, war vornübergekippt. Die Stirn auf der Tischplatte, schnarchte er vor sich hin. Der Schnaps hatte seinen Dienst getan.

Mit einem Seufzer kramte Jana ihr Handy aus der Tasche und schickte Ruth eine Nachricht, sie möge ihren Chef aus dem Fief Düwelskeerls abholen und nach Hause bringen. Dann zog sie ihr Portemonnaie hervor und legte das Geld für Hase auf den Tisch.

»Ich weiß nicht. Er hat es nicht im Affekt getan, sondern eine Woche nach dem Streit.« Jana stand auf.

»Sie hätte also eine ganze Woche Zeit gehabt, den Schwindel öffentlich zu machen, hat es aber nicht getan. Warum?« Tessa schnappte sich ihren unberührten Kaffee. Es war eine Tasse, die Jana vor Jahren getöpfert hatte. Sie lag ausgesprochen angenehm in der Hand.

»Warum?« Nachdenklich tätschelte Jana zum Abschied Fabians Schulter, während Tessa kurz auf den Tisch klopfte. Der junge Arzt schlief tief und fest.

»Zu Martin?«, fragte Tessa unsicher. Jana saß hinter dem Steuer ihres Wagens und starrte irgendwohin, die Hand am Zündschlüssel.

»Der hat jetzt volle Breitseite Kettel. Und der hat garantiert schlechte Laune. Nein. Da ist irgendwas. Wie so eine lästige Mücke schwirrt es vor mir herum, aber ich krieg es nicht zu fassen.«

»Was meinst du?« Die Kaffeetasse mit beiden Händen umschlossen, als könnte sie die Wahrheit aus ihr herauspressen, beobachtete Tessa ihre große Schwester. Ab und an nippte sie. Der Kaffee war längst eiskalt und kein Genuss, aber sie zwang ihn sich Schlückchen für Schlückchen hinunter. Auch kaltes Koffein wirkte schließlich.

»Wenn ich das wüsste.« Mit gespitzten Lippen sah Jana vor sich hin. »Sven hat uns angerufen. Er hatte den Brief vom Labor bereits als Einschreiben an mich geschickt, weil auch er niemandem auf dem Hof vertraute.«

»Aber er wusste, was er bedeutete. Er hatte ja gesagt, er hat im Computer nachgesehen«, führte Tessa Janas Gedanken weiter.

»Irgendwas stimmt nicht. Ich meine, die Sache mit dem Fohlen ist schon richtig, aber würden Hensel und Beeke dafür morden?«

»Es geht um alles, für Hensel um den Hof und für Beeke um seine Reputation. Der kann doch als Tierarzt einpacken, wenn das rauskommt!«

»Du hast recht.« Jana startete den Wagen und schnappte sich ihr Handy. »Martin und Kettel sollen sofort zum Gestüt kommen. Die müssen Hensel endlich verhaften und in die Mangel nehmen!«

41

Jana hatte etwas abseits geparkt. Sie war hinter die Scheune gefahren, in der das Fohlen Tulip aufgepäppelt wurde, denn sie wollten nicht gesehen werden, während sie warteten und warteten und warteten …

»Wo bleibt Martin denn?« Tessa nahm noch ein Schlückchen und schüttelte sich. Aber immerhin spürte sie das Koffein arbeiten. Noch immer die Kaffeetasse aus dem Fief Düwelskeerls in der Hand, stieg sie aus und schnappte frische Luft. Jana tat es ihr gleich. Sie schlichen an die Ecke und beäugten argwöhnisch den Hof.

Abseits bei den Koppeln tratschten die Ehefrauen, darauf wartend, dass die Sechzehnjährigen ihnen die Pferde sattelten. Hinten bei den Paddocks schob Wilhelm Neddermann wie immer seine Schubkarre durch die Gegend. Alles sah friedlich aus. Alles wie immer. Anscheinend hatte hier noch keiner von Svens Tod erfahren.

Da drang aus der Scheune ein leiser Ruf oder mehr ein Flehen. »Nein! Nicht! Bist du verrückt geworden.«

»Ist das Hensel?«, flüsterte Jana und versuchte, durch eines der staubigen Fenster etwas zu erkennen. Es war unmöglich.

»Das war's, Erik! Meinst du, ich lass mir von dir alles kaputt machen? Du benutzt mein Labor, meine Dateien, meine Zuchttabellen, um mit Beeke diesen bescheuerten Betrug durchzuziehen?«

Entsetzt sah Tessa Jana an und fluchte.

»Frederike! Bitte!« Hensel klang, als würde er in Todesgefahr schweben.

»Wir lagen falsch«, zischte Tessa und eilte voraus, rannte so gut es mit dem Knöchel ging um die Scheune. Die Tür war nur halb zugeschoben, der Spalt breit genug, dass sie sich leise hindurchzwängen konnte.

Jana folgte ihr mit unterdrücktem Fluchen. »Natürlich! Wie habe ich nur so dumm sein können. Es war alles so akkurat geplant.«

Leise pirschten sie sich an Tulips Box heran. Als sich ihre Augen an das dämmrige Licht gewöhnt hatten, sahen sie Frederike. Sie stand vor der Box des Fohlens und richtete ein Gewehr auf den Mann darin. Auf Erik Hensel. Hilflos stand er mit dem Rücken zur Wand, versuchte zu beschwichtigen, redete auf Frederike ein, die regelrecht vor Zorn glühte. Sein Blick huschte zu Tessa und Jana, und ein Funke Hoffnung erhellte sein Gesicht.

Panisch sah Tessa Jana an. Was tun? Frederike würde schießen, daran bestand kein Zweifel. Jana tippte auf ihre Armbanduhr. Tessa verstand. Ihre Schwester wollte Frederike so lange hinhalten, bis Martin und Kettel eintrafen. Kurz entschlossen humpelte Tessa zum Rolltor und verpasste ihm mit der Schulter einen kräftigen Schubs. Es öffnete sich, Licht fiel in den Stall. Frederike fuhr herum.

»Was … Oh! Ihr zwei?«

»Moin«, meinte Jana.

»Moin, Moin«, grüßte Tessa lässig.

»Man sagt nur einmal Moin«, berichtigte Jana sie. »Das musst du doch gelernt haben.«

»Echt?«

»Ja, alles andere ist Geschwafel.«

»Haha, sehr witzig.«

Entgeistert starrte Frederike die beiden Frauen an, nur um sofort wieder Erik Hensel zu bedrohen. Ihr Blick schnellte hin und her.

»Legen Sie bitte die Waffe hin«, begann Jana, leise in ihrem bestimmenden Arztton auf sie einzureden.

Frederike lachte. »Wieso sollte ich? Meine Rache ist noch nicht beendet. Was denkt sich Sara eigentlich?« Als Jana langsam einen Schritt auf sie zumachte, fuchtelte sie mit dem Gewehr herum. »Bleiben Sie, wo Sie sind. Ich kann sehr gut auf Distanz zielen. Sie brauchen nicht näher zu kommen.« Wieder lächelte sie kalt.

»Helfen Sie mir bitte«, brachte Hensel krächzend heraus.

»Sie haben die Identitäten der Fohlen vertauscht«, sagte Tessa achselzuckend. »Strafe muss sein.«

»Aber …« Hensel sprangen vor Entsetzen beinahe die Augen aus dem Kopf. »Ich … Aber …« Mit einem Mal schluchzte er mickrig. »Das war doch nur, weil … wir … Wir hatten so viel investiert. Ich wollte nicht alles verlieren.«

Frederike fuhr herum. »Ist dir jemals in den Sinn gekommen, dass du damit mein Leben zerstörst? Mein Werk?«

Verständnislos starrte er sie an.

»Natürlich. Wie konnte ich nur denken, dass du anders bist als deine Schwester. Du bist genauso selbstherrlich wie sie! Euch Hensels ist es egal, ob ihr die Träume anderer zerstört, Hauptsache, eure erfüllen sich.« Frederike spuckte ganz undamenhaft auf den Boden und entsicherte das Gewehr. »Sara hat meinen Traum von der Olympiade zerstört. Und dann kommt ihr zwei schon wieder und wollt *meine* Zucht in Verruf bringen. Habt ihr eigentlich eine Ahnung, wie viele Angebote ich abgelehnt habe? Alle reißen sich um mich. Ich bin die Beste in meinem Job! Doch wie hätte ich Sara verlassen können!« Wieder lachte sie grimmig. »Schließlich war ich noch nicht fertig mit deiner Schwester!«

»Bleiben Sie ruhig«, versuchte Jana zu beschwichtigen. »Wir wissen, dass Sie wütend sind und verletzt, doch das Gewehr wird Ihnen nichts nützen.«

»Und wie mir das nützt«, fuhr Frederike Jana an.

Tessa stockte der Atem. Diese Frau war nicht mehr zurechnungsfähig. Ein falsches Wort, und sie würde den Abzug drücken.

»Kommt diese Zicke doch tatsächlich in mein Büro stolziert und sagt, ich würde schlampig arbeiten. Schlampig! Ich! Es ist ihr gar nicht in den Sinn gekommen, dass ihr toller Bruder Mist gebaut hat! Wie konntest du nur, Erik! Dein Schwachsinn fällt auf mich zurück! Du wolltest genau wie Sara damals meine Karriere zerstören! Warum hasst ihr zwei mich nur so.«

Unauffällig schob sich Jana näher an Frederike heran, langsam, behutsam, die Hände erhoben.

Tessa wollte sie davon abhalten, doch Frederike bemerkte ihre abrupte Bewegung und zielte auf sie. Hilflos nahm Tessa die Hände hoch. Kalter Kaffee tropfte aus der Tasse auf ihre Schulter.

»Was? Sara dachte tatsächlich, Sie hätten die Identitäten der Fohlen vertauscht?«, sagte Tessa möglichst ruhig. »Das war wirklich dumm von ihr.«

Frederike nickte, und ihr Blick glitt wieder zu Hensel. »Diese Giftnatter! Und dann lässt sie selbst hinter meinem Rücken die DNA überprüfen! Doch ich war ihr längst einen Schritt voraus.« Hasserfüllt sah sie Hensel an und hob das Gewehr.

Tessa sah zum Hof hinaus. Niemand bekam vom Drama im Stall etwas mit. Wo blieb nur Martin? »Du bist genau wie sie. Ich habe euch satt!«, hörte sie Frederike zischen.

»Sie sind wirklich gut«, lobte Jana. »Wirklich. Aber Sie haben sich verraten.«

»Was? Wie meinen Sie das?« Verwirrt sah Frederike zu ihr.

Jana lachte. »Es ist mir nicht gleich aufgefallen. Ihre Lügen haben Sie genauso sauber geplant wie alles andere.«

»Ich mache keine Fehler.« Nervös fuchtelte Frederike mit dem Gewehr herum.

»Der Auflauf.« Jana lächelte mitleidig.

»Was für ein Auflauf?«, wollte Tessa wissen.

»Eben! Was für ein Auflauf?«, entgegnete Jana. »Hast du bei Sven einen Auflauf gesehen? Oder eine leere Auflaufform? Oder Reste davon im Kühlschrank?«

»Nein.«

»Der Auflauf, das war Ihr Fehler.« Jana seufzte. »Ich hätte es gleich merken müssen. Sie haben nicht bedacht, dass Sven kein Witwer ist. Niemand hat ihm Essen gebracht. Er hat sich die letzten Tage von Essen aus Pappschachteln ernährt.«

»Halten Sie Ihren Mund!«, fuhr Frederike Jana an. Sie war blass geworden. Anscheinend hatte sie begriffen, dass sie tatsächlich einen Fehler gemacht hatte. »Schluss jetzt! Sie kommen her und stellen sich in die Box!«

Jana dachte gar nicht daran und spielte weiter auf Zeit. »Sie haben von Anfang an alle Fäden in der Hand behalten, uns komplett manipuliert. Darin sind Sie gut.«

Tessa nickte. »Eine wahre Marionettenspielerin.«

»Sie waren ganz zittrig, sagten, Sie seien im Stress, als ich Sie in Ihrem Büro besuchte. Dabei haben Sie vor meinen Augen erst den Computer angeschaltet! Sie waren gerade reingekommen, hatten sich eben noch das Blut von den Händen gewaschen! Denn Sie hatten Sven erschossen.« Janas Stimme war hart geworden. »Sie wussten von Anfang an, dass wir nur hier sind, um Saras Mörder zu finden. Und auch uns haben

Sie für Ihre Zwecke benutzt. Wie Erik Hensel. Als ich nach Sven fragte, haben Sie fast geweint und mir von seinem bedauernswerten Zustand berichtet.« Mit einem Wutschrei trat Jana nach einem unschuldigen Heuballen. »Sie haben mir sogar gesagt, wo wir ihn finden. Unter dem Flieder!«

Jana war laut geworden. Unsicher ließ Frederike den Lauf der Waffe von den Schwestern zu Hensel gleiten, hin und her. Tessa umklammerte die Kaffeetasse so fest, dass ihre Knöchel weiß hervortraten. Ihr Blick traf Janas. *Nein!,* wollte sie noch schreien, als ihr klarwurde, was Jana vorhatte. Doch noch im selben Augenblick stürzte ihre Schwester vor, um Frederike zu entwaffnen. Zu langsam. Diese wirbelte herum, der Lauf richtete sich auf Jana.

»Du bist als Erstes dran!« Frederike zog den Abzug und …

Der Schuss hallte durch den Stall. Die Pferde scheuten. Mit einem Stöhnen sackte Frederike zusammen. Die Tasse zerschellte an der Boxentür. Die Gewehrkugel ließ Holz splittern.

Entgeistert starrte Jana zu Tessa.

»Alles okay?«, wollte die sofort wissen. »Bist du verletzt, hat sie dich getroffen?«

»Nein. Hast du die Kaffeetasse nach ihr geworfen?«, fragte Jana völlig perplex.

»Sie hätte dich erschossen!«

»Du hast ihr die Kaffeetasse an den Kopf geworfen?«

Fast schon beleidigt sah Tessa Jana an. »Ein ›Danke, liebe Schwester, dass du mir das Leben gerettet hast‹ würd's auch tun!«, maulte sie.

Da fiel Jana ihrer Schwester um den Hals. »Du hast sie mit einer Kaffeetasse ausgeknockt. Ich liebe dich, Schwesterchen. Du bist großartig. Danke. Ich dachte schon, ich müsste in einem Pferdestall sterben.«

»Es war eine von deinen Tassen.« Tessa lachte. »Lag gut in der Hand. Stabile Flugbahn. Und der Kaffee war eh kalt.«

Lachend lagen sie sich in den Armen. Da drang Reifenquietschen zu ihnen. Mit einer Vollbremsung hielten Martin und Kettel vor dem Stall und stürmten sogleich herein. Die Hand an der Dienstwaffe, sah Martin sich um. »Was ist passiert? Seid ihr in Ordnung?«

Tessa grinste. »Bisschen Action steht dir, Martin.«

Natürlich lief Martin rot an und schloss das Holster seiner Waffe.

»Sie schon wieder! Was ist hier los?«, knurrte Kettel. »Sprockhövel! Festnehmen!«

»Äh, wen denn?« Verwirrt setzte Kettels Assistent die Brille ab und begann, sie verlegen zu putzen.

»Sprockhövel, das ist ein Befehl. Alle! Alle festnehmen!«

Erik Hensel baute sich vor ihm auf. »Auf keinen Fall!« Er deutete auf Tessa. »Sie hat uns das Leben gerettet. Mit einer Tasse!«

»Sag ich doch.« Tessa strahlte und zwinkerte Jana zu. »Kaffee rettet Leben.«

42

»Also, Fräulein Eichhorn, das ist jetzt wirklich eine Supersonderausnahme!«

»Ja, ich weiß«, zwinkerte sie ihm keck zu. »Ich sag's auch nicht deinem Chef.«

»Ähm, ja, davon geh ich aus.«

»Steht dir, das Kapuzenshirt mein ich.« Tessa kauerte neben Martin hinter einer mit Efeu überrankten Backsteinmauer, die das Grundstück des Postamts umgab.

»Ich bin außer Dienst«, betonte Martin.

»Schick«, stellte Tessa fest und zwinkerte ihm zu. Martin machte tatsächlich in dem legeren Freizeit-Look eine sehr sportliche Figur. Sie genoss nicht nur den Anblick, sondern liebte es, den backenden Beamten rot wie eine Tomate werden zu lassen. Es war einfach zu niedlich.

»Wir pirschen uns an.«

»Und was rufen wir, wenn wir den Schweinestall stürmen? *Hände hoch, SEK Burgheide! Legen Sie alle Kaffeevollautomaten auf den Tresen!*«

Ein winziges Schmunzeln huschte über Martins Gesicht, doch er hatte sich sogleich wieder im Griff. »Also die betrunkenen Kinder, das war eindeutig deine Schuld. Damit das klar ist. Ich mache das hier nur, weil du heute so eine Heldentat vollbracht hast.«

Sie beugte sich zu ihm und flüsterte: »Ich hab mal Baseball

gespielt. Ich war der Pitcher. Und ich war gut. Ich war allerdings erst acht damals.«

Martin sah sie zweifelnd an.

»In Berlin gab's das. Ein Baseballteam für achtjährige Gören.«

»Schon gut. Du steckst eben voller Überraschungen.«

»Yep. Und jetzt überraschen wir Matts!« Sie packte Martin am Ärmel und rannte mit ihm geduckt zum Eingang des Postamts. »Hast du deine Waffe?« Doch bevor er antworten konnte, hatte sie schon die Tür aufgedrückt und ihn hineingeschubst.

»He!«, schrie er.

»Alle hinlegen, dies ist eine Paket-Rückentführung!«, rief Tessa.

»Es ist niemand da.« Martin ging zum Tresen und betätigte die Klingel. Doch wie auch bei Tessas letztem Besuch ließ sich niemand blicken.

»Los, wir holen es aus dem Lager.« Schon wollte Tessa auf den Tresen klettern, aber Martin hielt sie kopfschüttelnd davon ab. Er winkte ihr, ihm zu folgen.

Schmollend, dass er ihr Spiel nicht mitspielte, trottete sie hinter ihm her. Er öffnete eine Tür, die vermutlich einmal dazu gebaut worden war, den Mist hinauszuschaufeln, denn sie war nur einen knappen Meter hoch, und kroch hindurch. Tessa folgte ihm.

Hinter dem Postamt lag eine betagte Streuobstwiese. Bunte Windspiele flatterten in den Ästen, und die grellen Farben eines klapprigen Bauwagens leuchteten zwischen den Obstbäumen hindurch.

»Was ist das hier?«, fragte Tessa. Die Wiese war von einer ganzen Maulwurfsippe umgegraben worden. Ein grooviger Reggae-Sound wehte zu ihnen. »Wohnt Matts etwa hier?«

Den Wagen hat Matts garantiert in irgendeiner Hippiekommune geklaut, argwöhnte Tessa. Ein naiver Künstler hatte ihn mit Windrädern, Peacezeichen und Sonnenblumen verschönert. Ein Glasperlen-Windspiel hing vor der Tür und ließ Regenbogen flirren. Martin stieg die Leiter zum Eingang hinauf und klopfte. Tessa besah sich die Lagerfeuerstelle, an der eine sehr rustikale Holzbank samt Tisch stand. Sogar ein Gemüsebeet und Blumen hatte Matts angelegt.

Die Musik wurde abgedreht, ein Fenster des Bauwagens aufgeschoben. Qualm wehte heraus, dann erschien Matts' Mütze und sein Vollbartgrinsen. Statt des gelben Pullis mit der Rastafari-Flagge trug er ein himmelblaues T-Shirt, auf dem in Regenbogenfarben Che Guevara prangte. »Ey, Martin, Kumpel. Warte, ich komm raus.« Das Fenster wurde wieder geschlossen, und es rumpelte im Wagen.

»Kumpel?« Fragend sah Tessa zu Martin.

»Wir waren zusammen in der Grundschule.«

Ein süßlicher Geruch wehte Tessa in die Nase, den sie aus einigen Berliner Klubs nur allzu gut kannte. Dass Matts ein Unikat war, hatte sie schon geahnt.

»Ey, Alter!« Mit breitem Lächeln kam Matts aus seinem Wagen und vollführte mit Martin ein seltsames Begrüßungsritual, das sie sich vermutlich aus irgendeinem amerikanischen Gangsterfilm abgeguckt hatten.

Jetzt erst bemerkte Matts Tessa. Sofort verfinsterte sich seine Miene, und er sah Martin vorwurfsvoll an.

»Ich bin nicht in Dienstkleidung hier«, stellte der gleich klar, »nur als Freund.«

»Freund? Von der?«

Pling. Martin leuchtete rot und stotterte irgendwas.

»Alter, die is voll süchtig, Martin. Und die hat sich über mich lustig gemacht.« Finster musterte Matts Tessa.

»Ich weiß. Aber sie hat heute ihren Kaffee geopfert, um ein Leben zu retten. Wahrscheinlich sogar mehr als nur ein einziges.«

Ungläubig blickte er wieder zu Tessa, die versuchte, total süß, lieb und harmlos auszusehen.

»Trotzdem, Alter. Man darf sich dem Diktat der Profitgeier nicht ausliefern.«

Martin seufzte. »Du kannst nicht alle kapitalistischen Imperialisten retten, Matts. Gib ihr das Paket, sonst muss ich doch noch in Uniform hier erscheinen. Die Kaffeemaschine ist ihr Eigentum.«

Sichtlich widerstrebend öffnete Matts die Tür zum Bauwagen und ließ Martin herein. Mahnend zeigte er auf Tessa, die ebenfalls in den Wagen wollte. »Du nich.«

Beleidigt verschränkte Tessa die Arme und warf Matts ihren Na-warte-Bürschchen-Blick zu.

»Matts«, hörte sie Martin im Wagen aufstöhnen, »das ist jetzt nicht dein Ernst!«

Wahrscheinlich hatte Martin Matts' Hanfplantage entdeckt.

»Das Fleisch ist schwach«, murmelte Matts.

Tessa machte einen langen Hals. Ob sie etwas durch das Fenster sehen konnte? Leider war es mit Prilblumen zugekleistert. »Alles okay dadrin?«

»Ja, ja, kein Problem«, rief Martin. »Mach hinne. Ich fass das nicht«, zischte er Matts an. Es rumpelte und kruschte, knisterte und polterte.

»Was treibt ihr dadrin?« Argwöhnisch legte Tessa das Ohr an die Bretterwand. Weil sie nicht viel hörte, zog sie sich am Apfelbaum hoch, unter dem der Bauwagen stand. Matts hatte Bretter als Stufen drangeschlagen. Es war auch mit schmerzendem Knöchel kein Problem, vom Baum aus einfach aufs Dach zu gelangen. Allerdings konnte sie auf Matts' Sonnenterrasse ebenso wenig hören wie unten. Kurz entschlossen stieg sie über das kniehohe Zäunchen, mit dem Matts sein Chill-out-Plätzchen umschlossen hatte, und pirschte sich zum Ofenrohr vor. Sie kam bloß drei Schritte weit, dann gab das morsche Dach nach. Schreiend landete sie auf einem Haufen Bodenkissen, rappelte sich aber sogleich fluchend und stöhnend auf.

Perplex starrten sie die beiden Männer an. Martin war offensichtlich dabei, das Verpackungsmaterial ihrer Maschine zusammenzusuchen, und Matts hatte vor Schreck einen Kaffee über Che gekippt.

»Aaaaalter!«, raunte er bloß.

Und während Tessa langsam zu sich fand, wurde ihr bewusst, was da glänzend und gurgelnd und dampfend neben Matts und zwischen den Lavaleuchten stand. Ihr Vollautomat. Ihr Cream-Cleaner-17er-Einlass-Tassenwärmer-Isomilchbehälter-dreifachen-Mahl-und-Brühvorgangs-Vollautomat.

»Ist dir was passiert?« Martin erwachte aus der Schrecksekunde, schmiss den Karton hinter sich in Matts' Koje und wollte Tessa helfen, sich aus dem Kissenberg zu befreien. Die ließ sich aber nicht helfen, sondern wühlte sich an ihm vorbei, den Blick fest und fassungslos auf ihre Maschine gerichtet.

»Du hast … du hast … du … du hast sie benutzt!« Entgeistert sah sie von der zischenden Maschine zu Matts, der verlegen den letzten Tropfen Kaffee austrank.

»Nur mal getestet.«

»Er hat sie benutzt!« Tessas Stimme quiekte vor Entsetzen.

»Er entschuldigt sich ja, nicht, Matts?«, sagte Martin. »Ich fahr sie dir auch heim. Es geht ihr gut.«

»Joo«, meinte Matts. »Cool bleiben. Alles easy. Was man von meinem Dach …«

»Dein Dach hätte mich fast umgebracht«, fauchte Tessa

und rupfte den Stecker raus, klemmte sich die Maschine unter den Arm und war, ehe die beiden Männer etwas tun konnten, bereits aus dem Bauwagen gehumpelt.

Ihren Vollautomaten wie ein Baby im Arm, stolperte sie maulend über die von Maulwurfshügeln zerkraterte Wiese.

»Warte!« Matts kam ihr hinterher. Er hielt ihr ein Päckchen hin. »Tut mir leid. Ich bin auch bloß ein Mensch.«

Tessa sah ihn nur wütend an und riss ihm das Päckchen aus der Hand. Es war an sie adressiert. Und es war geöffnet worden.

»Sind cool geworden, echt«, versuchte Matts, sie mit einem schiefen Lächeln versöhnlich zu stimmen.

Doch Tessa drehte sich um und stapfte davon. Mit einem Mal blieb sie stehen, wandte sich noch mal um und brüllte so laut sie konnte: »Viva la Revolución!«

Mit gemischten Gefühlen beobachtete Jana von ihrem Lieblingssessel im Wintergarten aus ihre Freunde, die mit Tessa die neue Kaffeemaschine bestaunten. Wie Kinder bei der Bescherung, die Münder zu großen Ahs und Ohs aufgerissen, die Wangen rot bis zu den Ohren, staunten und fachsimpelten sie, als wäre es die erste Kaffeemaschine, die Burgheide je gesehen hatte.

Kaum angeschlossen, probierten sie gemeinsam alle Funktionen durch. Martin war mitgekommen und hatte nicht nur Erdbeer-Cupcakes hervorgezaubert, er hatte für Tessas neuen Liebling sogar eine Spezialröstung dabei. Und Sirups.

So glücklich, das musste Jana zugeben, hatte sie ihre Schwester noch nie gesehen.

»Jana!« Tessa kam mit einem riesigen Glas, in dem sich der Kaffee und die Milch in Schichten aneinanderschmiegten, zu ihr. »Das musst du probieren!«

»Was ist das?«

»Ein Caramel macchiato.« Sie schob ihr das Glas hin. Es war heiß, und Jana wusste nicht recht, wie sie trinken sollte. »Und ich hab noch was.« Sie legte ihr die Pappschachtel auf die Knie, die Matts ihr netterweise ausgehändigt hatte.

»Was ist das?«

»Mach auf.«

Jana zog den Deckel ab, und zum Vorschein kamen an die hundert Visitenkarten. »Tessa Eichhorn / Freie Journalistin / Kontakt: Am See 1, 31546 Burgheide«.

Sprachlos sah Jana zu ihrer Schwester, die selig lächelte.

»Ich bin keine Stadtschickse, ich bin 'ne Landgöre. Eigentlich war ich es schon immer, ich wusste es nur nicht. Weil ich nicht wusste, wo meine Heimat ist. Aber jetzt weiß ich es.«

»Du hast dich also entschieden. Willkommen! Willkommen, Schwester.« Jana konnte nicht anders, sie musste Tessa fest an sich drücken.

Ruth, Gustav und Martin klatschten von der Küche aus Beifall und prosteten sich mit Vanille-Cappuccino, Café au Lait und Caffè Americano zu.

»Gut. Wenn du hier offiziell wohnen bleibst, können wir ja auch gleich mal ein paar unumstößliche Regeln festlegen. Zum Beispiel das Frühstücksgeschirr …«

»Wenn das mal kein Fehler war, bei dir einzuziehen«, meinte Tessa und schlürfte lachend den Caramel macchiato.